포 단편선

에드거. A. 포 지음 | 김병철 옮김

차 례

애드거 앨런 포(Edgar Allan Poe)는 1809년 미국 보스턴에서 가난한 배우의 둘째 아들로 태어났다. 세 살이 채 되기 전에 양친을 잃고, 거리에서 헤매게 된 포는 존 앨런(John Allan)이라는 연초 수출상의 양자가 되어, 리치먼드에서 성장하게 되었다. 1815년, 양부(養父)를 따라 도영(渡英), 런던에서 5년간 교육을 받고, 1820년 리치먼드로 돌아와 1826년, 버지니아 대학에 입학했다. 처음에는 우등생이었으나 도박에 손을 대어 1년도 못 되는 동안에 2,500달러의 빚을 지게 되었다. 이에 격노한 양부는 그를 퇴학시키고 자기의 상점에서 일을 보게 했다. 그 후 그는 집에서 도망하여 육군 사관학교에 입학하게 되었으나, 젊어서 배운 술과 도박의 악벽(惡癖)으로 말미암아 공을 이루지 못하고 퇴학 처분을 받게되었다. 이 때문에 양부와도 의절(義絶)하였다. 그렇게 되자 호구지책이 곤란하였으며, 그가 문필에 손을 대기 시작한 것은 바로 이때부터였다.

그는 1827년, 1829년, 1831년에 시집을 발표했다. 소설은 25세 되던 1833년에 볼티모어의 문예지에서 주최한 현상 모집에 당선된 처녀작 〈병 속의 원고(Ms. Found in a Bottle)〉를 효시(嚆矢)로 한다. 그 후 1849년 세상을 떠날 때까지 74편의 단편만을 발표했을 뿐, 그는 장편에는 손도 대지 않았다.

그는 1836년 그의 친사촌 누이동생 버지니아 클렘과 결혼했는데, 그때 클렘의 나이는 겨우 13세였다. 그 후에도 그의 나쁜 버릇은 여전히 그를 떠나지 않았으며, 그래서 그는 그가 얻은 모든 사회적 지위를 잃게 되었다.

1847년 그의 아내가 폐병으로 세상을 떠난 후부터 그의 절망은 더할 나위 없이 컸었다. 어린 그의 아내의 임종시에는 장모와 자신만이 그녀를 간호하고 있었을 뿐이었다. 누워 있는 클렘의 몸 위에는 다 떨어진 포의 외투와 한 마리의 고양이가 놓여 있었을 뿐, 이불 한 채 없었다는 것이다. 그 후 그는 경제적으로 빈곤했을 뿐 아니라 작가 생활에서도 기아 상태에서 헤매게 되었다. 그러자 모든 고통을 잊어버리려고 아편에 탐닉하기 시작하였다.

1845년 발표한 빼어난 시 〈큰 까마귀(The Raven)〉는 그의 이름을 국제적으로 유명하게 했지만, 보수는 겨우 10달러에 지나지 않았다.

마침내 그는 아내가 세상을 떠난 2년 후인 1849년 10월 7일, 볼티모어의 어느 주점에서 과음으로 의식불명의 상태에 빠져 그곳 공립병원으로 옮겨졌으나 40세를 일기로 인생의 막을 내렸다.

술과 빈곤과 고독과 실연이 포의 일생의 반려였다.

"나의 생활은 되는 대로 사는 것 —— 충동, 정열, 고독에의 동경 —— 장래에 대한 열망 속에 나타난 모든 것을 경멸하는 것이었다."

이것은 그의 자서전에서 그가 쓴 한 구절이다.

이상이 포의 외면적인 경력의 큰 요지다.

1820년부터 35년에 걸친 미국 문단의 주조는 국민 일반의 현세적, 낙관적인 생활태도를 반영하여 현실 순응의 소극적 태도를 취하고 정치상의 시사 문제를 중대 관심사로 하여, 작가들은 독자에게 위안과 교훈을 주는 것을 문학의 유일한 목적으로 삼는 것이었다. 달리 말하면 포와 동시대의 작가들은 어떤 의미에 있어서 일종의 아메리카니즘을 발양(發揚)시키는 데 전력을 다했던 것이다.

그러나 포는 이들 동시대 작가들의 저속한 취미로 말미암아 예술이 사회 상식에 봉사하고, 기성 도덕의 준승(準繩)으로 해서 꼼짝도 못하게 묶여 있는 것에 반발을 느끼고, 예술가의 정신은 세속적 인습의 세계를 이탈하여야 되고 그의 시야는 선악을 초월한 저쪽을 바라보지 않으면 안 된다는 의식이 그의 가슴속에 싹트기 시작했다. 이와 동시에 그는 이제까지 걸어온 무궤도의 생활과 경제적 무능력, 그 자신의 비속한 도의관(道義觀)에 반발하여 '예술을 위한 예술'의 기치를 높이 들려는 욕구가 그의 마음속에 싹튼 것이다. 이러한 예술관은 인생에서 패배를 맛본 실생활의 패잔자(敗殘者)로서의 깊은 자각에서 나온 자기 분석 끝에 저절로 생긴 것일 것이다.

그 결과 그의 예술이 지향하는 바는 전혀 인간적 요소를 빼놓은 특이한 지적 · 추상적인 방향으로 흐르지 않을 수 없었다. 그래서 그는 그의 독특한 암시적 수법으로, 시대에 관계없이 사회 내지 자신을 솔직히 묘사하려 하지 않았던 것이다. 그는 완전히 코스모폴리탄적인 작가였다.

그의 예술관을 자세히 평하는 것이 이 작은 단편집의 본의가 아니므로, 그의 예술관을 엿볼 수 있는 평론, 〈시의 원리〉·〈시문(詩文) 구성론〉·〈호손론〉 등 3편의 요지만을 종합하여 소개하기로 한다. 그는 〈시의 원리〉와 〈시문 구성론〉에서는 시를, 〈호손론〉에서는 소설을 논하고 있다.

1. 시의 목적은 인간 정신의 깊은 심연(深淵)에 잠겨 있는 심미감에 만족을 주는 것이고, 이러한 만족감은 도덕 혹은 진리 탐구가 주는 그것과는 엄밀히 구별되지 않으면 안 된다.

2. 이러한 인간의 최상의 감정인 심미적 만족감은 '미'를 명상하는 인간 최상의 상상으로부터 오는 것이다.

3. 이러한 인간의 상상은 한두 시간 이상 계속됨이 없으니 모든 작품은 한두 시간 내에 집필되고 한두 시간 내에 읽혀질 수 있는 작품이라야 한다. 시는 단시, 소설은 단편이라야만 한다.

4. 모든 예술 작품의 요건은 '인상의 통일'과 '효과의 전체성'을 지상(至上)으로 삼아야 되고, '우울'과 '공포'만이 영(靈)을 가장 아름답게 하는 구성 요건이다.

5. 소설은 속세의 관찰과 인간의 심정을, 즉 공포·우울·비애와 같은 정조(情調)를 산출하는 현실적 생활 사실이 문제가 아니라, 예술의 지상적(至上的) 요소인 그러한 감정 그

자체를 작가가 인공적으로 예정한 예술적 효과를 중심으로 해서 묘사해야 한다.

이것이 그의 시론 및 소설론의 골자다. 물론 효과의 전체성을 지상으로 한 그의 작품은 개성의 묘사를 전혀 돌보지 않고 시대의 조류에 몰간섭(沒干涉)했다는, 작가로서의 큰 결함을 간과할 수는 없다. 그러나 당시 세계 수준에 비추어 보아 저조했던 미국 문단에 이와 같은 귀재가 나타나 기괴와 신비, 환상으로 가득 찬 상상의 세계를 전개시켰고, 단편소설의 장르를 창조 · 완성시켰으며 근대 탐정소설의 시조가 되었다는 점에서, 미국 작가로서 오늘날까지 동 · 서양을 막론하고 그처럼 많은 영향을 끼친 작가는 없다. 적어도 프랑스 문단에 있어서 그만큼 영향을 준 영미의 작가는 셰익스피어, 바이런을 제외하고는 없을 것이다.

단편소설의 창조자로서의 공적만이 아니라, 작품 내용의 가치로 봐서도 그의 이름은 세계 문학에서 영원히 사라지지 않을 것이다. 보들레르가,

"포에겐 견딜 수 없는 일대 감옥이었다"

라고 표현한 당시의 미국 사회에서 원고를 팔아 겨우 기아를 면한 포, 그는 자기를 알아주지 않는 속세의 진구렁 속에서, 환락을 구하기 위해서가 아니라 속세의 고뇌에서 도피하기 위하여 술을 마시며 시대의 최저하(最低下)에 무의식적으로 침잠(沈潛)하면서도 미를 창조해냈다. 미를 창조한 인간을 천재라 한다면 그 역시 천재라 할 수 있겠다.

74편에 달하는 그의 작품은 그 내용으로 보아 공포적 효과

와 추리적 효과를 나타내는 작품으로 크게 나눌 수 있다. 대부분의 작품이 전자에 속하고, 후자에 속하는 작품은 겨우 4편에 불과하다.

본 선집에서는 그의 작품의 색다른 경향을 알 수 있는 8편의 작품 —— 전자에 속하는 작품 6편, 후자에 속하는 작품 2편을 선택했다. 작품의 배열은 작품 발표 연대순이 아니라, 읽기 좋은 소책자를 만들기 위해서 역자 임의대로 배열했으며, 초기작에서부터 만년작에 이르기까지 골라보았다. 역자가 대본(臺本)으로 사용한 원본은 《The Complete Tales and Poems of Edgar Allan Poe》(The Modern Library, Random House)이며 같은 출판사에서 발행한 《Poe's Best Tales》를 참조했다. 독자의 이해를 돕기 위하여 필요한 곳은 괄호 속에 작은 글씨로 역주를 넣었다.

옮 긴 이

포 단편선

검은 고양이

이제부터 기록하려는 끔찍하고도 솔직한 이야기에 대하여 나는 다른 사람이 믿어주기를 바라지도 않을 뿐더러 애원하지도 않는다. 내 오관(五官)까지도 그것을 부인하려 들 때, 다른 사람들에게 그것을 믿어달라는 것은 참으로 미치광이의 잠꼬대일 것이다. 그러나 나는 미친 것도 아니고 확실히 꿈을 꾸고 있는 것도 아니다. 나는 내일 이 세상을 떠날 신세다. 그러므로 오늘 내 마음의 무거운 짐을 죄다 풀어버릴 생각이다. 내가 당면한 일은 단순한 가정에서 일어난 일련의 사건을 솔직히 그리고 간결하게 세상 사람들 앞에 피력하고 싶은 것이다.

이 사건의 결과는 나에게 공포를 주고, 번민을 주고, 마침내 나를 파멸시켜버린 것이다. 그러나 나는 그 이유를 설명하고 싶지는 않다. 그 사건이 나에겐 다만 공포감을 주었을 뿐이지만, 다른 사람들에게는 공포감보다는 오히려 기이한 감을 줄지도 모른다. 이후 어쩌면 어떤 지력(智力) —— 내가 이제 위구(危懼)의 마음으로 자세히 얘기하려는 전말을 극히 당연하고 평범한 인간관계의 연속으로밖에 생각하지 않는 —— 이 나타나서 나의 환상을 깨뜨려버릴지도 모른다.

어렸을 때부터 내 성질은 온순하고 인정이 많았다. 이런 유약한 점은 동무들의 놀림거리가 될 만큼 뚜렷한 것이었다. 그리고 나는 무척이나 짐승들을 좋아했고, 그래서 나를 귀여워한 부모는 여러 가지 짐승을 나에게 사다주었다. 나는 이러한 짐승들을 데리고 대부분의 시간을 보냈으며, 그들에게 먹을 것을 주거나 머리를 쓰다듬어주며 애무할 때처럼 즐거운 때는 없었다. 이 성벽은 계속되어 내가 장년에 이르렀을 때에는 중요한 오락의 원천 중 하나가 되었다.

주인에게 충실하고 명민한 개에게 애정을 느껴본 사람들에게는, 이러한 짐승들에게서 느끼는 강렬한 만족감이라든지 그 특성을 여기서 또다시 구구하게 설명할 필요가 없을 것이다. 비이기적이고 희생적인 동물의 사랑에는, 인간의 변변치 못한 우정과 경박한 성질에 부대껴본 사람의 마음을 직접 꽉 찌르는 그 무엇이 있는 것이다.

나는 일찍 결혼하였는데, 다행히도 내 아내의 성질도 나와 비슷했다. 내가 좋아하는 것을 알고 아내도 기회만 있으면 귀여운 짐승들을 사들였다. 그 수가 늘어 조류(鳥類), 금붕어, 개, 토끼, 조그마한 원숭이, 그리고 '고양이'에까지 이르렀다.

그 중 고양이는 굉장히 크고 아름답고 전신이 까만, 놀랄 만큼 영리한 녀석이었다. 무슨 얘기 끝에 그 녀석이 영리하다는 얘기가 나오면 으레, 내심으로 적잖이 미신을 믿고 있는 아내는, 까만 고양이는 모두 변장한 마녀라는 옛날부터의 전설을 빈번히 들춰내는 것이었다. 아내가 늘 이 점에 큰 관심을 두었다고 하는 말은 아니지만── 웬일인지 이제 갑자기 머리에 그 생각이 선뜻 떠올라서 말할 뿐이지 별다른 이유가 있어서 그러는 것은 아니다.

플루토(염라대왕)── 이것이 고양이의 이름이었다── 는 내 마음에 드는 장난꾸러기 친구였다. 나만이 음식을 주었으며, 그는 집 안 어디든간에 반드시 내 뒤를 줄줄 쫓아다녔다. 내가 외출할 때 고양이가 거리로 따라오지 않게 하려면 여간 힘이 드는 것이 아니었다.

이와 같이 나와 고양이는 수년간 친밀하게 지냈는데, 그동안 그 기질과 성격은── 광적인 폭음의 결과로(고백하기에 부끄러운 일이지만)── 극도로 악화되어버렸다. 내 성질은 날이 갈수록 침울해갔고, 아무렇지도 않은 일에 공연히 발끈하며, 다른 사람의 감정 같은 것은 염두에도 두지 않게 되었다. 아내에게 욕설까지 퍼붓게 되고, 마침내는 완력에 호소하기에 이르렀다. 물론 귀여워하던 동물들에게까지 내 성질의 변화가 미쳤다. 나는 그것들을 본 체도 하지 않았을 뿐더러 학대까지 하였다. 그러나 플루토에 대해선 그래도 아직까지 다소 애정이 남아 있어, 토끼·원숭이·개들이 우연히 혹은 반가워하며 내 곁에 왔을 때 그들을 학대하던 것처럼은 감히 할 수가 없었다. 그러나 내 병벽(病癖)은 점점 악화돼── 알코올과 같은 병벽이 또 어디 있으랴!── 마침내는 이제 노경에 이르러, 괜히 조금만 뭣해도 발끈하여 플루토에게까지 손을 대게 되었다.

어느 날 밤, 늘 잘 다니던 거리의 술집에서 술에 취해 곤드 레만드레가 돼서 집에 돌아오니, 고양이가 내 앞을 피하는 것 같았다. 나는 고양이를 붙잡았다. 그랬더니 내 꼴에 깜짝 놀란 고양이는 이빨로 내 손을 할퀴어 손 위에 가벼운 상처 를 내었다. 일순간에 나는 악마적인 분노의 불덩어리가 치밀 어 내 자신을 잊어버렸다. 내 선천적 영혼까지도 단번에 내 몸으로부터 사라지고, 악마도 못 당할, 진(gin:술의 일종)으 로 중독된 사심(邪心)이 내 몸의 곳곳까지 짜르르 퍼졌다. 나는 조끼 주머니에서 칼을 꺼내 펴, 불쌍한 고양이의 목을 붙잡고 한쪽 눈을 태연히 도려냈다. 이 잔인무도한 폭행을 기록하노라니 나는 얼굴이 화끈하며 온몸이 달아오르고 소 름이 끼친다.

아침에 잠이 깨고 마음 상태가 이성으로 돌아왔을 때—— 전날 밤의 폭음의 여독이 수면과 함께 풀렸을 때—— 나는 내 범죄에 대하여 공포와 참회가 반반 섞인 감정을 금할 수 가 없었다. 그러나 그 감정도 결국은 미약하고 고식적인 것 에 지나지 않았을 뿐, 내 마음의 근본을 흔들만한 것은 못 되 었다. 나는 여전히 폭음으로 나날을 보냈고, 곧 내 행동에 대 한 모든 기억을 술에 파묻어버렸다.

이러한 동안에 조금씩 조금씩 고양이는 회복되어갔다. 도 려낸 눈구멍은 사실 무서운 꼴이었지만, 이제는 별로 고통을 받는 것 같지는 않았다. 고양이는 전과 다름없이 집 안을 이 리저리 걸어다녔지만, 내가 가까이 가면 아나나 다를까, 극 도로 무서워하며 도망치는 것이었다. 전에 그렇게도 나를 따 르던 동물이 이 모양으로 변한 것에 처음에는 비애를 느낄

만큼 그래도 내게 본심이 남아 있었으나, 이 감정마저 곧 분노로 바뀌고, 마침내는 나를 최후의 건질 수 없는 파멸의 함정에 빠뜨리려는 것 같은 짓궂은 감정이 복받쳐올라왔다.

이러한 감정에 대해서 철학은 아직까지 아무런 설명도 없다. 그러나 이것은 인간 심정의 원시적 충동의 하나── 인간성을 지배하는 불가분적 기본능력, 혹은 정조(情操)의 하나라고 나는 확신한다. 해서는 안 된다는 이유를 알고 있기 때문에 오히려 우리는 몇 번이고 죄악과 우행(愚行)을 범하고 있는 것이 아닐까? 우리가 최선의 판단에 저촉해서까지, 단지 법률이 그렇다는 것을 알고 있는 까닭으로, 우리들은 늘 법률이라는 것을 범하려는 경향에 놓여 있는 것이 아닐까? 거듭 말하거니와, 이 짓궂은 감정이 기어이 나의 최후의 파멸을 초래하고야 만 것이다. 아무 죄도 없는 고양이에게 내가 범한 위해(危害)를 더욱 계속해서, 결국은 고양이를 죽이게까지 나를 재촉한 것은, 스스로 화를 내고 자체의 본성을 유린하고 단지 악만을 위해 악을 범하려는, 이 영혼의 헤아릴 수 없는 욕망이었다.

어느 날 아침, 나는 태연자약한 마음으로 고양이의 목을 붙잡아가지고 그것을 나뭇가지에 매단 것이었다 ── 눈물을 흘리면서, 마음 한구석에 이루 헤아릴 수 없는 후회를 느끼면서 그것을 매단 것이다. 고양이가 나를 사랑하고 있었던 것을 알고 있었기 때문에, 고양이가 나에게 분노를 일으킬 만한 아무런 이유도 없었기 때문에 그것을 매단 것이다 ── 이렇게 하는 것이 죄악 ── 나의 불멸의 영혼을, 만약 그런 일이 있을 수 있다면, 대자대비하신 신의 무한한 자비심조차도 미치지 못하는 심연 속에 빠뜨릴 최악의 죄악—— 이라는 것을 알았기 때문에, 나는 그것을 매단 것이었다.

이 참혹한 행위를 한 그 날 밤,

"불이야!"

하고 외치는 소리에 나는 잠을 깼다. 내 침대 커튼에 불이 당겨올랐고, 집은 온통 불에 휩싸였다. 아내와 식모와 나는 가까스로 화염 속으로부터 빠져나왔다.

파괴는 철저한 것이었고, 온갖 재산을 한숨에 홀짝 날려버려 나는 그 후부터는 절망의 함정 속에서 헤매지 않으면 안될 신세가 되어버렸다.

나는 이 재난과 내 광포한 행위 사이에서 무슨 인과관계의 연관성을 찾아보려고 할 만큼 마음이 약한 위인은 아니다. 그러나 나는 사실의 연쇄(連鎖)를 자세히 얘기하는 것이고—— 비록 일부분일망정 불안전하게 내버려두어 마음에 거리끼게 하고 싶지 않은 것이다.

화재 다음날, 나는 불탄 자리에 가 보았다. 담은 한쪽만 남은 채 모두 무너졌는데, 그 한쪽이라는 것은 집 한복판에 있는 내 침대의 머리쪽이 놓여 있던, 그리 두껍지 않은 칸을 막은 방의 벽이었다. 회(灰)를 바른 것이 상당히 화력에 저항하고 있었는데, 나는 이것이 아마 최근 새로 발랐기 때문에 그러리라 추측하였다. 그 벽에 많은 사람이 모여들어 어떤 한 곳을 매우 세밀하고도 열심히 조사하고 있는 것 같았다.

"이상한걸!"

"신기한데!"

또는 그와 비슷한 다른 말이 내 호기심을 이끌었으므로 가까이 가 보았더니, 흰 벽에 얇게 조각이나 한 것처럼 굉장히 큰 고양이의 상(像)이 나타나 있었다. 그 인각(印刻)은 놀라울 만큼 정확했고 고양이의 목에는 밧줄이 감겨 있었다.

맨 처음에 이 유령 —— 나는 그렇다고밖에 볼 수 없었다 —— 을 보았을 때, 나의 놀라움이라든가 공포는 극도의 것이었다. 그러나 성찰(省察)은 점점 나를 도와주었다. 내 기억으로는 고양이는 집에서 좀 떨어진 뜰에 걸려 있었다.

'불!'이라는 외침에 마당은 몰려든 사람들로 법석거렸고 그들 중 누가 그 동물을 나무에서 내려 열려진 창을 통해 내 침실 안으로 던졌을 게다. 그것은 아마 나를 깨울 작정으로 행해졌던 것 같다. 다른 쪽 벽들이 무너지면서 내 잔인성의 희생물을, 새로 바른 회벽에 짓눌러버렸다. 벽의 석회분과 화염과 시체가 발산하는 암모니아분이 함께 혼합되어 내가 보았던 것과 같은 화상(畫像)을 만들어놓았을 게다.

이제 바로 자세히 설명한 이 놀라운 사실에 대해 나는 비록 양심으로는 아니라고 해도 이성으로 용이하게 설명할 수 있었지만, 그것은 내 상상력에 대해 심각한 인상을 주지 않을 수가 없었다. 그 후 여러 달 동안 고양이의 환영은 나를 떠나지 않았고, 후회 같기도 하고 후회 같지 않기도 한 모호한 감정이 내 마음 한 모퉁이에서 싹트기 시작했다. 고양이가 없어진 것을 섭섭히 여겨, 그 당시 뻔질나게 다니던 싸구려 주점 같은 데서라도 대신 구하려고, 혹시 똑같은 종류의 것이나 또는 다소 닮은 고양이가 있지나 않나 하고 휘휘 주위를 둘러보게까지 되었다.

어느 날 밤, 아주 싸구려 주점에서 멍하니 정신없이 앉아 있으려니까, 방안의 중요한 가구를 이루고 있는 진(酒)인가 럼(rum : 술의 일종)인가의 술통 위에 쭈그리고 있는 어떤 꺼먼 것이 갑자기 눈에 띄었다. 아까부터 그 술통 위를 쭉 바라보고 있었는데, 좀더 빨리 그것이 눈에 띄지 않았다는 것은 참 이상한 일이었다. 뭔가 하고 나는 가까이 가서 만져보았다. 그것은 플루토만큼 큰 검은 고양이였는데── 아주 큰 고양이였다── 한 군데만 빼놓고는 플루토와 꼭 닮은 놈이었다. 플루토는 전신이 검정이었으나, 이 고양이는 거의 가슴 전체가 희미하나마 큰 백색 반모(斑毛)로 덮여 있었다.

손을 대니까 곧 일어나 연신 골골대며 내 손에다 몸을 비비고 내가 아는 체한 것을 기뻐하는 낯이었다. 이거야말로 내가 찾고 있던 고양이었다. 내가 곧 주인에게 그 고양이를 사겠노라고 말했더니 주인은 자기 것이 아니고 어디서 왔는지도 모르며 전에 본 일조차 없다는 것이었다.

나는 집에 돌아오려고 할 때까지 고양이를 애무하였는데 내가 일어서니까 고양이도 역시 쫓아올 기세를 보였으므로 그냥 내버려두었다. 집에 오는 도중에도 여러 번 허리를 굽혀 머리를 쓰다듬어주었다.

집에 돌아왔을 때쯤에는 고양이는 길이 들어 있었고, 아내 역시 그놈을 귀여워했다.

그러나 나는 곧 싫증을 느끼게 되었다. 이것은 참으로 뜻밖의 일이었다. 그러나── 어째서 그런지는 몰랐으나── 고양이가 확실히 나를 좋아하는 그것이 오히려 나를 불쾌하게 하고 성가시게 하였다. 이 불쾌감과 염증(厭症)은 점점 극도의 증오로 변해버렸다. 나는 고양이를 피하였다. 일종의 수치감과 전에 저지른 참혹한 행위의 기억이 나로 하여금 고양이를 육체적으로 학대할 수 없게 했기 때문이었다. 그 후 여러 주일 동안 나는 그놈을 때리지도 않고 몹시 학대하지도 않았다. 그러나 점점 —— 정말 점점 —— 나는 고양이에게 대해 이루 표현할 수 없는 증오감을 느끼게 되었고, 마치 전염병 환자의 숨〔呼吸〕을 피하듯이 고양이의 앞을 슬슬 피하게 되었다.

고양이를 집에 데리고 온 다음날 아침, 그 고양이도 플루토와 같이 한 눈이 멀어 있다는 것을 알게 된 것도 틀림없이 이 고양이에 대해 증오감을 갖게 한 이유였다. 그러나 전에도 얘기했거니와, 대단히 인정이 많은 내 아내는 이러한 사정으로 도리어 한층 더 고양이를 측은히 여기는 것이었다. 그리고 이러한 성격이야말로 전에 나의 특징이었던 동시에 나의 가장 단순하고 순수한 쾌락의 근원이었던 것이다.

그러나 내가 고양이를 미워하면 할수록 그와 반대로 고양이는 성가시게 내 뒤를 쫓아다녔다. 내가 어디에 앉든지간에 으레 쫓아와서 내 의자 아래에 앉거나 무릎 위에 뛰어올라, 지긋지긋하게도 핥거나 제 몸을 내 몸에다 비비는 것이었다. 내가 일어나서 걸어가려고 하면 어느새 다리 새로 기어들어와 나를 곤두박질하게 하거나, 그렇지 않으면 길고 뾰족한 발톱으로 옷에 매달려 가슴까지 기어올라오는 것이었다. 이럴 때에는 그저 한번에 때려죽이고 싶었지만, 일면 전에 범한 죄악이 머리에 떠오르기도 했지만 —— 솔직히 고백하면 —— 주로 고양이가 까닭없이 아주 무서워서 감히 손을 대지 못했던 것이다.

이 공포감은 확실히 육체적 위해(危害)의 공포는 아니었지만——그렇다고 해서 이렇다 하고 규정짓기에는 좀 곤란한 것이다. 고백하기에는 좀 부끄러운 일이지만——실상 이 중 죄수의 감방에서조차도 고백하기에는 좀 부끄러운 일이지만——고양이가 나에게 불어넣은 전율과 공포감은 매우 보잘것없는 망상(妄想)으로 말미암아 생겨난 것이다. 이 고양이와 전에 내가 죽인 고양이 사이의 유일한 상위점(相違點)은 가슴에 있는 흰 반점(斑點)이라는 것은 전에도 얘기하였거니와, 이 흰 반점의 특이성에 대하여 내 아내는 여러 번 내 주의를 환기시켰다. 이 반점이 크기는 했지만 본래는 대단히 희미한 것이었다. 그러던 것이 서서히——거의 눈에 띄지 않을 정도로——그리고 나의 이성이 오랫동안 그것을 공상으로 부정하려고 싸워왔는데——마침내는 분명한 윤곽을 드러냈다. 그것은 무어라고 이름짓기에도 몸서리가 쳐지는 형상이었고——이것 때문에 무엇보다도 그 괴물이 미웠고, 무서웠고, 될 수 있으면 없애버리고 싶었던 것이다——그것은 등골이 오싹하는 무서운 교수대의 형상이었다!—— 아, 그것은 공포와 죄악——고민과 죽음——의 슬프고도 무서운 형구(刑具)의 형상이었다!

나는 이제는 보통 인간의 처참한 꼴 이상의 처참한 꼴로 떨어져버렸다. 한 마리의 짐승이——그놈의 친구를 나는 하찮게 죽여버렸지만——한 마리의 짐승이 나에게——전능하신 하느님의 생각 속의 모양대로 만들어진 인간인 나에게 이와 같은 참을래야 참을 수 없는 고민을 안겨주다니! 아! 낮이든 밤이든간에 나에게 안식의 기쁨이라고는 쥐꼬리만큼

도 없구나! 낮이면 고양이는 한시도 내 곁을 떠나지 않았고, 밤이면 또 밤대로 표현할 수 없는 공포의 꿈으로부터 번번이 깜짝 놀라 깨어나 보면 내 얼굴에는 고양이의 뜨거운 입김이 훅훅 끼쳤으며, 내 가슴 위는 천 근이나 되는, 내 힘으로는 꼼짝도 않는 몽마(夢魔)의 화신이 잔뜩 누르고 있는 것이었다!

이러한 고통의 압박 밑에서 쥐꼬리만큼이나마 나에게 남은 '선(善)'의 자취는 그만 꼬리를 감춰버렸다. 흉악한 사상 —— 가장 사악하고 가장 흉악한 사상 —— 이 나의 유일한 친구가 되었다. 나의 무뚝뚝한 성질은 점점 변해서 모든 것과 모든 사람들을 미워하게까지 되었다. 시시각각으로 돌발하는, 억제하기 곤란한 분노의 폭발에 나는 맹목적으로 내 몸을 바치게 되었는데, 그럴 때마다 아무 불평도 없이 그 고통을 꾹 달게 참는 희생자는 불쌍하게도 언제나 내 아내였다.

우리는 가난해서 할 수 없이 고옥(古屋)에서 살고 있었는데, 어느 날 집안일로 아내는 나를 따라 지하실로 들어왔다. 고양이도 험한 계단을 쫓아내려와 하마터면 내가 곤두박질칠 뻔했으므로, 나는 광노(狂怒)가 극도에 달하였다. 나는 격분에 싸여 아직까지 참고 있던 어린애 같은 공포감도 잊어버리고 도끼를 들어 고양이를 향해 내려찍으려 하였다. 물론 내 맘대로 떨어졌다면 고양이는 그 자리에서 죽어버렸을 것인데, 아내의 제지로 인해 뜻대로 되지 않았다. 이 간섭으로 말미암아 나는 악마도 못 당할 만한 격노(激怒)에 싸여 아내의 손을 뿌리치고, 나는 대신 그 도끼를 아내의 머리에 내려찍었던 것이다. 아내는 끽소리도 못하고 그 자리에 푹 쓰러졌다.

이 무서운 살해가 끝나자 나는 곧 이 시체를 감출 방법을 깊이 생각하였다. 낮이든 밤이든간에 이웃사람의 눈에 띄지 않게 시체를 집으로부터 끌어낼 수 없다는 것은 뻔한 일이었으므로, 여러 계획이 머리에 떠올랐다. 한번은 시체를 잘게 썰어 불에 태워버리려고도 생각하였다. 다음에는 지하실 마루 밑에 구멍을 파고 그 밑에 파묻어버릴까도 생각해보았다. 또한 마당 우물 속에 던져버릴까—— 상품처럼 포장해서 상자에 집어넣어가지고 인부를 시켜 집으로부터 지고 나가게 할까 하는 궁리도 하여보았지만, 결국 그 어느 것보다도 굉장한 계획이 머리에 떠올랐다. 중세기의 승려들이 그들이 죽인 희생자를 벽에 틀어넣고 발라버렸다고 전해지는 것처럼 나도 벽과 벽 사이에 이 시체를 틀어넣고 발라버리리라 결정하였다.

이러한 목적에 있어선 이 지하실이야말로 더할 나위 없이 적당하였다. 사면의 벽은 아무렇게나 쌓아올린 채, 흙손질도 변변히 하지 않고 최근 회로 슬쩍 한번 발라버린 것인데 지하실 안의 습기로 아직 굳어지지 않았었다. 더욱이 벽 한쪽은 다른 부분과 같이 보이게 하기 위해 가장(假裝)으로 연통, 혹은 벽로(壁爐)를 꾸며놓았기 때문에 툭 튀어나와 있었다. 나는 이 벽이라면 틀림없이 벽돌짝을 뗀 다음 시체를 그 속에 틀어넣고, 누가 보더라도 의심하지 않을 만큼 벽을 먼저대로 감쪽같이 해놓을 수 있으리라고 믿었다.

이 계획은 빈틈없었다. 쇠막대로 아주 쉽게 벽돌을 떼어 시체를 살짝 안쪽 벽에 기대 세우고 그대로 버티어놓은 다음, 별로 힘들이지 않고 벽돌을 전과 같이 쌓아올릴 수 있었다. 그 다음에는 회반죽·모래·털 등을 사다가 조심에 조심을 다하여 전과 조금도 다름없이 벽돌과 벽돌 사이를 골고루 발라갔다. 일을 끝마치자, 나는 아주 잘되었다는 안도감을 느꼈다. 벽은 조금도 손을 댄 것처럼 보이지 않았다. 마루에 떨어진 티끌은 하나도 남김없이 낱낱이 주웠다. 나는 득의양양하게 주위를 휘휘 돌아다보면서,

"흥, 그래도 헛수곤 아니었군"

하고 혼자 중얼거렸다.

그 다음에 할 일은 이와 같은 불행의 원인을 만들어낸 그 고양이를 찾는 것이었다. 결국 내가 그놈을 죽여버리려고 굳게 결심하였기 때문이다. 그때 고양이가 있기만 했다 하면 그놈의 운명은 두말할 것도 없었겠지만, 이번의 격노에 질겁하여 고양이는 능글맞게도 슬며시 없어진 채 내가 이러한 기분으로 있는 동안 내 앞에 얼씬도 하지 않았던 것이다. 미운 고양이가 없어져서 마음이 홀가분해진 그 통쾌한 감각은 그야말로 글로는 표현할 수 없을 만큼 큰 것이었다. 고양이는 그 날 밤새도록 모습을 나타내지 않았으므로 내가 고양이를 집에 데리고 온 이후 적어도 이 날 밤만은, 살인죄라는 무거운 짐이 내 혼(魂)을 누르고 있었지만, 그래도 달게 잠을 잘 수 있었다.

이틀이 지나고 사흘이 지나도 고양이는 나타나지 않았으므로, 나는 또다시 자유로운 몸이 되어 안도감을 느꼈다. 괴물은 무서워 영원히 집으로부터 도망친 것이었다! 고양이는

이 이상 더 나타날 리는 없을 게다! 나의 행복은 더할 나위 없었다! 내가 범한 그 무서운 죄도 별로 나를 괴롭히지 않았다. 수차 취조가 있었지만 문제 없이 대답할 수 있었고, 한번 가택 조사까지 있었지만 물론 아무것도 발견될 리 없었다. 장래의 행복은 확정적이라고 나는 낙관했다.

이 사건이 있은 후 나흘째 되는 날, 뜻밖에도 한 대(隊)의 경관들이 달려들어 또 한번 엄중히 가택 조사를 시작하였다. 그러나 시체를 감춘 곳이야 제아무리 하더라도 탄로될 리 만무하리라고 확신하고 있었기 때문에 나는 조금도 당황하지 않았다. 경관들은 수색 중 나에게 동행할 것을 명하고 집 안 구석구석까지 낱낱이 조사했다. 드디어 서너 번째에 그들은 지하실로 내려갔지만 나는 꿈쩍도 하지 않았을 뿐더러, 내 심장은 마치 천진난만하게 잠을 자고 있는 사람의 심장과도 같이 태연자약하게 뛰고 있었다. 나는 두 팔을 구부려 가슴 위에 얹고 이리저리 유유히 활보하였다. 경관들은 완전히 의심이 풀리어 떠나려 했다. 내 마음의 기쁨은 제재할 수 없을 만큼 강렬한 것이었다. 나는, 승리의 표적으로 다만 한마디 말을 해서 나의 무죄를 그들에게 한층 더 확실하게 하고 싶은 마음으로 불탔다.

"여러분!"

하고 경관들이 계단을 올라갈 때 참다못해 나는 입을 열었다.

"여러분들의 의심이 풀려 무엇보다 기쁩니다. 자! 그러면, 여러분들의 건강을 빌며 경의를 표합니다. 그런데 여러분, 이 집은요 —— 이 집은 말이죠, 아주 그 구조가 썩 잘되어 있답니다(아무거나 술술 얘기하고 싶은 격렬한 욕망에 싸여 무얼 얘기하고 있는지 나도 몰랐다) —— 특별히 잘 지어진 집이라 할 수 있겠죠. 이 벽들은 말이죠 —— 아, 여러분들, 그만 가시렵니까? —— 이 벽들은 말이죠, 견고하게 쌓여져 있답니다."

그러고 나서 일단 말을 멈추고 괜히 미치광이 바람으로 나는 내가 가지고 있던 막대기로 아내의 시체가 있는 바로 그 부분을 힘껏 후려갈겼다.

그러자, 하느님, 악마의 독아(毒牙)로부터 나를 구해 주소서! 때린 소리의 반향이 채 가시기도 전에 그 무덤 속에서 어떤 소리가 들려왔다! —— 첫번째는 어린애의 울음 소리와 같은 것이 막혔다 끊어졌다 하고 들리던 것이 갑자기 길고 높고 계속적인, 아주 이상하고도 잔인한 비명으로 변했다 —— 그것은 지옥에 떨어진 수난자의 입과 그에게 형벌을 주고 기뻐 날뛰는 악마들의 입으로부터 동시에 흘러나온 지옥으로부터의 고함 소리며, 공포와 승리가 반반씩 섞인 슬피 울부짖는 비명이었다.

내 기분 같은 것은 얘기하기에도 어리석은 일이다. 정신이 아뜩해서 나는 비실거리며 저쪽 벽으로 넘어질 것 같았다. 계단 위로 올라가던 경관들도 그 순간 깜짝 놀라 잠시 우두커니 서 있더니 다음 순간에는 열두 개의 굳센 손이 달려들어 벽을 허물기 시작했다. 벽은 한꺼번에 떨어져나가, 벌써 대부분 썩고 핏덩어리가 말라붙은 시체가 여러 사람들 눈앞에 우뚝 나타났다. 그 머리 위에는 시뻘건, 큰 입을 벌리고 불 같은 한 눈을 크게 뜨고 있는 그 무서운 고양이가 앉아 있었다. 나에게 살인을 하게 한 것이나 비명을 질러서 교형리

(絞刑吏)에게 끌려가게 한 것이나 그 모두가 이 고양이의 간책(奸策)이었다. 나는 그 괴물도 시체와 함께 벽 속에 틀어넣고 발라버렸던 것이다.

어셔가(家)의 몰락

때는 가을, 무거운 구름이 하늘을 낮게 덮은 음침하고도 어두운, 쓸쓸한 어느 날, 나는 혼자 하루 종일 말을 달려, 이상하게도 무시무시한 촌길을 지나 저녁의 장막이 내리기 시작할 무렵에 음침한 어셔가(家)가 보이는 곳에 당도하게 되었다.

왜 그런지 모르지만──그 집을 한번 바라다본 순간, 견딜 수 없는 침울한 감정이 내 마음 가운데에 스며들었다. 나는 정말 견딜 수 없었다. 왜냐하면 그때 나의 감정은, 아무리 처량하고 아무리 무서운 자연의 경치라도 마음이 늘 받아들이는, 그 시적(詩的)이며 따라서 반 유쾌한 감정으로 조금도 완화되지 않았었기 때문이다. 나는 내 앞에 전개된 경치──다만 한 채의 집과 집 안의 보잘것없는 경치──황폐한 담──멍하니 커다랗게 뜬 눈과 같은 창──몇 포기의 무성한 왕골──몇 개의 고사목(枯死木)의 흰 수간(樹幹)들──를 표현할 수 없는 침울한 기분으로 바라보았는데,

그때의 내 기분은 마치 아편 상습자가 아편기가 사라졌을 때에 억울하게도 달콤한 꿈이 깨는 듯한 기분 —— 현실 생활로 또다시 돌아올 때에 느끼는 그 비통한 전추감(顚墜感) —— 덮은 장막이 무시무시하게 떨어질 때에 느끼는 그것에 비교하는 것 외에는 이 세상의 어떠한 감정에도 비할 바 없는 것이었다. 마음은 차게 가라앉아, 어떠한 강렬한 상상력을 구사하더라도 도저히 숭고한 마음으로 돌아갈 수 없는, 그런 견딜 수 없는 적막감이었다.

대체 무엇일까? —— 나는 잠시 멈춰 생각하였다 —— 어셔가를 물끄러미 바라보고 있는 나의 마음을 이렇게도 구슬프게 하는 것은 대체 무엇일까? 그것은 아무리 생각해도 풀 수 없는 수수께끼였다. 이리저리 깊이 생각해보았지만 무수한 환영만이 닥쳐올 뿐 나는 어찌할 수 없었다. 확실히 그 안에는 극히 단순한 자연물상이 엉겨 있어, 그것이 이렇게 우리들을 괴롭히는 힘을 주고 있는 것이지만, 그 힘의 본체를 분석하는 것은 우리들로서는 도저히 불가능한 것이라는, 불만족하지만 결국 이러한 결론에 도달하지 않을 수 없었다. 또 하나하나의 경치, 또는 그림을 좀 다르게 배열해보면 슬픈 인상을 주는 힘을 어느 정도 융화시킬 수도 있고, 혹은 아주 없앨 수도 있으리라고 생각해보았다. 이러한 생각에서, 나는 집 옆에 묵묵히 누워 있는 꺼멓고 처참한 늪가로 말을 몰아가며 그러나 접보다도 한층 더 오싹하는 전율을 느끼면서 —— 회색 왕골과 무시무시한 나무 줄기와 멍하니 뜬 눈과 같은 창들이 그 모양 그대로 거꾸로 물 위에 비치고 있는 그림자를 내려다보았다.

그러나 나는 이 쓸쓸한 집에서 몇 주일을 머물 예정으로 온 것이다. 이 집 주인인 로데릭 어셔는 나의 어렸을 때의 친구였는데, 서로 헤어진 뒤로는 오랫동안 한 번도 만난 적이 없었다. 그러던 것이 먼 촌에 떨어져 살고 있는 나에게 한 통의 편지가——그 편지는 어셔가 보낸 편지다——왔는데, 사연이 너무도 중대했으므로 나 자신이 가보는 수밖에 별다른 방법이 없었던 것이다. 편지에는 그가 신경과민에 빠진 듯한 여러 구절이 씌어져 있었다. 그의 편지 가운데는 몸이 극도로 쇠약해진 것과 정신이상이 그를 괴롭혀 견딜 수 없다는 사연을 기록하였고, 다음은 그가 가장 사랑하는, 즉 그에게는 하나밖에 없는 벗인 나를 한번 만나서 다정하게 말을 주고 받음으로써 얼마만큼이라도 병고를 적게 하고 싶다는 것이었다. 편지 속에 씌어진 이러한 사유와 그 밖의 여러 가지 사유 또는 그의 간청과 아울러 표시된 그의 열성은 나에게 주저의 여지를 주지 않았다. 그러므로 나는 대단히 이상한 초청이라고 생각하면서도 대번에 응한 것이었다.

　어렸을 때 우리들은 그야말로 친밀한 사이였지만, 사실 나는 이 친구에 대하여 별로 아는 것이 없었다. 그는 너무 지나치게 말이 적은 성격이었다. 그렇지만 가문의 내력이 긴 그의 집안은 썩 오랜 옛날부터 특출한 기질을 가진 민감성으로 유명하였으며, 그 성질은 대대로 씌어진 많은 우수한 예술작품에 나타났고, 최근에 와서는 일면 관대하고도 남모르는 자선사업에서 나타난 동시에, 또 일면 음악의 정통적이고도 알기 쉬운 아름다움보다도 그 복잡미묘함에 대한 열렬한 열정에 나타나 있다는 것을 나는 알고 있다. 나는 또 다음과 같은 매우 특이한 사실도 알고 있는데, 그것은 어셔가의 혈통이 매우 유서가 깊으면서도 어느 시대에도 영속될 만한 분가를 하지 않았다는 사실로, 다시 말하면 그 일족은 직계만으로, 즉 극히 사소하고 일시적인 변화가 없진 않았으나 늘 그러한 직계만으로 내려왔다는 사실이다. 집 구조의 특징이, 세상에 알려져 있는 가족의 특징과 더불어 온전히 지속된다는 것을 머리 속에서 훑어보고, 또 수세기라는 긴 세월이 경과하는 동안에 전자가 후자에게 끼쳤을 듯한 영향을 궁리해볼 때 그것은 결함이었다고 나는 생각하였다── 아마도 그것은 분가 문제의 결함이었고 아울러 가명(家名)과 상속 재산이 변함없이 대대로 부자간에만 전해지는 결함이었는데, 이는 결국 어셔가라는 기묘하고도 모호한 명칭── 이 명칭을 사용하고 있는 농부들은 가족과 건물을, 그 명칭이 아울러 포함하고 있는 것처럼 생각하고 있는 듯이 보였다── 속에 재산의 본래 명칭까지를 혼합해버릴 만큼 양자를 같은 성질로 만들어버렸다.

나는, 나의 좀 어리석은 경험── 늪 속을 들여다본 것── 이 내가 느낀 맨 처음의 기괴(奇怪)한 인상을 더욱 강하게 했다는 것을 전에도 말하였다. 물론 나의 미신이── 미신이라고 불러 안 될 이유가 어디 있으랴── 갑자기 강해졌다는 자각이 도리어 그 미신을 더욱 강하게 채찍질하였다는 것만은 사실이다. 나의 오랜 경험을 통해 이미 내가 알고 있는 것이었지마는 공포로 해서 된 모든 감정은 모두 이와 같이 일견 모순된 경로를 가지는 것이다. 그리고 내가 늪 속에 떨어진, 집의 그림자로부터 눈을 들어 집 그 자체를 쳐다보았을 때, 이상한 공상이 —— 사실 싱겁기 짝이 없는 공상이었으므로 다만 그때 나를 괴롭힌 감각의 위력(威力)을 표시하기 위해서 기록함에 불과하다 —— 얼핏 머리에 떠오른 것도 이러한 어떤 이유에 기인했는지도 모르겠다. 나는 내 멋대로 이리저리 궁리해본 결과, 집과 그 근처의 특유한 대기 —— 하늘의 공기와는 아주 딴판이고 썩은 나무와 흰 벽과 잠잠한 늪으로부터 증발된 대기 —— 어둠침침하고도 활발치 못한, 희미한, 눈에 띌까 말까한 뿌연 독기(毒氣)가 생생하는 이상야릇한 증기 —— 가 집 주위 일면에 떠돌고 있다고까지 믿게 되었다. 마치 꿈으로밖에는 생각되지 않는 이러한 망상을 내 마음속으로부터 쫓아내버리고 나는 더한층 자세하게 집의 모양을 살펴보았다.

대단히 오래된 집이라는 것이 그 중요한 특징이었고, 여러 성상(星霜)을 지내온 그 건물의 퇴색도 뚜렷하였다. 흉측한 곰팡이가 집 외부 전체를 온통 뒤덮고 있었는데, 그것은 섬세하게 얽힌 거미줄처럼 추녀 끝 아래로 늘어져 있었다. 그러나 단지 이만한 정도로는 대단한 황폐라고 볼 수 없었다. 주춧돌의 어느 부분도 헐어 있지는 않았지만, 손질을 한 완전한 부분과 각기 다른 돌들의 부서진 상태 사이에는 큰 부조화가 있는 것처럼 보였다. 이러한 모양은, 쓰지 않고 그대로 내버려둔 채 오랫동안 조금도 외기(外氣)를 쐬지 않고 지하실 속에서 썩어버린 낡은 목조 제품의 번드르한 외관을 보는 것 같은 연상을 나에게 일으켰다. 이와 같이 이것저것 모두 황폐의 빛을 띠고 있었지만, 집이 넘어질 염려는 없어 보였다. 더욱 조심해서 바싹 들여다보니까 눈에 띌까 말까한

균열(龜裂)이 건물 앞쪽 지붕으로부터 꾸불꾸불 담으로 뻗어내려와 음침한 늪 속으로 사라져버린 것이 눈에 띄었다.

이러한 것들을 바라다보며 나는 짧은 방죽길을 지나 집 쪽으로 말을 몰았다. 기다리고 있던 하인에게 말을 떠맡기고 나는 현관의 고식풍 아치 문 속으로 들어갔다. 발소리를 죽이며 걷는 서생(書生)이, 거기서부터는 아무 말도 없이 어둠침침하고도 복잡한 복도를 지나 주인의 서재로 나를 안내하였다. 도중에서 눈에 띈 여러 물건들은 왜 그런지 내가 이미 말한 그 적막감을 한층 더 강하게 해주었다. 주위의 물건들 —— 천장의 조각, 벽에 걸려 있는 어둠침침한 벽모전(壁毛氈), 마루의 꺼먼 흑단(黑檀), 그리고 내가 발을 옮길 때마다 덜컥덜컥 울리는 영화(影畵)와 같은 전리품(戰利品)의 갑옷 —— 은 단지 어렸을 때부터 나의 눈에 익은 것뿐이었고 새로운 것이라고는 하나도 없었지만, 나는 이러한 평범한 물상이 내 머리를 새롭게 꽉 누르는 기이한 환상에 더욱 놀라지 않을 수 없었다. 어느 계단에서 나는 이 집 의사를 만났다. 그의 용모에는 야비한 노회(老獪)와 당황의 표정이 반반씩 떠돌고 있었다. 그는 부들부들 떨며 나에게 인사하더니 그만 지나가버렸다. 얼마 안 되어 서생은 어느 방 문을 열고 나를 그의 주인 앞에 안내하였다.

내가 들어간 방은 대단히 넓고 천장도 높았다. 좁고 긴 창은 벽으로부터 툭 튀어나와 달려 있어 방 안에서는 아무리 해도 접근할 수 없을 만큼 꺼먼 떡갈나무 마루로부터 먼 거리에 달려 있었다. 심홍색의 가는 빛이 격자형(格子形) 유리 창으로부터 흘러들어와 주위의 물건들을 한층 더 똑똑히 보이게 하였다. 나는 눈을 가늘게 뜨고 방구석과 반원형의 완자 무늬로 장식한 천장의 구석구석을 똑똑히 보려고 하였지만 그것은 헛수고였다. 벽에는 어둠침침한 벽모전이 걸려 있고, 가구는 대체로 지나치게 수가 많았으나 침착성이 없었고 낡아빠져 무늬가 떨어져 있었다. 많은 서적과 악기들이 난잡하게 이곳저곳에 흩어져 있었지만 방의 활기를 돕지는 못했다. 이것들을 바라다보았을 때, 갑자기 슬픈 마음이 일어나는 것을 금할 수가 없었다. 엄엄하고 쓸쓸한, 어찌 해야 좋을지 모를 침울한 기분이 방안에 떠돌고, 모든 것에 깊이 스며들어 있었다.

내가 방 안으로 들어가자, 어셔는 쭉 뻗고 누워 있던 소파에서 일어나 진정으로 나를 반가이 맞아주었다. 처음에는, 억지로 만들어낸 진정(眞情) —— 인생에 대해 권태를 느낀 사람이 흔히 만들어내는 가면적 노력 —— 에서 나온 것이 아닌가 하고 생각했지만, 그의 얼굴을 흘끗 쳐다본 순간 나는 그것이 진정한 열성에서 나온 것임을 알았다.

우리들은 앉았다. 그리고 그가 아무 말도 없이 잠잠히 있는 동안 나는 잠깐 불쌍하면서도 두려운 마음으로 그를 쳐다보았다. 확실히, 로데릭 어셔처럼 단시일 내에 이와 같이 무서운 꼴로 변해버린 사람은 또 없을 것이다. 이제 내 눈앞에 앉아 있는 이 창백한 남자가 오랜 옛날, 소년 시절의 내 친구였다고는 아무리 해도 믿어지지 않았다. 그러나 언제나 다름 없이 날카로운 그 얼굴의 특징은 지금도 변함이 없었다. 누런 얼굴색, 크고 부드럽고 뛰어나게 반짝이는 두 눈, 약간 얇고 창백하지만 대단히 아름다운 곡선을 이루고 있는 입술,

우아한 헤브라이형(形)이면서도 그러한 형체에서는 보기 드물게 콧구멍이 넓은 코, 잘생겼지만 쑥 들어간 탓으로 도덕적 정력이 부족해 보이는 턱, 거미줄 이상으로 부드럽고 가는 머리칼 등 이러한 특징이, 귀밑 뼈 위쪽이 남달리 넓게 생긴 것과 더불어 쉽사리 잊혀지지 않는 인상을 주고 있었다. 이러한 용모의 주요한 특징과 용모에 나타난 표정의 너무도 과장된 변화가, 내가 지금 누구와 이야기하고 있는지 의심할 만큼 나를 놀라게 하였다. 소름이 끼칠 만큼 창백한 피부색이며, 이상한 광택이 나는 눈이 무엇보다도 나를 놀라게 하는 동시에 공포감을 주었다. 비단실 같은 머리카락이 제멋대로 자라서 굵게 짠 명주처럼 얼굴 주위에 떨어져 있다는 것보다 오히려 둥실둥실 떠 있다고 하는 편이 좋은 꼴이었다. 그러므로 나는 이 아라비아풍의 모습을 보통 사람의 용모라고는 도저히 볼 수 없었다.

　나는 친구의 태도에 전후가 어울리지는 않는 모순이 있는 것을 대번에 알아차렸다. 그리고 곧 이것은 습관적인 경련──극도의 신경 흥분──을 억제하려는, 약하고도 쓸데없는 일련의 투쟁에서 나온 것임을 알았다. 하긴 이러한 것들은, 그의 편지 또는 그의 소년 시절의 특질을 회상하고, 그에게 있어서 특유한 체질이라든지 또는 기질로 미루어보아 이미 각오는 하고 있었던 것이지만, 그의 태도는 쾌활하다가도 갑자기 침울해지며, 목소리도 만사가 다 성가실 때에는 부들부들 떨며 어쩔 줄 모르는 목소리로 되고, 그런가 하면 갑자기, 마치 곤드레만드레가 된 술주정꾼과 처치 곤란한 아편쟁이가 극도로 흥분하였을 때 버럭 지르는 그 급하고 무게 있는 태평스러운 굵은 목소리 —— 침울하고, 침착하고, 완전히 조절된 후음(喉音) —— 로 변했다.

　이러한 어조로 그는 나를 부른 목적과 나를 만나고 싶어한 열망과 또는 내가 그에게 줄 것이라고 기대하고 있었던 위안들에 대하여 대강 말한 다음, 그의 병의 본질로 생각되는 점에 화제를 돌려 상당히 길게 이야기했다. 그의 얘기를 들으면, 그의 병은 유전적으로 내려오는 것이므로 치료 방법이 전혀 없는 것으로 단념하고 있다는 것이고 —— 그러나 그는 그 말이 떨어지기가 무섭게 그것은 간단한 신경 계통의 병세에 불과하니 틀림없이 곧 나을 것이라고 덧붙여 말했다. 이 병세는 많은 부자연한 감각으로 나타나, 그가 자세히 그것을 이야기하고 있는 동안 그 어떠한 감각이 —— 어쩌면 그의 말투와 말하는 태도에도 적잖이 관계가 있었겠지만 —— 나를 재미나게도 하고 당황하게도 하였다. 그는 병적인 과민성으로부터 대단히 고통을 받고 있었다. 음식물은 아주 깨끗한 것이라야만 했고, 옷도 일정한 색채의 것이 아니면 아니 되었다. 꽃의 향기는 그 어떠한 것이든간에 가슴을 눌렀고 약한 광선이라 할지라도 눈이 아팠다. 그리고 그에게 공포심을 일으키지 않는 음향은 특수한 것에만 한했고, 그것도 다만 현악기의 정도였다.

　이러한 이상한 종류의 공포로부터 그는 늘 고통을 받고 있었다.

　"나는 죽을 거네"

하고 그는 말했다.

　"나는 이런 처참한 어리석음 속에서 죽지 않으면 안 될 걸세. 이렇게 이런 식으로 다른 방편도 없이 나는 사라져버릴 걸세. 내가 무서워하는 것은 미래에 일어날 사건 그 자체가 아니라 그 결과일세. 비록 사소한 사건이라 할지라도 그놈이 내 영혼에 이러한 참을 수 없는 충돌을 일으킨다는 것을 생각하면 소름이 끼치네. 나는 위험 같은 것을 무서워하지 않아. 다만 공포를 일으키는 절대적 영향을 무서워하는 것일세. 이러한 기진맥진한 가련한 상태에 빠져 공포의 무시무시한 환영과 싸우는 동안에 생명도 이성도 모두 내버려야 할 시기가 필경 조만간에 올 것만 같네."

이것 외에 또 나는, 때때로 터져나오는 한 토막 한 토막의 모호한 암시로부터 그의 정신상태의 또다른 기이한 특징을 알게 되었다. 그는 자기가 살았고 또 수년 동안 한번도 비워본 적이 없는 집에 관해서, 너무나 모호하여 여기서 다시 설명할 수 없을 정도로 그의 말 속에다 가상적인 힘을 불어넣는 영향——대대로 살아온 그의 집의 형태와 본질에 있는 어떤 특징이, 오래 살아오는 동안에 그의 영혼에 끼친 영향—— 회색 벽과 지붕의 소탑(小塔)의 외관이, 그들 물체가 내려다보고 있는 어둠침침한 늪의 외관이 마침내, 살아 있는 그의 정신에 끼친 영향에 관해서 어떤 미신적인 생각에 사로잡혀 있었다.

그러나 그는 또 다소 주저하면서도, 이와 같이 그에게 번민을 준 특수한 우울증의 대부분은 보다 더 자연스럽고 보다 더 알기 쉬운 근원——여러 해 동안 그의 유일한 동무며 이 세상에서 단 하나밖에 없는 혈육인 누이동생의 오랜 병과 그녀의 죽음이 확실히 목전에 닥쳐왔다는 사실——에 기인할 수도 있는 것이라고 고백했다.

"누이동생이 죽어버리면"

하고 그는 내가 결코 잊을 수 없는 비통한 어조로 말했다.

"내가, 절망적이고 허약한 내가, 유서 깊은 어셔가의 최후의 생존자일 것이야."

그가 이렇게 말하고 있을 그때, 레이디 매들레인(이것이 그 여자의 이름이었다)이 내가 있는 것도 알지 못하고 조용히 방 저쪽을 걸어 그대로 사라져버렸다. 나는 공포와 놀라운 마음으로 물끄러미 그녀의 뒷모습을 바라보았다. 그러나 왜 이러한 생각이 머리에 떠올랐는지는 나도 알 수 없었다. 저쪽으로 사라지는 발소리를 머리 속에서 쫓고 있는 동안, 나는 머리가 아뜩해짐을 느꼈다. 기어이 그 여자의 모습이 문 뒤로 사라져버렸을 때, 나는 본능적으로 열심히 어셔의 용모를 들여다보았다. 그러나 그는 얼굴을 두 손 안에 파묻고 있었으므로, 나는 단지 말할 수 없는 창백함이 빼빼 마른 손가락을 휩싸고 있는 것만을 감지할 수 있을 뿐이었는데, 그 사이로는 뜨거운 눈물이 뚝뚝 떨어지고 있었다.

이 매들레인의 오랜 병에 대해선 능숙한 의사들도 혀를 내둘렀다. 고질(痼疾)이 되어버린 무감증(無感症), 신체의 점진적 쇠약, 짧은 동안이지만 빈번히 일어나는 풍증(風症), 이러한 것이 그녀의 이상한 병세였다. 아직까지 그녀는 자기의 병고를 꾹 참고 누우려고도 하지 않았지만, 내가 도착한 그 날 저녁때부터 어셔가 무이라고 표현할 수 없는 격분된 어조로 나에게 말한 바에 의하면, 병마의 무서운 힘에 그만 참다못해 쓰러져버렸다는 것이다. 그러므로 그때 슬쩍 쳐다본 그것이 그만 최후일 것이고, 적어도 그녀가 살아 있는 동안에는 다시는 그녀를 보지 못할 것만 같았다.

그 후 며칠 동안은 나도 어서도 그녀의 이름을 입 밖에 내지 않았다. 그 동안 나는 열심히 이 친구의 우울증을 위로해 주려고 애를 썼다. 우리들은 같이 그림도 그리고 책도 읽었다. 혹은 그가 뜯는 교묘하고 열정적인 기타의 즉흥연주를 꿈속에서 듣듯 듣기도 했다. 이와 같이 점점 깊어간 친밀감이 그의 마음속 깊숙이 나라는 존재를 충분히 밀어넣음에 따라 더욱더 나는 통탄하게도, 그의 마음을 쾌활하게 하려는 내 노력의 모든 것이 헛수고임을 깨달았다. 그의 마음으로부터는 암흑이, 마치 선천적으로 순수한 본질처럼 물심양계(物心兩界)의 모든 것 위에 음침한, 하나밖에 없는, 끊임없는 방사가 되어 터져나왔던 것이다.

어셔가의 주인과 함께 단둘이서만 이렇게 보낸 엄숙한 오랫동안의 쓸쓸한 기억은 영원히 내 머리에서 사라지지 않을 것이다. 그러나 그동안 나는 무엇을 하고 있었는지 똑똑히 생각해낼 수가 없다. 흥분된, 극도로 본성을 잃은 상상력만이 모든 것 위에 인광(燐光)과 같은 퍼런 빛을 던지고 있을 뿐이었다. 그의 긴 즉흥의 만가(挽歌) 몇 편만은 언제까지나 내 두 귀에 쨍쨍 울리고 있을 것이다. 특히 무엇보다도, 베버(독일의 작곡가)의 최후의 왈츠 중 열정적인 선율의 기이한 전도(顚倒)와 부연(敷衍)이 나의 마음에 애절하게 남아 있다. 그의 정교한 환상이, 뒤덮인 그림으로부터 붓을 가함에 따라 점점 모호해지는—— 웬일인지는 몰라도 나는 그 모호함에 더욱 전율을 느꼈다—— 그림으로부터—— 그림의 이

미지가 아직도 내 눈앞에서 어른거릴 만큼 생생한 그런 그림들로부터, 나는 헛되게도 글로 표현할 수 있는 작은 범위 이상의 것을 끌어내려고 무던히 애쓰곤 했다. 그의 의도가 극히 단순하고도 노골화되어 있는 점이 보는 사람의 주의를 끌며 위압을 주었다. 만약 어떠한 하나의 사상을 그림 위에 표시한 사람이 있다면, 그는 실로 이 로데릭 어셔였다. 적어도 나에게는 —— 그때 나를 둘러싸고 있던 환경 밑에서 —— 이 우울 병자가 캔버스 위에 그리려고 애쓴 순수한 추상관념(抽象觀念)으로부터 견디기 힘든 강렬한 공포가, 즉 프젤리(스웨덴의 화가)의 그 타오르는 듯하면서도 구체적인 환상화(幻想畫)를 조용히 내려다볼 때에도 느껴보지 못했던 외구(畏懼)가 솟아올랐다.

어셔의 환상적 그림의 하나에는 추상적 기분이 그다지 강하게 나타나 있지 않았으므로, 희미하나마 말로 표현할 수 있는 것이 있다. 그것은 한 장의 소품(小品)인데, 그 안에는 평평하고도 흰, 아무 변화도 장식도 없는 긴 벽이 있는 무한히 긴 직사각형의 창궁(蒼穹) 혹은 굴 같은 내부가 그려져 있었다. 의도상(意圖上)의 어떠한 부대적(附帶的) 부분이, 굴을 지면보다 썩 얕은 곳에 있는 것처럼 보이게 하였다. 넓은 내부에는 어느 곳에도 문이 없고 횃불이나 인공적 광원이 보이지는 않았지만, 넘칠 듯한 강렬한 광선이 사면에 충만하여 모든 것을 무섭고 이상한 광휘(光輝) 속에 똑똑히 나타내고 있었다.

어셔의 청신경(聽神經)의 병적 상태로 말미암아 현악기를 제외한 다른 악기는 참을 수 없을 만큼 그를 괴롭혔다는 것은 전에도 말한 바와 같다. 이와 같이 제한된 좁은 범위 내의 곡목으로만 그가 기타를 연주했다는 것은 도리어 기이한 특징을 주었다. 그러나 그가 흥에 겨워 즉석에서 작곡해내는 그 재주야말로 놀라운 것이었다. 그의 환상적인 곡이나 가사는(그는 가끔 기타를 뜯으며 운율적인 즉흥시를 읊었다) 최고의 예술적 감격에 취했을 순간에서 볼 수 있는 강렬한 정신적 통일과 집중의 결과에서 나온 것이라고 아니 할 수 없다. 이러한 즉흥시들 중 어떤 것의 가사를 나는 곧 욀 수가 있었다. 그 가사의 뜻 속에 흐르는 오묘함이라든지 신비적인 것에서, 나는 어셔의 지고한 이성이 그 왕좌에서 무너지고 있음을 그 자신도 충분히 의식하고 있다는 것을 처음으로 감지한 듯한 기분이 들었는데, 아마도 그 때문에 그가 그 가사를 읊을 때 그것이 내 마음속에 한층 강하게 새겨진 것 같다. 〈유령궁(幽靈宮)〉이라는 시는 정확하지는 않지만 대략 다음과 같다.

1
푸른 빛 짙은 골짜기에
천사들 깃들여 살던
아름답고 웅장한 궁전
빛나는 궁전 —— 뚝 솟아 있도다!
'사상(思想)'의 제국(帝國)에
거기 궁전은 솟아 있도다!
천사도 이와 같이 아름다운 궁전에는
임해본 적 없으리라!

2

노란 빛 나는 황금색 기를
지붕 위에 휘날렸도다.
(이는―― 모두―― 아주 먼 옛적)
그리운 그 날,
엄엄하고 창백한 보루(堡壘)를 스쳐
솔솔 부는 부드러운 바람
향기로운 깃을 달고 살며시 스쳤노라.

3

행복의 골짜기를 헤매는 방랑의 무리들
빛나는 두 개의 창으로부터
은은히 들리는 비파(琵琶)의 소리에 따라
옥좌(玉座)를 춤추며 돌고 도는
신(神)들을 보네.
옥좌에는 남색 옷 입은 천자(天子)!
나라의 상제(上帝)―― 임함이 보이도다.

4

아름다운 궁전의 문은
진주와 루비색으로 빛나고
그 문으로 흐르고 흘러
또 영원히 번쩍이는
산울림의 무리 뛰어들어오도다.
세상에서도 드문 아름다운 소리로

임의 크신 공덕을 찬미함을
유일의 의무로 삼고.

5

악마들 슬픔의 옷을 입고
상제의 옥좌를 부쉈도다.
(아, 슬프도다. 상제 다시는 보지 못하리!)
궁터에 떠도는
붉게 피어오른 영광도
이제는 다만 묻힌 옛날의
한 줄기 남은 추억.

6

골짜기를 지나는 여행자의 무리.
이제는 다만
뻘건 빛 비치는 창으로부터
미친 듯이 터져나오는 음악의 소리에 맞춰
희미하게 흔들리는 커다란 그림자를 볼 뿐.
무서운 급류(急流)와도 같이
창백한 문을 지나
괴물의 무리 영원히 터져나와
큰소리로 웃는다 ──.
미소는 벌써 볼 수도 없고나.

지금도 머리에 똑똑히 남아 있지만, 이 단시(短詩)가 준 암시는 나에게 여러 가지 생각을 일으키게 하고, 마침내는 어셔가 가지고 있는 견해까지 확실히 알 수 있게 하였다. 나는 신기하다는 것보다도(다른 사람에게는 그렇게 생각되겠지만) 오히려 그가 너무도 고집을 부리는 것이 재미있어 그의 견해를 설명하는 것이지만, 이 견해는 대체로 식물이 감각성을 가지고 있다는 것이었다. 그러나 그의 무질서한 공상 속에서 이 생각은 일단 더 대담하게 되고 어떠한 조건하에서는 무기체(無機體)의 영역에까지 뻗친다는 것이었다. 나는 그의 신념의 광범한 폭이나 광적인 무모함을 표현할 수는 없으나, 그 신념은(전에도 잠깐 암시는 했지만) 선조로부터 대대로 내려온 이 집의 회색 돌벽과 무슨 관계가 있는 듯싶었다. 그런 것이 감각성을 가지고 있다는 증거는, 그 돌들이 결합된 양식에 —— 돌들의 배열 순서, 그 돌들을 덮고 있는 수많은 곰팡이의 배열, 그리고 그 돌들의 근처에 서 있는 썩은 나무들의 배열된 순서에 —— 특히 이 순서가 오랫동안 파괴되지 않고 그대로 있다는 것과, 그 자태가 늪의 고요한 물 위에 반영되고 있다는 사실에 있다고 그는 상상하였다. 그 증거는 —— 감각성이 있다는 증거는 —— 물과 벽 근처에 있는 대기가 저절로, 점점, 그러나 확실히 굳어지는 것으로 알 수 있다고 그는 말했다(이 말을 듣고 나는 깜짝 놀랐다). 수세기 동안 그의 가문의 운명을 좌우하고 또 그를 내가 지금 보고 있는 인물로 —— 그가 어떤 인물인지로 —— 만들어버린 그 정적(靜的)이지만, 끈질기고 무서운 감응력에서 그러한 결과를 찾아볼 수 있다고 그는 거듭 말했다. 이러한 그의 견해는 별로 설명을 요하지 않으므로, 나는 그 설명은 그만두겠다.

서적—— 여러 해 동안 이 환자의 정신 생활의 대부분을 지배해온 책들—— 도 물론 이러한 환상적 생활에 꼭 알맞는 것들뿐이었다. 우리는 그레세(프랑스의 시인)의 《베르베르와 샤르트뢰즈》, 마키아벨리의 《벨페고르》, 스베덴보리(스웨덴의 철학자)의 《천국과 지옥》, 홀베르그(덴마크의 극작가)의 《닐스 클림의 지하여행(地下旅行)》, 로버트 플류드(영국의 의사)·장 댕다지네(독일의 신부)·드 라 샹브르(프랑스의 의사)의 《수상학(手相學)》, 티크(독일의 소설가)의 《창공의 여행》, 캄파넬라의 《태양의 도시》 등과 같은 작품들을 탐독했다. 도미니크 파의 신부 에이메릭 드 지론(스페인의 종교재판관)의 《종교재판법》이라는 조그마한 옥타보 판의 책도 애독서의 하나였다. 그리고 폼포니우스 멜라(로마의 지리학자)의 저작 중에 있는 고대 아프리카의 사티로스(그리스 신화에 나오는 산양 모습의 괴인(怪人) 또는 에지판(그리스어로 산양의 뜻인데 빵을 주는 신)에 관한 기사가 있었는데, 어셔는 몇 시간 동안이라도 그것을 꿈꾸듯이 취해 탐독했다. 그러나 그가 가장 기뻐서 탐독한 서적은 사절(四折) 고딕판의 진서(珍書)인 《메인스 교회 성가대의 철야(徹夜)》라는 것이었다.

　나는 이 서적에 기록된 광포한 의식(儀式)과 그것이 이 우울병자에게 끼칠 듯한 영향을 생각하지 않을 수 없었다. 그러던 중 어느 날 밤 갑자기 그는 누이동생 매들레인이 죽었다는 것을 말하고(최후로 매장하기 전에), 약 2주일 동안은 시체를 안방 벽 뒤에 있는 지하실 속에 가장(假葬)할 작정이라고 말했다. 그런데 이러한 처치에는 그럴싸한 이유가 있었으므로, 나는 그것을 간섭할 것이 못 됨을 알았다. 고인의 병의 이상한 성질과 의사들의 병원(病原)에 대한 열렬한 연구심, 또는 선산이 먼 곳에 있고 황폐한 것 등을 고려해서 이와 같이 작정한 것이라고 어셔가 말했다. 사실 나 역시 내가 이 집에 온 첫날 계단에서 만난 그녀의 불길한 용모를 회상하였을 때, 그렇게 하여도 무방할 뿐 아니라 별로 부자연스럽게 느껴지지도 않았으므로 이 계획에 반대하지 않았다.

어셔의 간청으로 나는 손수 이 가장 준비를 도와주었다. 시체를 관에 넣은 다음 우리들은 단둘이서만 관을 메고 가장할 곳으로 갔다. 관을 둘 지하실(지하실은 오랫동안 그대로 닫아두기만 하였으므로, 손에 든 횃불은 숨이 막힐 듯한 공기 속에서 연기만 내고 껌벅거리며 사방을 잘 분간할 수 없게 했다)은 좁고 축축한, 한 줄기의 광선도 들어올 틈이 없는, 내 침실로 되어 있는 방의 직하(直下) 꽤 깊은 곳에 있었다. 먼 옛날 봉건시대에는 확실히 지하 감옥으로 사용하였고, 그 후에는 화약이라든지 또는 그와 같은 불붙기 쉬운 물질의 저장소로 사용되었던 것같이 마루의 한쪽과 우리들이 들어온 아치 통로의 내부가 빈틈없이 동판(銅板)으로 싸여 있었다. 큰 철문도 그 모양으로 되어 있었다. 그 철문은 무척 큰 무거운 돌쩌귀 위에서 움직일 때마다 찍찍 큰소리를 냈다.

이 슬픔 짐을 무서운 방 안의 선반 위에 내려놓고 우리들은 못을 박지 않은 관 뚜껑을 한쪽만 살짝 열고 죽은 사람의 얼굴을 들여다보았다. 우리 이 두 남매(男妹)의 얼굴이 놀랍도록 닮은 것이 내 주의를 끌었다. 내 맘속을 짐작했는지, 어셔는 고인과 자기는 쌍둥이며, 자기들 사이에는 설명하기 어려운 공감(共感)이 늘 존재했었다고 두서너 마디 중얼거렸다. 그러나 우리들은 오래도록 이 시체를 내려다보지는 않았다. 무서워서 내려다볼 수 없었던 것이다. 꽃 같은 청춘시절에 이와같이 그들의 생명을 앗아가버린 병은 풍병에서 으레 볼 수 있는 증세로서, 가슴과 얼굴에는 아직도 희미한 뻘건 점이 남아 있고, 입술 위에는 죽은 사람에게서 더욱 무섭게 보이는 끔찍한 미소가 떠돌고 있었다. 우리는 뚜껑을 맞추어 못을 박고 철문을 꼭 닫은 후 겨우 토굴과 별로 다름이 없는 음침한 위층 방으로 돌아왔다.

이럭저럭 슬픈 며칠이 지나가자 어셔의 신경병 증세는 현저한 변화를 띠고 나타났다. 그의 평상시의 태도는 어디로 갔는지 사라져버리고, 아직까지 하던 일도 등한히 생각하거나 잊어버렸다. 그는 걷잡을 수 없이 바쁘게 비틀거리며, 아무 일도 없이 괜히 이방 저방으로 돌아다녔다. 창백한 얼굴은 더한층 무섭게 창백해지고, 극도의 공포에서 나오는 듯한 떨리는 소리가 그의 목소리의 특징이 되었다. 쉴 새 없이 흔들리는 그의 마음은 어떠한 참을 수 없는 비밀과 내심에서 싸우고 있었으므로, 그것을 고백하기에 필요한 용기를 찾고 있는 것이 아닌가 하고 나는 가끔 생각하였다. 또 어떤 때에는 미친 사람의 이상한 환상 탓으로 돌려버리지 않으면 안 될 점도 있었다. 그는 아무 소리도 들리지 않는 것을 무슨 소리라도 들리는 것처럼 귀를 기울이고 허공을 멍하니 바라보고 있었다.

이러한 어셔의 행동은 나에게 공포감을 주었고, 마침내는 나에게까지 그 기분이 감염되었다. 나는 어셔 자신의 환상적이며 인상적인 미신의 무서운 영향이 점점 그러나 확실히 나에게로 스며들어오는 것만 같았다. 더욱 내가 이러한 압력을 전적으로 느끼게 된 것은 레이디 매들레인을 지하실에 가장(假葬)한 후 7, 8일째의 밤에 늦게 잠자리에 들어갔을 때의 일이었다. 잠은 내 침상을 찾아주지 않았다. 그리고 그동안 시간은 흐르고 또 흘러갔다. 나는 나를 지배하고 있는 신경 과민증을 이성으로 이겨보려고 애를 썼다. 내가 느낀 것은 전부는 아니지만 그 대부분이 방 안의 침울한 가구——확 불어 들어오는 바람을 받아 벽 위에서 건들거리며 침대 장식부 부근에서 바스락바스락 음침하게 흔들리는 컴컴하고 퇴색한 벽모전——의 정체 모를 영향에서 온 것이라고 애써 믿어보려고까지 노력하였다. 그러나 헛수고였다. 어떻게 할 수 없는 전율이 전신에 뻗치고 결국에는 까닭 모를 공포의 악마가 괴롭게도 내 심장을 꽉 눌렀다. 나는 헐떡거리며 애써 이 공포를 박차버리고 겨우 베개 위로 몸을 일으켜, 방 안의 어둠 속을 뚫어져라 하고 바라보며——나의 본능이 이렇게 시켰다는 것 외에는 아무런 이유도 없이——폭풍우가 그친 뒤 한참 있다가, 알지 못할 곳에서 들려오는 얇고 막연한 소리에 귀를 기울였다. 알 수 없는 격렬한 감정에 사로잡혀 나는 갑자기 옷을 걸치고(잠이 올 것 같지도 않았기 때문에) 방 안을 이리저리 어정어정 걸어다니며 이 처참한 상태로부터 벗어나려고 애를 썼다.

이러한 모양으로 방안을 두서너 번 오락가락하였을 때, 근처 계단을 올라오는 듯한 가벼운 발소리가 선뜻 들려왔다. 곧 그것이 어셔의 발소리임을 깨달았다. 다음 순간 그는 가볍게 내 방 문을 두드리더니 한 손에 램프를 들고 방 안으로 들어왔다. 얼굴색은 여전히 시체와도 같이 창백했지만 두 눈에는 이글이글 피어오르는 기쁨의 빛이 떠돌고, 전신의 거동에는 확실히 히스테리의 발작을 억지로 참고 있는 듯한 징조가 보였다. 나는 그의 태도에 놀랐지만 그 어떤 것이라도 아직까지 내가 오래 참고 있던 적막감보다는 나을 것 같았으므로, 나는 하늘이 주신 것이나 되듯 그가 온 것을 기뻐 맞아들이기까지 하였다.

"그럼 자네는 그걸 보지 못했나?"

하고 그는 한참 동안 잠잠히 자기 주위를 돌아다본 후 무뚝뚝하게 말했다.

"그걸 보지 못했군? —— 그렇다면 가만 있게, 보여줄 테니."

그렇게 말하면서 조심스럽게 램프를 가려놓은 다음, 그는 창문 쪽으로 달려가 창문 하나를 활짝 열어젖뜨렸다.

확 불어들어온 폭풍은 거의 두 사람을 날려보낼 듯했다. 사실 폭풍이 온 하늘을 진동하였지만 삼엄하게도 아름다운 밤, 공포와 아름다움이 섞인 이상한 밤이었다. 회오리바람은 확실히 이 집 부근에다 세력을 집중하고 있었다. 바람의 방향은 시시각각 맹렬한 기세로 변했고,(지붕 위 소탑(小塔)을 누를 듯이 얕게 덮인) 무거운 구름도 사방에서 휘몰아쳐 서로 부딪치며 먼 곳으로 사라지지도 않고, 엄습하는 바람의 맹렬한 속도를 막지 못하여 우리가 그것을 볼 수 있게 했기 때문이다. 무겁게 떠돌고 있는 짙은 구름도 이런 광경을 보지 못하도록 방해하지는 못했다고 나는 말하였는데 —— 그런데도 달이나 별의 빛을 보진 못했고, 또 천둥 번개의 섬광이 있었던 것도 아니다. 그러나 우리들을 둘러싸고 있는 삼라만상은 물론, 바람에 흔들리는 수증기의 거대한 덩어리의 아래쪽은 집을 둘러싸고 떠도는 희미한 가스등의 방사광선(放射光線)인 기이한 빛을 발하고 있었다.

"안 돼──자네는 이런 것을 봐선 안 돼"

하고 나는 몸서리치며 어셔를 창으로부터 억지로 밀어다가 자리에 앉히면서 말했다.

"자네를 괴롭히는 이러한 광경은 어디서든지 흔히 볼 수 있는 전기현상(電氣現象)에 불과한 거야. 혹은 늪의 썩은 독기가 발산하는 것일지도 몰라. 자! 창문을 닫게. 바람이 차서 자네 몸에 해로울 테니. 여기 자네가 좋아하는 한 권의 소설이 있네. 자! 내가 읽어줄 테니까 듣고 있게──그리고 이 무서운 밤을 같이 보내기로 하세."

내가 손에 든 한 권의 고서(古書)는 란슬로트 캐닝경(卿)의《어지러운 회합》이었다(작가와 작품은 포 자신이 가공적으로 만든 것임). 그러나 나는 진심으로 그런 것이 아니라 오히려 농담으로 그것을 어셔의 애독서라고 한 것이다. 왜냐하면 사실 이 책의 미숙하고도 비정상적인 이야기에는 그의 고상한 영적 이상(靈的理想)을 반겨줄 만한 것이라고는 아무것도 없었기 때문이었다. 하지만 그때 손 앞에 있던 책이라고는 이 책뿐이었으므로, 혹시나 이 우울병 환자의 흥분이 내가 이제 읽으려는 싱거운 이야기에서라도 좀 가라앉지나 않을까 하는 막연한 기대가 머리에 떠올랐기 때문이다(왜냐하면 이러한 좀 색다른 것도, 어떤 때에는 정신 이상자의 마음을 가라앉게 할 수 있기 때문에). 사실 내가 읽는 이야기에 그가 분명히 긴장하여, 하나하나 빼놓지 않고 귀를 기울이고 있는 듯한 태도로 미루어보아 내 계획이 확실히 성공했다고 기뻐해도 좋을 것이다.

나는, 이 소설의 주인공 에델레드가 은자(隱者)의 집에 들어가려고 공손히 그가 찾아온 뜻을 고했으나 받아주지 않았으므로 마침내는 폭력으로 침입하는 그 유명한 구절에 이르렀다.

"……천성이 용맹한 에델레드, 게다가 들이마신 술기운으로 더욱 힘이 뻗친 에델레드는 완고하고도 사악한 은자와 이 이상 더 담판해도 소용없다는 것을 깨닫고, 또 그때 마침 빗방울이 그의 어깨에 뚝뚝 떨어져 폭풍우가 일어날 것을 걱정한지라, 선뜻 철퇴를 들어 방문을 몇 번 후려갈기니 순식간에 수갑 낀 손이 들어갈 만한 구멍이 생기더라, 구멍에 손을 틀어넣고 닥치는대로 잡아채며 꺾고 분지르니, 바싹 마른 판자가 깨지는 소리가 중천에 진동하고, 그 소리가 방방곡곡에까지 미치더라."

이 구절을 끝까지 읽었을 때 나는 놀라 말을 그쳤다. 왜냐하면 그때 나는(흥분된 공상이 나를 속인 것으로 추측은 하였지마는) 란슬로트경이 그다지도 자세하게 묘사한, 그 찢어발기는 듯한 소리가 집 먼 구석으로부터 희미하게 들려오는 것만 같았기 때문이다. 물론 내가 이렇게 생각한 것은 우연의 일치에 불과한 것이었다. 왜 그러냐 하면 창문들이 덜커덕거리는 소리나, 아직까지 계속해서 불어오는 폭풍의 요란한 소리에는 확실히 내 주위를 끌며 내 마음을 산란하게 할 만한 것은 아무것도 없었기 때문이다. 나는 이야기를 계속했다.

"용사 에델레드가 문 안으로 들어갔으나, 흉악한 은자의 자취가 보이지 않자 그는 버럭 화가 치밀며 일면 놀랐다. 은자가 있어야 할 그 자리에 은자는 없고, 비늘이 번쩍거리고 불을 훅훅 뿜는 어마어마한 용 한 마리가 쭈그리고 앉아 은마루 깔린 황금 궁전 앞에 경호하고 있더라. 벽에는 찬란한 놋쇠 방패가 걸려 있고, 거기에는 이러한 명(銘)이 씌어져 있더라——.

여기 들어온 자는 정복자일지어다.
용을 죽이는 자는 이 방패를 가질지어다.

그것을 본 에델레드가 철퇴를 들어 용의 머리를 내리치니 용은 그 앞에 쓰러져 독기를 내뿜으며 통곡하더라. 귀를 뚫을 듯한 그 음침하고 무서운 소리, 장사 에델레드도 이 소리엔 그만 두 손으로 귀를 막더라. 참으로 이러한 소리는 전대미문(前代未聞)이라 하겠노라."

또다시 여기서 나는 갑자기 깜짝 놀라 말을 그쳤다. —— 왜냐하면 바로 그때 (어디서 들려왔는지 알 수 없었으나) 작은, 확실히 먼 곳에서 들려오는 그러나 날카롭고 길게 외치는 듯하면서도 애원하는 듯한 소리——이 소설의 작자가 묘사한 용의 기괴한 통곡 소리가 이렇지나 않았을까 하고 내가 상상하고 있었던 것과 조금도 다름없는 소리를 확실히 들었기 때문이다.

나는 이 두 번째의 가장 기괴한 우연의 일치에 적이 놀라며 극도로 공포를 느꼈지만, 어셔의 과민한 신경을 자극시켜서는 안 되겠다고 생각하고 꾹 참으며 마음을 가라앉혔다.

어셔가 이 이상한 소리를 들었는지 나는 확실히 알 수는 없다. 하긴 잠깐 동안 그의 태도에 이상한 변화가 떠돌긴 하였지만, 그는 처음에는 나와 마주앉아 있었는데 점점 의자를 돌려 나중에는 방 문쪽을 향해 앉았다. 그러므로 그가 무어라고 중얼거리고 있는지, 입술이 부들부들 떨리는 것이 보이기는 했지만 얼굴의 한쪽만이 보일 뿐이었다. 머리를 가슴에 푹 박고 있었으나, 흘끗 옆모양을 쳐다보았을 때 크고 사납게 뜬 눈으로 미루어보아 그가 자고 있는 것이 아니라는 것만은 알 수 있었다. 그는 조용히, 그러나 쉴 새 없이 일정하게 몸을 좌우로 흔들고 있었다. 이런 것을 흘끗 바라다본 다음 나는 그 책을 또 계속 읽었다. 이야기는 다음과 같았다.

"그리고 이제 무서운 용의 격노를 모면한 용사 에델레드가 그 놋쇠 방패를 생각하고 그 위에 씌어 있는 마력을 없애버릴 생각으로 눈앞에 있는 용의 시체를 한쪽으로 치워놓은 다음, 배에다 힘을 주고 용감하게도 성(城)의 은마루를 쿵쿵 구르며 방패 걸린 벽쪽으로 달려드니, 그가 가까이 오기도 전에 놋쇠 방패는 쿵 하는 무서운 소리를 내며 장사의 발 근처 마루 위에 떨어지더라."

이러한 구절이 내 입술 사이로 흘러나오자마자 바로 그때, 놋쇠 방패가 실제로 은마루 위에 무겁게 떨어진 것과도 같이 똑똑하고도 무서운 금속성이, 분명히 눌려 덮고 있는 듯한 반향(反響)이 들려왔다. 나는 깜짝 놀라 급히 일어났다. 그러나 어셔의 태도에는 조금도 변화가 없었다. 나는 그가 앉아 있는 의자로 달려갔다. 그의 두 눈은 뚫어져라 앞을 바라보고 있었고, 얼굴에는 돌과 같은 엄숙한 빛이 떠돌고 있었다. 그러나 내가 그의 어깨에 손을 얹었을 때 그는 전신을 부들부들 떨며 병적인 미소를 입술에 띠었다. 그는 내가 있는 것도 모르는 듯이 낮고 빠른, 들리지도 않는 소리로 무어라고 중얼거렸다. 그에게 바싹 허리를 구부려서야 겨우 그 말의 우스운 의미를 이해할 수 있었다.

"저 소리가 안 들려? 아냐, 들리네. 아직까지 들렸는걸. 오랫동안——여러 시간——여러 날, 저 소리가 들렸어——하지만 나는 감히 입 밖에 내지 못했네——이 비참한 녀석을 불쌍히 여겨주게! 나는——나는 감히 입 밖에 내지 못한 거야! 우리는 누이동생을 산 채로 매장해버렸단 말야! 내 감각이 예민한 것은 자네도 잘 알지 않나? 알겠나, 그 텅 빈 관에서 누이동생이 꿈틀거리며 외치는 소리가 희미하게 들렸네. 며칠 전에 벌써 그 소리를 들었어. 그러면서도 나는——나는 감히 말을 못한 거야! 그러나 이제——오늘 밤——에델레드——하! 하!——은자의 집 문이 터지는 소리, 용이 죽는 소리, 방패가 쨍 울리며 떨어지는 소리! 그것은 누이동생의 관이 터지는 소리, 또는 지하실 철문의 돌쩌귀가 삐걱거리는 소리, 굴 속의 동판(銅板)을 깐 마루에서 그애가 기쓰는 소리라고 하는 것이 좋겠지. 아! 어디로 도망해야 할까? 그 애가 곧 이리 오지나 않을까? 내 조급한 행위를 책하러 달려오는 것이 아닐까? 계단을 올라오는 그애의 발소리가 들리지 않았냐 말야! 그애 심장이 무겁고도 무겁게 뛰는 것을 모를 줄 알고? 응, 이 미친놈아!——여기까지 말하고 그는 갑자기 후다닥 일어나 죽을 힘을 다하여 버럭 소리를 질렀다——

　"이 미친놈아! 누이동생이 지금 바로 문 밖에 와 있어!"

　어셔의 말의 초인간적 기세에는 마치 마법(魔法)이라도 있었는지—— 그가 가리킨 커다랗고 오래된 벽판이 갑자기 흑단의 한 모퉁이를 조용히 뒤로 열어젖뜨렸다. 그것은 확 불어들어온 폭풍의 소행이었겠지만—— 그러나 그때 문 밖에는 키가 큰, 호리호리한 레이디 매들레인이 시의(屍衣)를 몸에 감고 서 있었다. 흰 옷에는 붉은 피가 묻었고 여인의 몸 군데군데에는 맹렬한 고통의 자취가 보였다. 잠시 그녀는 문지방 위에서 부들부들 떨며 이리저리 비틀거리더니 얕은 신음 소리와 함께 방안에 있는 오빠에게로 꽝 하고 쓰러졌다. 격렬한 최후의, 죽음의 고민으로 오빠를 마루 위에 내던지니, 어셔는 그만 시체가, 그가 예기하고 있던 바와 같이 공포의 희생물이 되어버렸다.

　이 방으로부터, 이 집으로부터 나는 질겁을 하여 도망쳤다. 내가 오래된 방죽을 건너고 있을 때도, 폭풍은 여전히 더한층 그 폭위(暴威)를 넓혀 사방을 휩쓸고 있었다. 갑자기 한 줄기의 이상한 빛이 길 위에 번쩍였다. 어디서 이러한 빛이 갑자기 흘러나오나 하고 나는 뒤돌아보았다. 왜냐하면 내 뒤에는 오직 쓸쓸한 한 채의 집과 그 그림자밖에는 아무것도 없었기 때문이다. 그것은 둥그렇게 가라앉고 있는, 피 흐르는 듯 시뻘건 만월(滿月)의 빛이었다. 달은 내가 전에 얘기한, 그 전에는 보일 듯 말 듯했던 갈라진 벽 사이로 밝게 비치고 있었다.

　우두커니 서서 바라보고 있으려니까 이 갈라진 벽 틈은 점점 넓어지고 —— 회오리바람이 한번 획 불더니 —— 달의 둥근 모양이 갑자기 내 눈앞에 크게 나타났다. 커다란 벽이 무너지며 천 조각 만 조각으로 떨어지는 것을 보았을 때 나는 머리가 아뜩했다. 무수한 파도 소리와도 같은 길고 소란한 고함소리가 들리더니, 내 발 밑에 있는 깊고 어둠침침한 늪이 음침하게, 소리도 없이 '어셔가'의 파편(破片)을 삼켜버렸다.

그림자
── 하나의 우화

　읽을 그대들은 아직 살아 있겠지마는, 쓰는 나는 이미 먼 옛날에 어두운 황천의 나라로 가버렸을 것이다. 왜냐하면 이 기록이 사람들의 눈에 띄기 전에 세상에는 참으로 기구한 사건이 발생되고, 감춰두었던 것이 모두 탄로나고 또 유구한 세월이 흐를 것임에 틀림없을 테니까. 그러므로 이 기록이 사람에게 읽혀진다 하더라도 믿지 않는 사람도 있을 것이다. 의심을 품는 사람들도 있을 것이다. 그러나 예민한 쇠끝으로 뽑아내듯이, 심혈을 기울여 새긴 한 자 한 자를 생각 깊이 눈으로 쫓으며 그 안에서 많은 의미를 찾으려는 몇몇 사람들도 있을 것이다.

　그 해는 무서운 해였다. 무섭다는 것보다도 더 강렬한, 이 지구상의 언어로는 무어라 형용할 수 없는 느낌을 주는 해였다. 무수한 변사(變事)와 흉조(凶兆)가 원근을 가리지 않고 일어났으며, 악역(惡疫)의 꺼먼 날개는 온 세상을 훨훨 날아다녔다. 점성술에 정통한 사람들은 하늘에 무서운 흉조가 떠돌고 있다는 것을 모르지 않았다.

　그 중의 하나인 나, 즉 그리스의 오이노스도, 794년의 주기(週期)가 이제는 다 그친 목성이 백양궁 성좌(白羊宮星座) 입구에서 무서운 토성의 붉은 바퀴와 부딪칠 때가 왔다는 것을 분명히 알았다. 내 판단이 틀리지 않는다면, 하늘의 이상한 영기(靈氣)가 지구 외부뿐만 아니라 인류의 영혼, 상상, 명상에까지 뚜렷이 나타났던 것이다.

　프톨레마이오스라는, 어둠침침한 도시에 있는 어느 훌륭한 집의 사랑방에서 우리들 일곱 사람은 밤에, 빨간 샨 주(酒)병을 둘러싸고 앉아 있었다. 그 방에는 높은 놋쇠문으로 된 출입구 외에는 다른 출입구가 없었다. 그리고 그 문은 코린노스라는 철공의 손으로 된, 세상에서 보기 드문 세공물(細工物)이고, 방 안쪽에서 꼭 잠겨 있었다. 꺼먼 벽모전이 어둠침침한 방에 걸려 있어 달과 퍼런 별과 인기척 없는 거리는 내다볼 수 없었지만—— '흉악'의 전조(前兆)와 기억만은 좀처럼 방 안을 떠나려 하지 않았다.

　우리들을 둘러싸고 있는 주위에는 똑똑히 설명하기 곤란한 여러 가지의 현상이 일어났다. 물질적이며 정신적인 현상—— 대기의 압력—— 질식감, 불안감, 그리고 특히 신경과민에 빠진 사람이, 감각은 활발하게 움직이고 있지만 이해심이 정지되어 있을 때 느끼는 무서운 생활 상태, 죽은 듯한 무서운 억압감이 우리들을 꼭 누르고 있었다. 그것은 우리들의 사지를—— 가구를—— 심지어는 우리들이 주고받고 하는 술잔까지도 무겁게 누르고 있었다.

　그리고 방 안의 모든 것, 우리들이 마주앉은 술상을 환히 비추고 있는, 일곱 개의 쇠로 만든 램프의 불꽃을 제외한 모든 것은 무한한 적막감으로 눌려 있었다.

일곱 개의 램프 불꽃은 호리호리하고 가느다란 광선을 던지며 창백하게, 조금도 움직이지 않으며 타고 있었다. 그리고 우리들이 둘러싸고 앉은 둥근 흑단의 술상 위로 떨어진 빛은 술상 위에 자연적인 거울을 이루고, 그 위에 떨어진 각자의 창백한 얼굴과 친구들의 내리뜨고 있는 눈의 무서운 시선을 볼 수 있게 하였다.

우리들은 괜히 큰소리로 웃어대며, 제멋대로 지절거리고 있었지만, 그러나 그것은 히스테리적인 것이었다. 아나크레온의 노래를 불렀지만 그것은 미친 지랄만 같았다. 술을 실컷 마셨지만 자주색 술은 웬일인지 피를 연상케 했다. 왜냐하면 방 안에는 또 한 명 조일루스라는 젊은 사나이가 있었기 때문이다. 그는 죽어서, 이 방의 수호신처럼 다 썩은 시의를 몸에 감은 채 네 활개를 뻗고 드러누워 있었다. 아! 이 친구는 우리들의 술좌석에 한몫 낄 수도 없이, 그의 얼굴은 병으로 뒤틀리고, 죽어 넘어져, 활활 타오르는 악역의 불꽃이 반감(半減)된 두 눈은 죽은 사람이 이제 황천의 길을 떠나려는 사람들의 최후의 환락(歡樂)을 즐겨 보고 있는 듯이, 우리들의 환락을 즐기며 들여다보고 있었다.

그러나 나, 오이노스는 죽은 사나이의 시선이 나에게로 쏠려 있는 것을 느꼈지만, 무서운 그 눈초리의 표정을 보지 않으려고 애를 쓰며, 술상 위의 거울을 뚫어져라 하고 들여다보며, 큰소리로 떠들어대며, 테이오스의 아들의 노래를 크게 불렀다. 그러나 노랫소리는 점점 가늘어지고 그 반영은 멀리 방 안의 벽모전에까지 굴러가서 점점 약해지고 희미해지더니 마침내는 사라져버렸다. 그러나 보라! 노랫소리가 사라져버린 바로 그 벽모전의 사이로부터 꺼먼, 희미한 한 개의 그림자 —— 하늘에 얕게 걸린 달이 사람의 모양을 비추어 만들어낸 듯한 그림자 —— 가 나타났다. 그러나 그것은 사람의 그림자도, 신의 그림자도, 혹은 그 비슷한 어떤 것의 그림자도 아니었는데, 마침내 놋쇠문에 그 모습을 완전히 드러냈다. 그것은 애매한, 정체 모를, 걷잡을 수 없는 것이었고, 사람의 그림자도 아니요, 신 —— 그리스의 신, 칼데아의 신, 이집트의 신 —— 의 그림자도 아니었다. 그림자는 놋쇠문 위에 걸린 채 문의 둥근 옥반(屋磐) 아래에서 꼼짝도 않으며, 말 한마디도 없이, 죽은 듯이 달라붙어 있었다.

이 그림자가 덮인 문은 다 썩은 시의를 입은 젊은 조일루스의 발이 놓여 있는 반대쪽에 있었다. 그러나 우리들 일곱 사람들은 그 그림자가 벽모전 사이로부터 나타난 줄을 알면서도 그 정체를 밝히려고도 하지 않고, 눈을 밑으로 내리깔고 술상 안의 거울만 뚫어져라 하고 들여다보았다. 그리고 겨우 나, 오이노스가 낮은 목소리로 그림자에게 그의 주소와 이름을 물었다.

"나는 '그림자' 다. 그리고 내 주소는 저 더러운 카로니아 운하에 가까운, 어둠침침한 헬루시온 광야 근처에 있는 프톨레마이오스의 지하 묘지 부근이다"
하고 그림자는 말했다.

이 말을 듣고 우리들 일곱은 질겁하여 대번에 후다닥 일어나, 얼굴이 새파랗게 질린 채 부들부들 떨며 서 있었다. 왜냐하면 그 소리는 그림자 하나의 목소리가 아니라 많은 사람들의 목소리였으며, 한마디 한마디씩 목소리가 달라지며, 이미 죽어 없어진 많은 고우(故友)들의 귀에 익은 음조가 되어 우리들의 귀에 침울하게 들려왔기 때문이다.

절름발이 개구리

  그 임금처럼 농담에 민감한 사람도 드물었다. 마치 그는 농담을 위해서 사는 사람 같았다. 그럴싸한 농담을 잘하는 것이 임금의 신임을 얻는 데 있어 가장 확실한 길이었다. 그러므로 그 일곱 명의 대신들은 모두가 다 익살꾼으로서 그 재간에 있어서 국내에서 손꼽을 만한 사람들뿐이었다. 그들은 농에 있어서 국내에서 일등가는 인물들일 뿐 아니라 비대하고 투실투실하고 기름진 점도 임금과 비슷하리만큼 꼭 닮아 있었다. 농담을 하면 저절로 뚱뚱해지는지 혹은 뚱뚱해지기만 하면 저절로 농담이 좋아지는지, 그 점은 아직 단정할 수 없지만, 좌우간 말라깽이 재담꾼이란 별반 없는 것만은 확실하다.

  임금은 품위, 즉 임금 자신의 말을 빌리면 '기지(機智)의 정신'에 관해선 전혀 마음에 두지 않았다. 익살에 있어서도 그는 내용이 풍부하고 짧은 것을 특히 즐겨했다. 그러나 내용만 풍부하다면 길다고 해서 별반 싫어하지는 않았다. 그러나 너무도 미묘한 것에는 싫증을 냈다. 그는 볼테르의 《자디그(주인공 자디그를 내세워 그 시대를 풍자한 우의소설)》보다도 라블레의 《가르강튀아(풍자소설의 제목이며 주인공 이름)》를 좋아하는 편이었고 대체로 농담보다는 장난이 그의 취미에 썩 적합했다.

이 이야기의 시대에 있어선 농담을 직업으로 삼고 있는 자들이 궁정(宮廷)에 아주 없는 때는 아니었다. 유럽 대륙의 열강 제국에는 아직까지 '광대'들을 두었다. 얼룩덜룩한 옷을 입고 모자를 쓰고 방울을 단 이들 광대들은 임금의 식탁에서 굴러떨어진 빵부스러기들을 재료로 언제든지 날카로운 익살이 즉석에서 입 속으로부터 술술 튀어나올 준비가 없어선 안 되었다.

이 임금도 물론 광대를 두었다. 임금은 무엇이든지 익살맞은 것을 —— 그의 대신들인 일곱 현인의 둔중(鈍重)한 지혜에 알맞기만 하면 —— 자기 자신에 관한 언급이 아닌 한 요구했다.

그러나 이 임금이 둔 광대, 즉 직업적 익살꾼은 어디에서나 볼 수 있는 그러한 광대는 아니었다. 이 광대는 난쟁이며 절름발이라는 사실로 말미암아 임금의 눈에는 세 배의 가치가 있었던 것이다. 그 당시 궁정에는 광대가 있으면 으레 난쟁이도 있었다. 그리고 수많은 임금들은 같이 웃어댈 광대와 웃기는 난쟁이가 없으면 어떻게 해서 매일을 보내야 할지(궁정은 다른 데보다도 해가 길다) 두통거리일 것이다. 그러나 전에도 말한 바와 같이 익살꾼이라는 작자들은 백에 아흔아홉까지는 비대하고 육중하고 뻔뻔스러운 위인들이다 —— 그러므로 그 중 하나인 '절름발이 개구리(이것이 이 광대의 이름이었다)'가 한몸에 이 세 가지의 보물을 구비하고 있다는 것은 임금에게 있어서 적잖은 만족의 근원이었다.

'절름발이 개구리'라는 이름은 이 난쟁이가 세례 때 받은 것이 아니라, 그가 다른 사람들처럼 걷지 못하는 탓으로 일곱 대신의 연석각의(連席閣議)의 결과 그에게 부여된 이름이었다. 사실 '절름발이 개구리'의 걷는 꼬락서니는 —— 뛰는지 뒹구는지 알 수 없는 —— 일종의 머뭇머뭇하다가 한걸음을 떼어놓는 꼴인데, 그는 그러한 걸음걸이로 겨우 움직일 수 있었다. 그리고 이 움직이는 꼬락서니가 무한한 흥취를 일으켰으므로, 물론 임금에게도 위안을 준 것만은 사실이었다. 왜냐하면 (임금 자신은 배가 툭 튀어나왔고 날 때부터 골통장군이었지만) 임금은 조정의 모든 신하들로부터 훌륭한 체구라고 칭찬을 받고 있었기 때문이다.

그러나 절름발이 개구리는 두 다리가 뒤틀려, 길과 마루 위를 걸을 때에는 무한히 고생을 하며 겨우 아기작아기작 걸을 수 있는 정도였지만, 자연은 하지(下肢)의 결점 대신으로 비상한 완력을 그에게 주었는지 나무타기라든지 줄타기라든지 그 밖에 좌우간 올라가는 것에 있어선 무엇이든간에 놀랄 만한 재주를 부릴 수 있었다. 이러한 재주를 부릴 때에는 그는 개구리라는 것보다 오히려 다람쥐 또는 조그마한 원숭이 같았다.

이 절름발이 개구리가 본시 어느 나라에서 왔는지는 알 수 없지만, 아무도 그 이름을 듣지 못한 어느 벽촌 —— 왕궁으로부터 멀리 떨어져 있는 곳 —— 에서 온 것만은 확실했다.

절름발이 개구리와 그에 못지 않게 키가 작은 젊은 처녀(몸매가 날씬하고 굉장한 무용가였었지만)는 임금의 지배하에 있는 상승장군(常勝將軍)의 하나가 이웃 나라에 있는 그들 각자의 고향으로부터 강제로 끌고 와 임금에게 진상품(進上品)으로 바친 것이었다.

이러한 사정하에서 이 두 난쟁이 사이에 서로 친밀한 애정이 생겼다고 해도 별로 이상한 일은 아니다.

그들은 곧 장래를 약속한 사이가 되어버렸다. 절름발이 개구리는 여러 재주를 부렸지만 결코 인기가 있는 편은 아니었으므로 트리페타에게 별로 도움이 되지는 않았다. 그러나 그녀는 아담하고 뛰어나게 아름다웠기 때문에(비록 난쟁이였지만) 모든 사람들의 존경과 사랑을 한몸에 받고 있었다. 그래서 그녀의 세력은 대단했지만, 그녀는 기회만 있으면 될 수 있는 대로 절름발이 개구리를 위해 그 세력을 이용하는 것을 잊어버리지 않았다.

어느 큰 잔치 때에 ── 무슨 잔치인지 그 이름은 잊어버렸지만 ── 임금은 가장무도회를 열 계획을 세웠다. 가장무도회, 또는 그런 종류의 잔치가 궁중에서 열릴 때에는 언제든지 절름발이 개구리와 트리페타의 연희(演戲)에 많은 것이 기대되었다. 특히 절름발이 개구리는 야외극을 구성하거나 재미난 배역을 연출하거나 의상 준비를 하는 데 뛰어난 재주가 있었으므로 그의 조력이 없이는 아무것도 되지 않을 것만 같았다.

드디어 잔칫날로 정해놓은 밤이 왔다. 트리페타의 지휘 밑에서 화려한 대청은 가장무도회에 빛을 줄 수 있는 갖은 구색의 의장(意匠)이 갖춰져 장식되었다. 궁정 안은 상하가 온통 어떤 무도회일까 하는 기대로 들끓고 있었다. 의장과 배역에 관해선 각자가 벌써부터 제멋대로 결정하고 있었다. 대부분의 사람들이 어떤 가장을 할까 하는 것은 일주일, 아니 한 달 전부터 벌써 정하고들 있었다. 그리고 임금과 일곱 대신을 제외하고는 무엇이든간에 결정되지 않은 것이라곤 하나도 없었다. 왜 그들만이 꾸물거리고 있는지, 그것 역시 익살과 배짱에서 나온 것이 아니라면 그 외에 무슨 까닭으로 그러는 것인지 알 수 없었다. 어쩌면 너무도 뚱뚱해서 무슨 가장을 해야 좋을지 결정할 수 없어서 그러는지도 모른다. 하여튼 시간은 빨리 흘러갔다. 그래서 그들은 최후의 수단으로 절름발이 개구리와 트리페타를 불러들였다.

이 조그마한 두 친구가 임금의 부름을 받고 그 곁에 왔을 때, 임금은 대신들과 같이 술상을 받고 있었다. 그러나 웬일인지 임금은 좀 기분이 언짢은 것 같았다. 임금은 절름발이 개구리가 술을 싫어하는 것을 알고 있었다. 술은 이 절름발이 개구리를 흥분시켜 마치 미친 사람처럼 만들었기 때문이다. 그리고 그러한 꼴이 된다는 것은 이 절름발이 개구리 자신에 대해선 유쾌한 일이 아니었다. 그러나 임금은 장난을 하고 싶었고 절름발이 개구리에게 억지로 술을 먹여 소위 임금의 말대로 그를 '쾌활하게 만들고' 싶었던 것이다.

"가까이 오너라, 절름발이 개구리야"
하고 임금은 절름발이 개구리와 트리페타가 방 안으로 들어오자 말했다.

"자, 이 술 한잔을 고향에 있는 네 친구들의 건강을 위해

마셔라(이 말을 듣고 절름발이 개구리는 한숨을 내쉬었다). 그리고 네 신안(新案)이 있을 테니까 그걸 듣기로 하자. 우리들도 배역이 필요하단 말이다, 배역이. 좀 신기한 것으로 —— 아직까지 하던 것과는 좀 다른 것으로. 그런 것에는 아주 싫증이 났다. 자 들어라, 한잔 들면 좋은 생각이 나올 테니까."

절름발이 개구리는 전과 다름없이 임금의 말에 익살로 대답하려고 애를 썼다. 그러나 그 노력은 헛수고였다. 그 날은 우연히도 이 불쌍한 난쟁이의 생일이었던 것이다. 더군다나 '고향의 친구를 위해 한잔하라' 는 임금의 명령은 그의 두 눈에서 눈물을 흘리게 했던 것이다. 이 폭군의 손으로부터 공손히 술잔을 받았을 때, 그 속으로 구슬 같은 눈물이 뚝뚝 떨어졌다.

"하! 하! 하! 하!"

임금은 난쟁이가 억지로 술잔을 기울이는 것을 보자 껄껄대었다.

"술이란 놈은 참 좋은 놈이란 말야! 자 봐라, 네 눈이 벌써 번쩍이는구나!"

불쌍하게도 그의 큰 두 눈은 번쩍인다기보다는 오히려 희미하게 비치고 있었다. 왜냐하면 술은 그의 흥분하기 쉬운 뇌를 꽉 찔렀을 뿐만 아니라 도는 점도 빨랐던 것이다. 그는 술잔을 상 위에 던지다시피 놓고 미친 듯한 눈으로 좌중의 사람들을 휘 둘러보았다. 그들은 모두 임금의 '장난' 이 성공한 것을 보고 대단히 흥겨운 모양이었다.

"자, 그러면 해볼까요"

하고 아주 뚱뚱보인 수상(首相)이 말을 꺼냈다.

"그러지"

하고 임금은 이에 대꾸했다.

"자, 절름발이 개구리야, 도와달란 말이다. 무슨 배역을 해야 좋단 말이냐. 응, 애야. 우리들은 배역이 필요해—— 우리들이 모두—— 하! 하! 하!"

그리고 이 말은 임금이 익살로 하는 말인지라 일곱 대신도 그 뒤를 따라 껄껄대었다. 절름발이 개구리도 따라 웃었다. 약하고 어딘지 좀 공허감을 주는 듯한 웃음이었지만.

"자, 자!"

하고 임금은 갑갑하다는 듯이 재촉했다.

"무슨 제안이 없느냐?"

"신기한 것을 생각해내려고 이제 궁리 중이옵니다"

하고 술로 정신이 오락가락해진 난쟁이는 좀 건방지게 대답했다.

"궁리 중이라!"

하고 폭군은 버럭 소리를 질렀다.

"그건 대체 무슨 뜻이냐? 아, 알았다. 네가 퉁명을 부리고 있는 게로구나. 시러베아들놈 같으니. 술을 좀더 마셔야 되겠단 말이지. 자, 그렇다면 한잔 더 마셔라, 자, 받아라!"

그러면서 임금은 또 잔에 술을 가득 따라 절름발이 개구리에게 내밀었다. 그러나 그는 숨을 헐떡거리며 술잔을 빤히 바라보고만 있을 뿐이었다.

"마시라니까!"

하고 악독한 임금은 소리쳤다.

"마시지 않으면 내 부하들이 —— ."

난쟁이는 사뭇 머뭇거렸다. 임금은 발끈하여 얼굴색이 새파래졌다. 일곱 대신들은 얼굴에 웃음을 띠고 있었다. 트리페타가 죽은 사람처럼 새파랗게 질려 왕좌로 걸어나와 그 앞에 엎드러지며 동료의 용서를 애원했다.

폭군은 트리페타의 당돌한 행동에 어처구니가 없다는 듯이 잠깐 그녀를 내려다보았다. 어찌 해야 좋을까, 뭐라고 해야 좋을까 —— 무슨 방법으로 자기의 격노를 적당히 표시해야 좋을까 —— 당황하고 있는 듯싶었다. 마침내 말 한마디도 못한 채 임금은 그녀를 홱 떠다밀더니 가득 부은 술잔의 술을 그녀의 얼굴에다 홱 뿌렸다.

이 가련한 여자는 겨우 일어나 한숨 한번 쉬지도 못하고 상 끝에 있는 제자리로 돌아갔다.

잠시 동안 방안엔 쥐죽은 듯한 고요한 침묵이 흘렀다. 그 순간에는 한 장의 나뭇잎, 한 개의 깃이 떨어지는 소리라도 들렸을 것이다. 이 고요한 침묵은 방 끝으로부터 들려오는 것같이 얕은, 귀에 거슬리는, 이를 가는 긴 소리로 깨졌다.

"뭐 —— 뭐 —— 아, 이놈아, 그 소리는 뭐야?"
하고 임금은 무섭게 난쟁이 쪽으로 향하며 물었다.

난쟁이는 술이 꽤 깬 낯으로 폭군의 얼굴을 빤히 쳐다보며 다만 한마디 이렇게 말했다.

"제가요 —— 제가요? 천만의 말씀이죠."

"그 소린 아마 밖에서부터 들려온 것 같습니다. 창에 있는 앵무새가 주둥이를 새장에 비비는 소리 같습니다"
하고 대신 하나가 말했다.

"암, 그렇겠지"

하고 임금은 이 대답으로 마음이 대단히 풀어졌다는 듯이 말했다.

"난 꼭 이 고얀 녀석의 이 가는 소리로만 알았군."

이 말을 듣고 난쟁이는 웃었다(임금은 다른 사람을 웃지 못하게 할 만큼 도량 없는 익살꾼은 아니었다). 그래서 난쟁이는 남대문만한, 튼튼하고 새까만 이를 내놓고 껄껄거리며, 얼마든지 마시라는 대로 술을 마시겠노라고 말했다. 임금의 분노는 씻은 듯이 깨끗이 사라졌다. 이렇게 또 한 잔의 술을 쭉 마신 후에 절름발이 개구리는 곧 가벼운 마음으로 가장무도회 준비에 착수했다.

"왜 이런 생각이 갑자기 머리에 떠올랐는지는 모르겠습니다만"

하고 그녀는 태연자약하게, 술이라곤 생전 한 방울도 마셔본 적이 없었다는 듯이 말했다.

"폐하께서 트리페타를 때리시고, 그녀의 면상에다 술을 뿌리셨을 때 ── 폐하가 그런 짓을 하신 바로 그 순간 ── 그리고 앵무새가 창 밖에서 그 이상한 소리를 내고 있었을 때 갑자기 머리에 굉장한 생각이 하나 떠올랐습니다 ──소인의 고향에서 하는 유희올시다 ── 우리 고향에서는 가장무도회 때에 흔히들 하는 것이지만 이곳에선 아주 신기할 겁니다. 그러나 사람 수가 여덟 명이나 필요하다는 것이 좀 무엇하다면 무엇하다고 할까요, 그리고……."

"됐다, 됐어!"

하고 임금은 자기가 그 사람 수를 찾아낸 것에 만족한 웃음을 터뜨리며 외쳤다.

　"꼭 여덟 명이로구나──나와 대신 일곱하고. 자! 그런데 대체 어떤 것이냐?"

　"우리들은 그것을 '쇠사슬로 맨 여덟 마리의 성성이'라고 부릅니다. 잘만 하면 참 재미있습니다"
하고 절름발이 개구리는 대답했다.

　"우리들이 그것을 하기로 하자!"
하고 임금은 앞으로 한 걸음 다가앉아 눈을 가늘게 뜨며 좋아했다.

　"이 놀이의 묘미는"
하고 절름발이 개구리는 계속했다.

　"귀부인들 사이에서 행하면서 그들을 경악시키는 데 있습죠."

　"재미있겠는걸!"
하고 임금과 일곱 대신들은 이구동성으로 일제히 외쳤다.

　"소인이 폐하와 각하들을 성성이로 가장해드리겠습니다"
하고 난쟁이는 말했다.

　"만사를 소인에게 맡기십시오. 가장 무도회에 오신 손님들이 폐하와 각하들을 정말 성성이가 온 줄로만 알게 감쪽같이 가장해드리겠습니다. 이렇게 되면 물론 손님들은 놀라 질겁할 겁니다."

　"오, 그것 참 훌륭하구나!"
하고 임금은 경탄했다.

　"절름발이 개구리야! 널 한 구실 톡톡히 시켜주마."

　"쇠사슬은 쩔럭쩔럭 하는 소리로 더한층 혼잡하게 하기

위해서입니다. 폐하와 각하들께서는 다같이 방금 우리에게 도망나온 것처럼 보여야 됩니다. 쇠사슬로 묶인 성성이떼가 일으킨 소동은 폐하도 좀 상상하시기가 어려우실 겁니다. 모든 손님들에겐 진짜 성성이처럼 보일 것이고 그것들이 무서운 고함소리를 고래고래 지르며 나들이옷을 곱게 입고 온 남녀 손님들 틈으로 돌진해 갑니다. 그 유희야말로 뭐라 할 수 없으리만큼 재미있을 겁니다."

"그도 그렇겠군!"

하고 임금이 말하자, 회의를 서둘러 산회하고(밤도 꽤 깊어갔기 때문에) 절름발이 개구리의 계획을 실천에 옮길 준비를 하기 시작했다.

절름발이 개구리가 임금과 대신들을 성성이로 가장시키는 방법은 극히 간단한 것이었지만 그의 목적을 위해선 지극히 효과적이었다. 문제의 동물은 이 이야기의 시대에 있어 문명국에 있어선 별로 볼 수 없는 것이었다. 그리고 난쟁이가 만들어낸 가장은 그들을 진짜 성성이처럼 보이게 하는 데 충분했고, 그 모양은 더할 나위 없이 무서웠으므로 이것으로 그들의 가장은 대성공이었다.

우선 임금과 대신들은 몸에 꼭 맞는 메리야스 셔츠와 바지를 입고 그 위를 타르로 새까맣게 발랐다. 대신 중의 하나가 깃을 사용하면 어떻겠느냐고 제의했지만 난쟁이는 이 제안을 곧 물리쳤다. 그는 성성이 같은 짐승의 털을 흉내내기에는 깃보다도 삼〔麻〕이 더 적당하다는 것을 눈앞의 실례로써 보여주며 여덟 명을 납득시켰다. 그러므로 타르를 온몸에 바른 다음 그 위에 삼을 두툼히 붙였다. 그 다음엔 쇠사슬을 구해다가 우선 임금의 허리에다 감고 이런 순서로 남은 일곱 사람도 똑같이 잡아맸다.

일이 끝났을 때, 그들이 될 수 있는 대로 간격을 두고 서니까 한 개의 원이 되었다. 그리고 모든 것을 자연스럽게 보이도록 하기 위해서 절름발이 개구리는 나머지 쇠사슬을 그 원 내부에 십자형으로 비끄러맸다. 이것은 현재 보르네오에서 침팬지 —— 그 밖에 큰 원숭이 —— 들을 잡는 사람들이 사용하고 있는 방법을 모방한 것이었다.

가장무도회가 열릴 대무도장은 천장이 대단히 높은 둥근 방이었고, 햇빛은 천장에 달린 하나밖에 없는 창으로부터 흘러들어왔다. 밤에는(무도회 때문에 그 날 밤 이 방은 특별히 설계되었지만) 주로 천장에 달린 큰 지형(枝形) 촛대가 켜졌다. 이 촛대는 창 한복판으로부터 쇠사슬로 매달려 있었고, 이럴 때 늘 사용되는 평형추(平衡錘)를 이용해서 상하로 오르내릴 수 있는 장치로 되어 있었다. 그러나(거추장스럽게 보이지 않게 하기 위해서) 이 촛대는 천장 밖 지붕 위로 치워져 있었다.

방 안의 준비는 트리페타의 지휘에 일임되어 있었다. 그러나 몇 가지 점에 있어선 그녀가, 친구인 절름발이 개구리의 암시적인 제안을 받아들인 것 같다. 그의 암시에 따라 이번 경우엔 그 촛대는 치워졌던 것이다. 초가 녹아 뚝뚝 떨어져(날씨가 무척 더워서 초가 떨어지는 것을 방지할 수는 없었다) 귀빈들의 훌륭한 옷을 더럽힐 것 같았던 것이다. 왜냐하면 무도장이 사람들로 혼잡을 이루었을 때 무도장 가운데로 —— 즉 그 촛대 밑으로 —— 밀려가지 않을 것을 모든 사람에게 기대할 수는 없었기 때문이다. 여분의 벽촉대(壁燭臺)가 사람들을 방해하지 않도록 방 이곳저곳에 설치되었다. 그리고 벽을 등지고 서 있는 여상주(女像柱) —— 그런 것이 모두 약 5, 60개나 있었다 —— 의 오른손에는 향기를 내뿜는 횃불이 들려 있었다.

여덟 마리의 성성이들은 절름발이 개구리의 충고에 따라 밤중까지(그때는 방 안이 모든 가장자들로 빽빽했다) 나타나지 못하고 시간이 되기를 기다리고 있었다. 그러나 시계의 종치는 소리가 채 그치기도 전에 그들은 일제히 달려나왔다. 아니, 굴러들어왔다 —— 왜냐하면 들어올 때, 쇠사슬에 걸려서 그들은 대부분 넘어졌으니 말이다. 넘어지지 않은 사람도 모두들 비틀거렸다.

방 안에 있던 가장자들의 놀라움은 대단했다. 그래서 임금의 가슴은 기쁨으로 흡족했다. 예상했던 것과 같이 손님들 중에는 이 무서운 짐승들을 성성이라고까지는 채 생각이 미치지 못했다 하더라도 무슨 진짜 짐승이라고 생각한 사람들도 적잖았다. 많은 부인들이 놀라 기절했다. 그리고 만일 임금이 명령하여 무도장으로부터 모든 무기를 압수시키지 않았더라면, 임금의 일동은 자기들의 장난을 자기들의 피로 물들였을지도 모른다. 이런 까닭으로 모든 사람들은 문쪽으로 왁 밀려갔다.. 그러나 임금은 그가 방 안으로 들어가자마자 곧 방 문을 잠가버릴 것을 명령해두었었다. 그리고 그 열쇠는 난쟁이의 제의에 따라 그에게 맡겨두었었다.

방 안은 더할 나위 없이 혼잡을 이루고 모든 가장자들은 각자 자기 일신의 안전만을 찾았다(왜냐하면 흥분된 군중들이 서로 떠밀고 있었으므로 많은 위험이 있었기 때문이었다).

그때 평상시에는 지형 촛대가 달려 있고 그렇지 않을 때는 치워져 있던 그 쇠사슬이 서서히 내려오는 것이 보였다. 그리고 그 쇠사슬의 갈퀴 모양의 끝은 마루 위 3피트까지 내려왔다.

그 후 얼마 안 되어 방 안을 이리저리 비틀거리며 돌아다니던 임금과 그의 일곱 대신들은 마침내 방 한가운데로, 그 쇠사슬의 끝이 그들의 몸에 닿는 곳에까지 오게 되었다. 그들이 이와 같이 방 한가운데로 오게 되었을 때, 그때까지 그들의 뒤를 소리도 없이 쫓아다니며 소동을 계속하여 선동하고 있던 난쟁이가 십자형으로 잡아맨 그 쇠사슬의 한복판을 붙잡고 눈깜짝할 사이에 지형 촛대를 걸어두는 쇠갈고리를 그 속으로 집어넣었다. 그러자 삽시간에 어떤 눈에 보이지 않는 힘으로 지형 촛대의 쇠사슬 갈고리는 손이 닿지 않을 만한 높이에까지 위로 끌려올라갔다. 그 결과 어쩔 수 없이 성성이들은 얼굴을 서로 맞댄 채 한덩어리가 되어 끌려 올라갔다.

가장자들의 놀라움은 이때에는 좀 가라앉았다. 그리고 모든 것이 다 잘 계획된 장난으로만 알고 있었으므로, 이 곤궁에 빠진 성성이들의 꼴을 보고서 그들 사이에는 한바탕 큰 웃음소리가 터졌다.

"그 녀석들은 내게 맡겨두시오!"

하고 절름발이 개구리가 외치니, 그의 날카로운 목소리는 이 모든 소란한 가운데서도 뚜렷이 들렸다.

"그 녀석들은 내게 맡겨두시오. 나라면 그 녀석들을 알 것

같습니다. 잠시 후에 그 녀석들이 누군지 곧 알려드릴 수 있습니다."

이와 같이 말을 하며 군중들의 머리 위를 엉금엉금 기어벽에까지 와서 여상주의 하나로부터 횃불을 집어들고 방 한가운데로 다시 되돌아온 절름발이 개구리는 순식간에 원숭이처럼 날쌔게 임금의 머리 위로 뛰어오르더니 또다시 거기서부터 쇠사슬 위로 2,3피트쯤 기어올라갔다. 그리고 횃불을 높이 쳐들면서 성성이들을 조사하고 더욱 크고 날카로운 소리로 외쳤다.

"나는 곧 이 녀석들이 누군지 알아낼 것입니다!"

이 말을 듣고 방 안에 가득 찬 사람들은(성성이를 포함하여) 배를 움켜잡고 한바탕 웃어댔다. 그때 난쟁이의 휘파람 소리가 날카롭게 온 방 안에 울렸다. 그 순간 갑자기 쇠사슬은 맹렬한 기세로 약 30피트 위로 획 올라가고, 그와 동시에 놀라 기를 쓰는 성성이들도 그에 딸려서 위로 끌려올라가 창과 마루 사이 한복판에 대롱대롱 매달려 있게 되었다.

절름발이 개구리는 쇠사슬이 올라갈 때 쇠사슬에다 몸을 밀착시킨 채 성성이들에게 대해 전과 같은 위치를 유지하고 있었다. 그리고 여전히(마치 아무 일도 없었던 것처럼) 그들이 누군지 알아내려는 태도로 횃불을 그쪽으로 쑥 내밀고 있었다.

홀 안의 사람들은 이 성성이들의 매달린 꼴에 놀라 잠깐 동안 죽은 듯한 침묵이 흘렀다. 이 침묵은 전날 임금이 트리페타의 얼굴에 술잔에 내던졌을 때 임금과 일곱 대신들의 주의를 끈 그 같은, 귀에 거슬리는 소리로 깨뜨려졌다. 그러나 이번엔 그 출소(出所)에 대해 의심할 여지가 없었다. 그것은 난쟁이의 뱀 어금니 같은 이빨 사이에서 나온 소리였다. 그가 거품을 내뿜으며 이를 삐걱삐걱 간 것이었다. 그리고 악마와 같은 격노에 타오른 얼굴로 임금과 일곱 대신들의 얼굴을 흘겨보고 있었다.

"아하! 이젠 이 사람들이 누군지 알겠군!"

하고 노염으로 불덩어리가 된 난쟁이는 말했다. 그는 임금을 더 자세히 보려는 듯이 횃불을 쳐들어 임금의 전신을 싸고 있는 삼옷에 갖다대었다. 온몸은 삽시에 불덩어리가 되어 타올랐다. 30초도 못 되어 여덟 마리의 성성이들은, 아래에서 무서워 부들부들 떨며 갈팡질팡하고 멍하니 위만 쳐다보고 있는 군중들 가운데에서 온통 불덩어리가 되어 맹렬한 기세로 타올랐다.

갑자기 불길이 활활 타올랐으므로 난쟁이는 불길이 닿지 않는 위에까지 쇠사슬을 타고 기어올라갔다. 그동안 또 방안에는 잠시 침묵이 흘렀다. 절름발이 개구리는 그 기회를 놓치지 않고 또다시 말을 이었다.

"이 작자들이 누군지 이제는 확실히 알겠군"

하고 난쟁이는 말했다.

"이 녀석들은 임금과 일곱 대신이다 —— 허약한 여자를 때리고도 조금도 양심의 가책을 느끼지 않는 임금과 그 임금을 부추긴 일곱 대신들이다. 자, 그리고 나는 다른 사람이 아니라 익살꾼 절름발이 개구리 —— 그리고 이것이 내 최후의 익살이란 말이다."

타르와 그것에 바싹 달라붙은 삼은 불붙기에 아주 쉬웠으므로 절름발이 개구리의 이 짧은 연설이 채 끝나기도 전에 복수의 일은 완성되었다. 이 여덟 구의 시체는 악취를 내며 꺼먼, 무시무시하고 분별할 수 없는 한덩어리가 되어 쇠사슬 끝에 매달린 채 흔들리고 있었다. 절름발이 개구리는 횃불을 그쪽으로 던지고 유유히 천장으로 기어올라가 창 밖으로 사라져버렸다. 트리페타가 무도장 지붕 위에서 이 화장(火葬)에 원조하였던 것 같았다. 그리고 그들은 둘 다 그들의 고국으로 도망쳐 버렸는지, 그 후 그들의 모습은 이 나라 안에서 다시는 눈에 띄지 않았다.

적사병의 가면

　'적사병(赤死病)'이 오랫동안 그 나라를 휩쓸었다. 이와 같이 사람의 생명을 빼앗는 무서운 악역(惡疫)은 아직까지 없었다. 피가—— 새빨간 무서운 피가—— 그것의 화신이며 증인이었다. 우선 온몸이 몹시 쑤시며 갑자기 머리가 아뜩해지고, 콧구멍에서 피를 펑펑 쏟으며 죽고 만다. 환자의 몸에 나타나는, 특히 얼굴에 피어나는 진홍색 반점이 이 악역의 표적이고, 사람들은 이 표적만 보면 그들의 간호와 동정까지도 거두고 만다. 그리고 병의 발작이나 경과, 종결이 모두 반시간도 못 되는 동안에 나타난다.

　그러나 프로스페로 공(公)은 행복하고 용감하고 현명하였다. 공의 영토 안의 인구가 절반이나 줄었을 때, 공은 궁정의 기사와 귀부인들 중에서 약 1000명쯤 되는 튼튼하고 천성이 쾌활한 신하들을 불러들여, 그들과 함께 성으로 둘러싸인 어느 사원으로 깊이 은둔해버렸다. 이 사원은 넓고 굉장한 구조로 되어 있는, 공 자신의 괴팍하고도 장엄한 취미에서 나온 것이었다. 튼튼하고 높은 담이 사원을 둘러싸고 있고, 이 곳저곳의 담에는 철문이 나 있었다. 신하들은 그들이 안으로 들어간 후 용광로와 쇠메를 가져다 문의 빗장을 아주 녹여 붙여버렸다. 그들은 사원 안에서 아무리 절망과 광란(狂亂)의 충동이 갑자기 일어난다 하더라도, 영 출입을 하지 않으려고 굳게 결심하였던 것이다. 사원 안에는 먹을것이 충분히 저장되어 있었다. 이만한 준비가 되어 있었으므로, 그들은 마음속이 제법 든든했던 것이다. 바깥세상은 제멋대로, 되고 싶은 대로 돼라, 오히려 그런 것을 애써 슬퍼하며 생각하는 것이 어리석은 일이었다.

프로스페로 공은 이미 모든 오락물을 사원 안에 설치해놓았다. 광대도 있었고 즉흥시인도 있었고 발레 무용가도 있었으며 음악가, 미인, 술도 있었다. 사원 안에는 이러한 것과 함께 안전이 있었다. 없는 것은 다만 '적사병' 뿐이었다.

그들이 이와 같이 이 사원으로 은둔한 지 5,6개월이 흘러간 후, 바깥세상에서는 적사병이 맹렬한 기세로 횡행하고 있었지만 프로스페로 공은 세상에서는 좀 보기 드문 성대한 가면무도회를 열고 많은 그의 친구들을 초대하였다.

이 무도회야말로 실로 돈을 물과 같이 써서 만든 것이었다. 먼저 무도회가 열릴 방부터 설명하자면, 방 수가 일곱이나 되고 —— 그 안의 장식은 마치 궁전과도 같았다. 그러나 보통 구조의 궁전 같으면 일곱 개의 궁실이 쭉 한 줄로 연결되어 있고, 방 미닫이문을 벽 양쪽으로 활짝 열어젖뜨리면 으레 한 끝에서부터 한 끝까지 환하게 내다보이게 되어 있다. 그러나 공의 이상한 것만을 찾는 취미로 미루어 이 궁실들의 구조는 그러한 것과는 아주 딴판으로 되어 있었다. 방과 방의 구조가 대단히 불규칙적으로 되어 있었으므로 한 번에 겨우 방 하나가 보일 정도였고, 일곱 방을 전부 내다볼 수는 없었다.

낭하는 2, 30야드씩 간격을 두고 갑자기 구부러져 있었으며, 그때마다 새로운 흥취를 일으켰다. 좌우 양쪽 벽 한중간에 좁은 고딕형의 창이 높이 달려 있고, 꾸불꾸불 구부러진 방을 따라 쭉 뻗친 좁은 마루쪽으로 열려 있었다. 창에는 색유리가 끼워져 있고, 그 색유리는 창문을 열면 보이는 방의 장식의 색채에 따라 변화하였다. 예를 들면 동쪽 끝에 있는 방은 푸른색으로 장식되어 있었다. 여러 개의 창이 모두 맑은 푸른색이었다. 두 번째 방은 그 장식과 벽모전이 모두 자주색이었으므로 창도 자주색이었다. 세 번째 방은 전부 초록색이었으므로 창도 똑같이 초록색이었다. 네 번째 방은 방 장식이나 등화가 노란색이고, 다섯 번째 방은 흰색, 여섯 번째 방은 오랑캐꽃 색이었다. 일곱 번째 방은 천장부터 벽 전면이 모두 꺼먼 비로드 색의 벽모전으로 덮여 있고 그 벽모전은 또다시 무거운 주름살을 이루고 같은 천과 같은 색의 융단 위로 떨어져 있었다. 그러나 이 방의 창만은 실내의 장식과는 달랐다. 이 방의 유리색은 새빨간 색 —— 진한, 흐르는 듯한 핏빛이었다.

일곱 개 방 중 어느 방이든지 찬란한 금색으로 이곳저곳 장식되어 있었고, 혹은 천장으로부터 황금색의 장식물들이 많이 매달려 있었지만, 그들 가운데에는 램프라든지 촛대 따위는 한 개도 걸려 있지 않았다. 방마다 램프나 촛대에서 방사되는 듯한 광선은 찾아볼 수가 없었다. 그러나 각 방 옆에 있는 낭하에는 창쪽을 연하여 그 위에 등잔이 놓여진 삼각대(三脚臺)가 놓여 있고, 거기서부터 나오는 광선이 색유리창을 통하여 방 안을 환히 비추고 있었다. 그러한 까닭으로 방 안에는 무수한, 기이하고도 황홀한 그림자가 건들거렸다. 그러나 서쪽, 즉 까만색 방에는 핏빛 유리창으로부터 흘러들어와 방 안의 까만 벽모전 위에 떨어진 그림자가 있어 아주 무서웠고, 안으로 들어온 사람의 용모에 오싹한 빛을 던졌으므로 감히 이 방 안으로 들어오려는 담대한 사람은 드물었다.

이 방에는 또 큰 흑단의 시계가 서쪽 벽에 걸려 있었다. 시계의 추는 둔하고 육중한, 단조로운 소리를 내며 좌우로 흔들거렸다. 장침이 한 바퀴 돌아 땡땡 시간을 알리게 될 때에는 시계의 구리 폐장(肺臟)으로부터 맑고 높은, 힘있는 소리가 흘러나왔으므로, 한 시간이 경과될 때마다 오케스트라의 연주자들은 잠깐 연주를 중지하고 시계 치는 소리에 귀를 기울이지 않으면 안 되었다. 이에 따라, 아주 흥이 나서 왈츠를 추고 있던 사람들은 갑자기 춤을 멈추게 되고, 아직까지 흥에 겨워 날뛰고 있던 모든 사람들 사이에는 잠깐 동안 혼란의 기색이 떠도는 것이었다. 시계가 땡땡 치고 있는 동안은 가장 흥겨워 날뛰던 사람의 얼굴도 파랗게 질리고, 노인과 덜 흥분된 사람은 환상이나 명상에 사로잡혀 생각에 젖어 있는 듯이 이마에다 손을 얹고 있는 모습이 눈에 띄었다. 그러나 땡땡 치는 시계 소리가 완전히 사라져버리면 가벼운 웃음소리가 대번에 방 안에 떠돌고, 연주자들은 서로 얼굴을 쳐다보며 자기 자신이 신경과민이고 어리석었다는 듯이 얼굴에 미소를 띠는 것이었다. 그리고 서로 수군거리며 이 다음에 시계가 또다시 종을 칠 때에는 결코 그렇게 동요하지는 않겠다고 다짐을 하는 것이었다. 그러나 60분이 경과된 후에 (즉 그동안에는 3600초라는 시간이 흐른다) 또다시 종을 치면 여전히 불안과 전율과 명상이 계속된다.

그러나, 이러한 불안이 한 시간마다 계속되었음에도 불구하고 그것은 유쾌하고 성대한 잔치였다. 공(公)의 취미는 특이한 것이었다. 그는 색채와 효과에 있어서 고상한 견식이 있었고, 다만 일시적 유행 같은 것에는 거들떠보지도 않았다. 공의 계획은 대담했고 열렬했으며, 그 구상은 야만적 광채에 싸여 있었다. 사람들 중에는 공을 미친 사람이라고 생각도 했지만 그의 근신(近臣)들은 그렇게 생각하지 않았다. 그것을 확실하게 하려면 친히 공과 대면하여 그의 말을 들어볼 필요가 있었다.

이 큰 잔치에 있어서 일곱 개의 방에 이동 장식을 설치한 것은 대부분 공의 지휘에 따른 것이었다. 그리고 가면자(假面者)들에게 배역을 지정해준 것도 공의 취미에서 나온 것이었다. 그것이 모두 괴이한 것뿐이었다는 것은 말할 것도 없다. 거기에는 광휘(光輝)·찬란·기교(奇巧)·환상──후세에《에르나니(빅토르 위고의 비극)》에서 흔히 볼 수 있는 것 같은 것──이 많았다. 사지가 어울리지 않고 이상한 의상을 입은 아라비아풍의 모양도 보였다. 미친 사람이 아니고서야 감히 생각도 못할 만큼 기괴한 발상도 있었다. 화려한 것, 음탕한 것, 기괴한 것이 대부분이었지만 무서운 것도 다소 있었고. 혐오감을 일으키는 것도 적잖았다.

사실, 일곱 개의 방 안에는 꿈속에서 날뛰는 듯한 환상적인 무리들이 이리저리 활보했다. 그리고 이들 몽마(夢魔)들은 몸을 구부릴 때마다 온몸에 방 안의 색채를 받으며 오케스트라의 우렁찬 소리를 마치 자기들의 발소리와도 같이 생각하며 이리저리 뛰어 돌아다녔다. 그러는 동안에 그 비로드 색 방에 걸린 흑단 시계가 땡땡 치기 시작하면 잠깐 동안 방에서는 죽은 듯한 침묵이 흐르고, 시계 소리 외에는 아무 소리도 들리지 않는다. 몽마들은 얼어붙은 듯이 그 자리에서 꼼짝도 못한다. 그러나 시계 소리가 끝나면—— 불과 일순간에 끝나는 것이지만—— 가벼운, 약간 눌린 듯한 웃음 소리가, 사라지는 시계 소리의 뒤를 따라 들려온다. 그러면 또다시 음악 소리는 흥겨운 듯이 터져나오고, 얼어붙은 몽마들은 소생하여 긴 한숨을 내쉬며, 삼각대로부터 흘러나오는 가지각색의 찬란한 빛을 온몸에 받으며 이리저리 뛰어 돌아다닌다.

그러나 일곱 개의 방 중 감히 서쪽 끝에 있는 방으로 들어가려는 사람은 아무도 없었다. 밤은 점점 깊어가고 피를 끼얹은 듯한 색유리 창으로부터는 한층 더 빨간 빛이 흘러들어오며, 새까만 벽모전은 사람의 마음을 소스라치게 하기 때문이었다. 그리고 까만 융단 위에 발을 놓는 사람들의 귀에는, 저쪽 멀리 떨어진 방에서 즐겨 날뛰는 사람들의 소리보다는 시계 소리가 더 각별히 무겁게, 꾹 누르는 듯이 들려왔기 때문이다.

그러나 다른 방에는 방마다 사람들로 가득 차 있고, 생명의 심장이 그 안에서 미친 듯이 고동치고 있었다. 잔치는 용

숫음치는 소용돌이와도 같이 들끓는 중에 진행되었고, 드디어 자정을 알리는 시계 소리가 땡땡 열두 번 울렸다. 그러니까 전에도 말한 바와 같이 갑자기 음악 소리는 뚝 그치고, 미친 듯이 왈츠를 추던 사람들도 춤을 멈추며, 온 집안은 또다시 전과 같이 죽은 듯이 고요해졌다.

시계의 종이 열두 번을 쳐서 간격을 가장 길게 끌었던 만큼, 들끓던 사람들 중에서도 생각 깊은 사람들을 더한층 깊이 생각에 잠기게 했다. 그리고 최후의 땡 치는 시계 소리의 여운이 아주 사라지기도 전에 군중 가운데 대부분의 사람들은 전에는 조금도 눈에 띄지 않던 가면자가 하나 섞여 있는 것을 보게 되었다. 이 소문이 스멀스멀 사방으로 퍼지고 모든 사람들의 입으로부터 놀라움이 —— 마침내는 공포와 혐오까지 나타낸 수군거리는 귀엣말과 불평이 드디어 모든 사람들의 입으로부터 새어나왔다.

이와 같은 괴물들의 회합에 있어서 웬만한 가장으로는 이런 소동은 일어나지 않는다. 그러나 지금 나타난 이 문제의 가장인물에 대해선 대담한 공(公)도 손이 움츠러들며, 그의 무한한 도량으로 생각하여보더라도 너무나 큰 존재였다. 아무리 소견 좁은 사람의 마음이라 할지라도, 대면 반드시 감동을 일으키는 금선(琴線)은 있는 법이다.

생사를 다같이 장난으로 여기는 말할 나위 없는 불한당이라 할지라도 때로는 농담 한마디 할 수 없는 기막힌 때도 있는 법이다.

사실 방 안 사람들이 아직까지 보지 못한 이 가장자의 복장과 태도에서는 기술과 의장(意匠)이라곤 아무것도 없다는 것을 찾아낼 수가 있었다. 그러나 이 가장한 사나이는 키가 크고 몸이 후리후리하고, 머리끝에서부터 발끝까지 다 썩은 시의를 감고 있었다. 얼굴을 감춘 가면에는 굳어버린 시체의 빛이 떠돌아, 아무리 바싹 들여다봐도 가면같이 보이지는 않았다. 이것만으로는, 즐겨 날뛰는 사람들로부터 참 잘된 가장이라고 칭찬을 받지 못했다 하더라도, 그들은 참을 수 있었을지도 모른다. 그러나 이곳저곳에서 '적사병'과 흡사하다고 수군거리는 소리까지 나오게 되었다. 그의 의복은 피로 젖어 있고 그의 넓은 이마는 얼굴의 다른 부분과 같이 무서운 피의 반점으로 덮여 있었다.

프로스페로 공의 시선이 이 괴물에 떨어졌을 때(괴물은 자기의 역할을 더 완수하려는 듯이 엄숙한 걸음걸이로 서서히, 왈츠를 추는 사람들 사이를 이리저리 활보했다) 그는 최초의 순간에는 공포와 불유쾌한 감정으로 몸을 부들부들 떨고 있더니 다음 순간에는 격노가 치밀어 그의 이마는 주홍색이 되고 말았다.

"어떤 녀석이냐?"

공은 목쉰 소리로 옆에 있는 신하에게 물었다.

"어떤 녀석인데 감히 그런 불손한 가장으로 이와 같이 우리들을 모욕하는 것이냐? 그 녀석을 붙잡아 가면을 벗겨라. 먼동이 틀 때 성벽으로부터 목을 매달아야 할 녀석의 얼굴을 알 수 있도록!"

프로스페로 공이 이런 소리를 지른 것은 동쪽 방, 즉 파란 방으로부터였다. 그의 목소리는 일곱 개의 방을 통하여 높이 쨍쨍 울렸다. 왜냐하면 공은 대담한 사람이고 음악 소리는 공의 손짓으로 뚝 그쳤기 때문이다.

　얼굴색이 파랗게 질린 신하들을 거느리고 공이 서 있던 방은 파란 방이었다. 먼저 이렇게 공이 외쳤을 때 신하들 중에는 태연히, 엄숙한 발걸음으로 공에게로 바싹 달려드는 이 침입자에게로 돌진해가려는 기세를 보이더니, 서로 속삭이는 바람에 기가 꺾였던지 까닭모를 일종의 공포에 사로잡혀 누구 하나 선뜻 나가 그 녀석을 붙잡으려는 사람이 없었다. 그러므로 무인경(無人境)을 걷듯이 괴물은 공의 근처에까지 가까이 다가왔다. 그리고 방 안의 모든 사람들이 언약이나 한 듯이 방 한가운데로부터 벽 쪽으로 슬금슬금 뒷걸음질치는 동안에 괴물은 전과 조금도 다름없이 엄숙한, 일정한 걸음걸이로 파란색 방으로부터 자주색 방으로―― 자주색 방으로부터 초록색 방으로―― 초록색 방으로부터 노란색 방으로―― 노란색 방으로부터 흰색 방으로―― 거기서 또다시 오랑캐꽃 색 방으로―― 그를 붙잡으려는 최후의 행동이 떨어지기 전에 서슴지 않고 걸어들어왔다.

　그러나 이때 프로스페로 공은 자기가 일시적으로 벌벌 떨고만 있었던 것을 부끄럽게 생각하고 화가 벌컥 치밀어 맹렬한 기세로 여섯 개 방을 차례차례로 뚫고 나갔지만 다른 사람들은 얼빠진 듯이 벌벌 떨고만 있을 뿐 한 사람도 그 뒤를 쫓지 못했다. 공은 단검을 뽑아 높이 쳐들고 헐떡거리며, 도망치는 괴물의 3,4피트 앞에까지 바싹 다가섰다. 바로 그때 괴물은 비로드 방의 마지막 벽에까지 밀려가자 갑자기 획 돌아서며 추격자와 마주 섰다. 그 순간 날카로운 비명이 일어나고 단검이 공중에서 번쩍이며 그만 까만 마루 위에 떨어지더니, 곧 그 위에 프로스페로 공도 죽음을 면치 못하고 엎드러졌다.

그때까지 벌벌 떨고만 있던 사람들은 절망 끝에 온갖 용기를 내어 곧 까만색 방으로 달려오자마자, 흑단 시계 그림자 뒤에 꼼짝도 하지 않고 꼿꼿이 서 있는 괴물의 목덜미를 붙잡고 무시무시한, 다 썩은 시의와 시체와 같은 가면을 닥치는 대로 막 쥐어뜯으며 흔들어보았다. 그러나 손 안에 잡히는 것은 아무것도 없는, 정체 모를 것으로 되어 있다는 사실을 깨닫자, 그들은 표현할 수 없는 공포로 헐떡거리며 부들부들 떨고만 있었다. 그들은 그제서야 '적사병'이 나타난 것을 알 수 있었던 것이다. '적사병'은 밤도적처럼 슬쩍 들어온 것이다. 그리고 이제까지 즐겨 날뛰던 무리들이 하나씩 하나씩 피에 젖은 방에서 넘어져갔다. 그리고 넘어진 그 모양 그대로의 처참한 꼴로 죽어버렸다.

흑단 시계의 수명도 이 성대한 잔치가 막을 내리는 것과 동시에 뚝 끊어졌다. 삼각대의 횃불도 꺼졌다. 다만 '암흑'과 '황폐'와 '적사병'만이 모든 것 위에 무한한 권위를 누리고 있을 뿐이었다.

아몬틸라도의 술통

포추나토가 아무리 심한 말을 해도 대꾸 한마디 안 하고 될 수 있는 대로 꾹 참고만 있었지만 이번에 또다시 그가 모욕을 해오자 나는 복수를 결심하지 않을 수 없었다. 물론 내 성질을 잘 알고 있는 사람들은 내가 입을 열어 그를 위협하였다고는 생각지 않을 것이다. 결국은 원수를 갚아야겠다 —— 이것이 내가 결심한 것이었다.

물론 이렇게 결심은 했지만 그 마음 한구석에는 위험을 피해야겠다는 마음도 없지는 않았다. 그에게 복수는 하되 나에게 해가 돌아오지 않도록 해야 되었다. 악을 징계하는 자에게 도리어 벌의 보답이 있게 되면 징악(懲惡)은 무의미하게 되는 것이다. 징악자가 악을 범한 자로 하여금 천벌이라는 것을 느끼게 하지 못할진대 그것은 징악의 목적이 되지 못한다.

말에 있어서나 행동에 있어서 포추나토가 나의 선의(善意)를 의심하지 않도록 할 필요가 있었다. 전과 조금도 다름

없이 여전히 그와 대면하면서 싱글벙글했으므로, 그는 내가 딴 배짱이 있어서 그러는 줄은 꿈에도 몰랐다. 그는 —— 이 포추나토는 —— 여러 점에 있어서 훌륭도 하고 사람들이 무서워하는 인물이었지만 그에게는 약점이 하나 있었다. 그것은 술맛만 보면 그 술이 무엇인지 알 수 있다고 으스대는 버릇이었다. 이탈리아인으로서 실제로 명 감정인(名鑑定人)은 별로 없었다. 그들의 대부분은 시간과 기회를 잡는 데 —— 영국인과 오스트리아의 백만장자를 속이는 데 열성이었다.

포추나토도 그림이라든지 보석 방면에 있어선 다른 이탈리아인들과 같이 엉터리였지만, 묵은 술을 감정하는 솜씨는 대단하였다. 이 점에 있어서는 나도 그에게 지지 않았다. 나는 이탈리아 산(産)의 포도주를 감별하는 데 자신이 있었으므로 언제든지 될 수 있는 대로 사들였다.

사육제 시즌의 흥분이 극도에 달하였을 때의 어느 날 저녁, 나는 포추나토를 만났다. 술기운이 핑 돈 후였으므로 그는 대단히 쾌활한 어조로 나에게 말을 걸었다. 그는 광대처럼 몸에 꼭맞는 얼룩덜룩한 옷을 입고 머리에는 방울이 달린 원추형(圓錐形)의 모자를 쓰고 있었다. 나는 그를 만난 것이 어찌나 반가웠던지 그의 손을 꼭 붙잡은 채 놓을 줄을 몰랐다.

나는 그에게,

"포추나토 씨, 잘 만났습니다. 오늘은 굉장하시군요! 그런데 난 오늘 아몬틸라도주(酒)라고 해서 큰 통으로 한 통 샀는데 어쩐지 의심스럽습니다"

하고 말했다.

"뭐? 뭐? 아몬틸라도주? 큰 통? 될 말인가! 이제 사육제가 한창인데!"
하고 그는 말했다.
"그러기에 의심스럽단 말이죠. 당신한테 물어보지도 않고 술값을 치러버렸으니 큰 실수를 했나 봅니다. 당신이 안 계셨고 또 싼 물건을 놓치는 것만 같아 억울해서 사기는 샀지만……"
하고 나는 대답했다.
"아몬틸라도주라……."
"어쩐지 그것이 의심스럽습니다."
"아몬틸라도주라……."
"충분히 감정해야겠어요."
"아몬틸라도주라……."
"당신은 바쁘실 테니까 루케시를 찾아갈 작정입니다. 감정할 수 있는 사람은 당신 외에는 루케시밖에 없을 테니까요. 그 사람이야 가르쳐주겠지요."
"루케시야 세리주와 아몬틸라도주의 구별도 모르는 위인인데?"
"그러나 누가 그러는데, 그는 당신에게 지지 않을 명감정가라고 그러던데요."
"자! 그럼 가세."
"어디로요?"
"자네의 집 지하실로 말이야."
"아닙니다. 이렇게 폐를 끼쳐 되겠습니다? 암만 해도 바쁘신 것만 같은데요. 루케시는……."

"아냐, 아무 일도 없어, 가세."

"아닙니다. 일이 없다 해서가 아니라, 무척 추우실 것 같아서입니다. 지하실 속은 아주 축축하고 온통 초석(硝石)으로 덮여 있거든요."

"상관 있나, 가세. 추위가 다 뭐야, 그까짓 것이. 아몬틸라도주라고 그랬겠다! 속았네, 속았어. 루케시 녀석이 뭘 안다고, 세리주와 아몬틸라도주의 구별도 모르는 위인인데."

포추나토는 이렇게 말하면서 내 팔을 붙잡았다. 꺼먼 비단 마스크를 쓰고 망토로 몸을 꼭 싸며 나는 그의 말대로 나의 집으로 걸음을 재촉했다. 집에는 하인이라고는 하나도 없었다. 그들은 때가 때니만큼 싸질러나간 것이었다. 나는 내일 아침까지 돌아오지 않을 테니 집에서 한 걸음도 나가면 안 된다고 단단히 분부를 해두었다. 내가 이렇게 한마디만 해두면 내 모습이 사라지자마자 그들도 모두 곧 외출할 것임을 잘 알고 있었기 때문이다.

횃불집에서 횃불을 두 개 집어들어 하나를 포추나토에게 주고, 여러 방을 지나 지하실로 통하는 아치 통로에까지 그를 공손히 안내했다. 내 뒤를 쫓아오는 그에게 조심하라고 주의하며 나는 길게 꾸부러진 계단을 내려갔다. 우리는 드디어 지하실 바닥에까지 와서 몬트레쇼가(家)의 지하 묘지의 축축한 땅 위에 나란히 섰다.

포추나토는 걸음걸이가 건들건들하여 걸을 때마다 모자 위의 방울이 달랑달랑 흔들렸다.

"큰 술통은?"

하고 그가 물었다.

"좀더 가야 됩니다. 그런데 보세요. 벽에 번쩍이는 흰 거미줄 같은 것이 보이지 않습니까?"

하고 내가 말했다.

그는 나를 돌아다보며 술에 취해 눈물이 서린 눈으로 내 눈을 들여다보았다.

"초석인가?"

하고 그가 물었다.

"초석입니다. 그런데 언제부터 그렇게 기침을 하시게 되셨습니까?"

"콜록! 콜록! 콜록! —— 콜록! 콜록! 콜록! —— 콜록! 콜록! 콜록! —— 콜록! 콜록! 콜록! —— 콜록! 콜록! 콜록!"

포추나토는 불쌍하게도 한참 동안 대답을 못했다.

"상관없어."

그는 겨우 이렇게 대답했다.

"자! 우리 도로 나갑시다"

하고 나는 넌지시 한마디 건네보았다.

"당신의 건강이 중하십니다. 당신은 부자고 사람들에게 존경을 받고, 사랑도 받고 있습니다. 그리고 내가 옛날에 그랬던 것처럼 이제 당신은 행복하신 분입니다. 당신이야 다른 사람들에게 위엄을 받을 사람이지만 나 같은 거야 뭐 아무래도 좋지요. 돌아가시지요. 병이 나시더라도 난 책임질 수 없습니다. 그러지 않아도 루케시가 있으니까요."

"듣기 싫어. 이까짓 기침이 다 뭐란 말야. 설마 죽을라구. 기침으로 죽지는 않아"

하고 그는 퉁명스레 말했다.

"그야 그렇죠. 하지만 또 쓸데없는 말을 해서 당신을 놀라게 할 생각은 없습니다만, 적당히 주의하지 않으면 안 됩니다. 이 메독 주나 한 잔 드시지요. 습기가 좀 없어질 테니까."

그러면서 나는 땅 위에 쭉 길게 서 있는 병 가운데서 하나를 집어 병마개를 뜯었다.

"자, 한잔"

하며 나는 그에게 잔을 내밀었다.

그는 눈을 가늘게 뜨며 술잔을 입술에 갖다대었다. 잠깐 쉰 다음 그는 나에게 다정히 머리를 끄덕였다.

"여기서 편안히 쉬고 있는 사람들의 혼을 위해 한잔"

하고 그는 말했다.

"그리고 당신의 장수(長壽)를 위해."

이렇게 말하고 나서 그는 또다시 내 팔을 잡았고 우리들은 앞으로 걸어갔다.

"지하실이 꽤 넓은데?"

"그럼요, 몬트레쇼가라면 굉장히 크고 번잡한 집안이었으니까요."

"자네의 집 문장(紋章)이 뭐였더라?"

"하늘색 바탕에 큰 금빛 사람 다리가 있고 그 다리가 일어서려는 뱀을 밟아누르고 있으며, 그 뱀이 다시 사람의 발뒤꿈치를 물고 있는 그림입니다."

"표어는?"

"'나를 해치는 자에게 보답이 있으리라(Nemo me impune lacessit)'는 겁니다."

"좋은 표어구먼!"

하고 그는 말했다.

　그의 두 눈은 술기운으로 번쩍거리고, 방울은 달랑달랑 흔들렸다. 그 메독주로 내 마음까지도 후끈해진 것만 같았다. 우리들은 군데군데 큰 술통이 섞여 있고 사람 뼈다귀가 담벼락처럼 수북이 쌓여 있는 사이를 지나 지하 묘소(地下墓所)의 가장 깊숙한 곳으로 걸어갔다. 나는 또 잠시 발을 멈추고, 이번에는 대담하게 포추나토의 팔꿈치를 끌어 잡아당겼다.

　"초석입니다! 보십시오, 점점 수가 많아집니다. 천장에 있는 이끼처럼 매달려 있군요. 우리는 하상(河床)보다 더 밑으로 내려와 있습니다. 해골들이 온통 습기로 번들거리는군요. 자, 늦기 전에 돌아갑시다. 당신의 기침은……."

　"상관없다니까. 자, 더 가세. 우선 메독주를 한잔 더 마시고."

　나는 드그라브주의 병마개를 열고 그에게 내밀었다. 그는 한숨에 그것을 쭉 들이켜 비웠다. 그의 두 눈에는 날카로운 빛이 떠돌았다. 그는 웃으며, 내가 알지 못하는 몸짓을 하면서 병을 위로 던졌다.

　나는 깜짝 놀라 그를 쳐다보았다. 그는 그런 동작 ―― 기이한 몸짓 ―― 을 되풀이했다.

　"모르겠나?"

하고 그가 말했다.

　"모르겠는데요."

　"그러면 자넨 조합원(組合員)이 아닌가 보군."

　"어째서요?"

　"자넨 공제(共濟) 조합원이 아니가 봐."

"아뇨, 아뇨"

하고 나는 말했다.

"아뇨, 아닙니다."

"자네가? 그럴 리 없어! 조합원이라구?"

"조합원입니다."

"표시는?"

하고 그가 물었다.

"이겁니다"

하고 대답하며 나는 망토 주름살 아래에서 흙손을 꺼냈다.

"쓸데없는 소리"

하고 그는 몇 걸음 뒤로 물러서며 외쳤다.

"허나 그까짓 게 대순가? 어서 아몬틸라도주 있는 데로 가세."

"그럽시다."

나는 흙손을 망토 속에 집어넣은 다음, 한 팔을 그에게 내밀며 대답했다. 그는 내 팔에 무겁게 매달렸다. 우리들은 아몬틸라도 술통을 찾아 계속 걸어나갔다. 우리는 여러 아치 통로를 지나 내려가고 또 내려가서는 아주 깊숙한 납골당(納骨堂)에 이르렀다. 그 안의 공기는 축축했으므로 우리들이 들고 있는 횃불은 환하게 빛나지 않고 껌벅거렸다.

이 납골당 제일 끝에 더 좁은 납골당이 하나 보였다. 담벼락에는 파리의 대지하 묘소(大地下墓所) 모양으로 해골이 천장까지 잔뜩 쌓여져 있었다. 납골당 내부 벽의 세 면은 이 모양으로 해골로 장식되어 있었다. 나머지 한 면에는 해골이 허물어져 땅 위에 아무렇게나 난잡하게 흩어져 있는데, 어느

한 곳은 수북이 쌓여 산모양을 이루고 있었다. 해골을 헤치자 나타난 담벼락 속에 깊이 4피트, 너비 3피트, 높이 6,7피트 가량의 또 하나의 구멍이 나타났다. 이 구멍은 그 속을 특별히 사용할 목적으로 만들어둔 것이 아니라 납골당의 지붕을 받쳐놓은 큰 두 개의 기둥 사이에서 저절로 생긴 틈인데 뒤는 굳은 화강암의 벽으로 둘러싸여 있었다.

포추나토가 빛이 희미한 횃불을 쳐들어 그 납골당 속 구석을 들여다보려고 했지만 좀처럼 보이지 않았다. 희미한 빛은 구석 끝까지 빛을 던져주지 못한 것이었다.

"들어가보십시오. 바로 저기 아몬틸라도주가 있습니다. 루케시라면……."

"그 녀석은 아무것도 모른대두"

하고 내 말을 가로막으며 포추나토는 비틀비틀 그 안으로 들어갔다. 나도 곧 그 뒤를 쫓아갔다. 이내 그는 구멍 끝에 이르렀지만 앞에 바위가 우뚝 가로막혀 있는 것을 보고선 그만 멈칫했다. 그 순간 나는 벼락같이 달려들어 그를 바위 위에 잡아매버렸다. 바위에는 옆으로 2피트 간격을 두고 U자형의 철못이 두 대 박혀 있었고 그 한쪽에는 짧은 쇠사슬이, 다른 한쪽에는 맹꽁이 자물쇠가 달려 있었다. 포추나토의 허리에 쇠사슬을 감고 그것을 바싹 졸라매는 데는 불과 몇 초도 걸리지 않았다. 그는 어처구니가 없어 저항도 못 하였다. 열쇠를 뺀 다음 나는 재빠르게 그 구멍으로부터 밖으로 나와버렸다.

"손으로 벽을 훑어보시오"

하고 나는 말했다.

"초석이 손에 닿을 테니까. 정말 그것은 몹시 축축합니다. 또 한번 돌아가자고 재촉해볼까요. 싫으시다구요? 그렇다면 할 수 없구먼요. 당신을 여기 떼어놓고 나 혼자 돌아갈 수밖에. 그러나 나는 떠나기 전에 될 수 있는 대로 당신에게 낱낱이 주의를 해야겠습니다."

"아몬틸라도주!"

하고 그는 아직 놀란 마음이 풀리지 않아 버럭 소리를 질렀다.

"네, 그렇습니다. 아몬틸라도주고말고요."

나는 이런 말을 하면서 전에 얘기한 그 해골 사이를 이리저리 걸어다니며 뼈다귀를 헤치고 건축용 석재(石材)와 회를 골라내었다. 이러한 재료들을 가지고 나는 흙손으로 분주히 토굴 입구를 틀어막기 시작했다.

제1열의 석축(石築)이 대강 되었을 때, 포추나토가 꽤 술이 깬 것을 알 수 있었다. 그것은 우선 납골당 저쪽 끝으로부터 작은 신음소리가 들려온 것으로 알 수 있었다. 그 목소리는 벌써 취한(醉漢)의 목소리는 아니었다. 그 후 긴, 누르는 듯한 갑갑한 침묵이 흘렀다. 나는 제2열, 제3열, 제4열, 이런 순서로 돌을 쌓아올렸다. 그때 쇠사슬을 몹시 흔드는 소리가 쩔렁쩔렁 들려왔다. 이 소란한 소리는 몇 분간 계속되었는데, 그동안 나는 그 소리를 흡족할 만큼 듣고 싶어서 일을 쉬고 해골 위에 걸터앉았다. 드디어 쩔렁쩔렁 쇠사슬 흔드는 소리가 뚝 그치고 사방이 고요해졌을 때 나는 또다시 흙손을 들고 무난히 제5열, 제6열 제7열의 순서로 돌을 쌓아올렸다. 벽은 이제는 거의 내 가슴의 높이에까지 달하였다. 또 한번 나는 일손을 멈추고 횃불을 돌담 위로 쳐들어 구멍 속의 사람 쪽으로 희미한 광선을 던져보았다.

결박당한 사람의 목에서 갑자기 터져나오는, 크고 날카로운 비명 소리는 나를 뒤로 몹시 떠다밀어버리는 것만 같았다. 잠시 내 몸은 소스라치며 부들부들 떨렸다. 다음 나는 장검(長劍)을 뽑아 구멍 속을 이리저리 쿡쿡 찔러보았다. 갑자기 이만하면 됐구나 하는 생각이 머리에 떠올랐다.

튼튼히 쌓아올린 석축을 손으로 흔들어보았지만 꼼짝도 하지 않았으므로 나는 마음이 든든해져, 담벼락 쪽으로 바싹 다가가서 죽겠다고 떠들어대는 그의 비명에 맞춰주었다. 나는 호령을 하며 —— 그에게 지지 않게 크고 힘찬 소리로 그를 압도했다. 내가 이렇게 고래고래 퍼부었더니 그의 소리는 고요해졌다.

밤이 깊어지자 내 일도 대강 끝나게 되었다. 나는 제8열, 제9열, 제10열의 석축을 끝마치고 최후의 열한 번째 줄의 절반쯤이나 끝마쳤다. 그 다음에는 돌 하나만 올려놓고 회만 싹 바르면 그만이었다. 마지막으로 무거운 돌을 끙끙대며 쳐들어, 겨우 제자리에 올려놓았다. 바로 그때 납골당 안에서 내 머리털을 곤두서게 하는 낮은 웃음 소리가 들려왔다. 그 뒤를 따라 곧 슬픈 소리가 들려왔는데, 그 소리야말로 그 고상한 포추나토의 소리라고는 하기 어려운 목소리였다.

"하, 하, 하! —— 헤, 헤! —— 참 훌륭한 농담이다 —— 멋있는 농담이야. 우리가 집에 돌아가면 실컷 웃을 수 있겠지 —— 헤, 헤, 헤! —— 술을 마시고 헤, 헤, 헤!"

"아몬틸라도 술이지!"

하고 나는 외쳤다.

"헤, 헤, 헤! ── 헤, 헤, 헤! ── 그럼 아몬틸라도 술이구 말구. 허나 너무 늦진 않았나? 집에서 식구들이 우리들을 기다리고 있지나 않을까, 포추나토 부인과 다른 식구들이? 자, 돌아가세."

"네, 돌아갑시다"

하고 나는 말했다.

"제발 비네, 몬트레쇼!"

"네, '제발 비네'고말고요!"

하고 나는 말했다.

나는 이렇게 대꾸하고 그의 대답을 기다리고 있었지만 아무 소리도 들리지 않았다. 나는 참다못해 큰소리로 그를 불러보았다.

"포추나토!"

그러나 아무 대답도 없었으므로, 다시 한번 불러보았다.

"포추나토!"

여전히 대답이 없었다. 나는 남은 돌벽 짬으로 횃불을 처넣어 그 안에 떨어뜨렸다. 방울이 달랑달랑 흔들린 것 외에는 아무 소리도 들리지 않았다. 지하 묘지의 습기로 인해 나는 가슴이 갑갑해졌다. 나는 빨리 일을 끝마치려고 최후의 틈을 돌로 틀어막고는 그 위를 회로 싹 발라버렸다. 내가 쌓아올린 이 새 석축 밖에 나는 꽤 오래된 해골로 또 하나의 산을 쌓아올렸다. 반 세기 동안 이것을 허문 사람은 아무도 없었다. 그가 길이길이 편안히 쉬기를!

황 금 충

수년 전, 나는 윌리엄 레그랜드라는 사람과 친밀하게 지냈다. 그는 위그노 교도(敎徒)의 오래된 가문의 한 사람으로, 한때는 큰 부자로 호화로운 생활을 했었지만 그 후 계속적으로 닥쳐온 불행으로 말미암아 빈궁한 처지에 빠지게 되었다. 그러한 재난 끝에 으레 따라오는 욕설을 피하기 위하여 그는 선조 대대로 살아오던 뉴 올리언스 시를 떠나, 사우스 캐롤라이나 주, 찰스턴 근처에 있는 설리번 도(島)로 이사하여버렸다.

이 섬은 대단히 이상하게 생긴 섬이다. 섬 전체가 거의 모래로만 되어 있고 길이는 약 3마일 가량이며 너비는 어디든 지간에 4분의 1마일을 넘지 않았다. 이 섬은 황새들이 즐겨 모여드는, 갈대와 진흙의 넓은 늪 사이를 쫄쫄 흘러내려가는, 거의 눈에 띌까 말까한 조그마한 강으로 본토와 분리되어 있다.

식물의 수는 워낙 드물고, 있다 해야 앙상한 것뿐이고 크다고 할 만한 나무는 전혀 눈에 띄지 않는다. 몰트리 보루(保壘)가 우뚝 서 있고 여름 한때 찰스턴의 먼지와 더위를 피하여 온 사람들이 사는 몇 채의 쓸쓸하고 초라한 집들이 서 있는 서쪽 끝에는 대머리에 남아 있는 머리카락처럼 종려나무가 몇 그루 보이기는 하지만, 이 서쪽 끝과 굳은 흰 모래로 덮여 있는 해안선을 제외하고는 섬 전체가 영국 원예가들이 사랑하는 향기로운 도금양나무의 울창한 관목으로 덮여 있다. 이곳 관목들은 높이가 15 내지 20피트에 이르고, 헤치고 들어갈 수 없을 만큼 빽빽하게 우거져 있으며, 그 근처 공기는 흠뻑 그 향기로 가득 차 있다

　이러한 숲속의 제일 먼 구석에, 즉 섬의 동쪽으로부터 그리 멀지 않은 곳에 레그랜드는 손수 오두막집을 한 채 짓고, 내가 우연히 그를 알게 된 그때에는 그곳에서 살고 있었다. 우리들은 점점 친해졌다── 왜냐하면 그는 흥미와 존경을 일으킬 만한 여러 가지 것을 가지고 있었기 때문이다. 그는 많은 교육을 받았고 비범하고 명석한 두뇌를 가지고 있었지만, 염세병(厭世病)에 걸려 열심히 이야기하다가도 갑자기 우울해지는 버릇이 있었다. 장서도 상당히 많았지만 별로 읽지는 않는다. 그의 중요한 오락은 사냥과 고기잡이와 또는 바닷가와 숲 사이를 이리저리 싸질러다니며 조개껍데기라든지 곤충들을 채집하는 일이었다. 특히 곤충채집에 있어선 스바메르담(네덜란드의 곤충학자) 같은 대 곤충학자도 탐낼 만했다.

　그가 이러한 채집을 나갈 때에는 반드시 주피터라는 늙은 흑인을 데리고 다녔다. 이 흑인은 레그랜드의 집안이 망하기

전에 벌써 해방된 몸이었지만 젊은 '윌 도련님'의 뒤를 쫓아 다니는 것을 마치 자기의 특권처럼 생각하여, 위협도 해보고 달래도 보았지만 막무가내로 듣지 않으며 그 짓을 그만두려 하지 않았다. 어쩌면 레그랜드의 친척들이 그의 정신이 좀 성치 못한 것을 알고서 그를 감독하고 보호하기 위하여 주피 터에게 그러한 완고한 버릇을 머리 속에다 깊이 가르쳐 넣어 주었는지도 모르겠다.

설리번 섬이 위치하고 있는 위도상(緯度上)은 겨울이라 할지라도 그렇게 춥지는 않다. 그래서 불 없이는 지낼 수 없 을 정도의 추운 날은 아주 드물다. 그런데 18××년 10월 중 순경, 아주 날씨가 냉랭한 날이 하루 있었다.

그 날 저녁때 바로 해가 저물기 전에 나는 상록수의 밑을 지나 여러 주일 만나지 못한 레그랜드를 방문하였다. 그때 나는 이 섬에서 9마일 떨어져 있는 찰스턴에 살고 있었는데, 교통편이 요즘보다는 썩 불편하였다. 그의 집에 도착한 나는 하던 버릇대로 문을 열고 안으로 들어갔다. 난로에는 불이 이글이글 타고 있었다. 이것은 좀 이상한 일이었지만 그렇다 고 해서 불유쾌한 일은 아니었으므로, 나는 외투를 벗고 타 고 있는 장작 앞으로 의자를 끌어다 걸터앉아 주인이 돌아오 기를 기다리고 있었다.

해가 저물자 얼마 아니 되어 그들은 돌아왔는데, 그는 나 를 마음으로부터 반겨 맞아주었다. 주피터는 입을 남대문만 하게 벌리고 웃으면서 저녁 식사로 뜸부기 요리를 하겠다고 떠들어대며 수선을 피웠다. 레그랜드는 또 갑자기 열심으로 되는 발작── 별로 다른 말로 설명할 길이 없다── 이 일어난 것 같았다. 그는 아직 세상에 알려지지 않은 새로운 종류의 쌍 조개껍데기를 발견하였고, 더군다나 주피터의 조력으로 아주 진종(珍種)으로 믿어지는 갑충(甲蟲)을 한 마리 잡았는데, 그것에 관해선 내일 아침 내 의견을 듣고 싶다는 것이었다.

"왜, 오늘밤이면 안 되겠나?"

하고 나는 불을 쬐던 손을 비비며 갑충이건 도깨비건 되고픈 대로 되라는 양으로 물었다.

"아, 그야 자네가 오늘밤 우리 집에 올 줄만 알았다면야!"

하고 레그랜드는 말했다.

"더욱이 자네를 본 지가 꽤 오래 되었으니, 어찌 자네가 오늘밤에 오리라는 걸 예견할 수 있었겠나? 오는 도중에 G ×× 중위를 만나, 어리석게도 그 곤충을 그에게 빌려주었네 그려. 그래서 내일 아침까지는 그걸 자네에게 보여줄 수 없단 말일세. 오늘밤 우리 집에서 쉬게. 그러면 새벽같이 주피터를 보내 찾아오게 할 테니까. 참 훌륭한 걸세."

"뭐가? —— 해 뜨는 거 말인가?"

"정신 없는 소리! 아냐! —— 갑충 말일세. 번쩍이는 황금색이 돌고 큰 호두알만해. 등 한쪽 끝에는 크고 꺼먼 점이 두 개 있고, 또 그 반대 쪽에 그보다는 좀 긴 점이 한 개 있단 말일세. 촉각은—— ."

"주석(朱錫) 같은 건 없어요, 윌 도련님도 원 얘길 해도 그렇게"

하고 주피터가 말을 가로챘다.

"그건 진짜 금풍뎅이에요. 안팎이 모두 황금색이 돌던걸요. 날갯죽지만은 그렇지 않았지만. 내 평생에 그 절반 되는 무게의 금풍뎅이도 본 적이 없는걸요."

"흥, 그렇다고 해서 너는"

하고 레그랜드는 이럴 때에는 좀 어울리지 않게 지나치도록 열을 올려 대답했다.

"그 새들을 타게 내버려두는 거야? 그 색깔은 말일세" —— 여기서 그는 나를 돌아다보며 —— 주피터가 저렇게 생각하는 것도 무리 아닐세. 그런 색깔은 아마, 자네도 아직 보지 못했을 걸세. 내일 아침에 실물을 보기 전까지는 무어라 할 수 없네. 그러나 그 모양만은 이제 얘기할 수 있지."

이렇게 말하며 그는 조그마한 책상 쪽으로 가서 앉았는데, 그 위에는 펜과 잉크만이 있을 뿐 종이가 없었다. 서랍 안을 찾아보았지만 그 속에도 종이는 한 장도 없었다.

"괜찮아, 이걸로도 될걸세"

하고 그는 말했다. 그는 조끼 주머니에서 아주 더러운 대판양지(大判洋紙) 같은 종이를 꺼내어 그 위에다 펜으로 대략 그 모습을 그렸다. 그동안 나는 추웠으므로 불 옆에 있는 의자에 그대로 앉아 있었다. 그림이 다 되었을 때 레그랜드는 앉은 채 그것을 나에게로 내밀었다. 내가 그것을 받았을 때 밖에서 크게 울부짖는 소리가 들리더니, 이내 문을 긁는 소리가 들렸다. 주피터가 문을 열어주니까, 레그랜드가 기르고 있는 뉴파운드 종의 개가 뛰어들어와 내 어깨에 매달려 연방 핥으며 야단이었다. 내가 이 집에 올 때마다 귀여워해주었기 때문이다. 개의 애무가 끝났을 때 나는 그 종이를 들여다본 것인데, 사실 나는 그의 그림을 보고 적이 놀랐다.

"음!"

하고 나는 몇 분 동안 그것을 자세히 들여다본 후 말했다.

"이건 참 이상한 갑충인걸. 처음 보는데. 아직까지 이런 건 보지 못했어 —— 이것이 두개골이라든지 해골이 아니라면 말일세. 사실 내가 이제까지 봐온 중에서는 무엇보다도 해골과 제일 비슷하네."

"해골이라니!"

하고 레그랜드는 내 말을 그대로 흉내내었다.

"그렇지, 종이 위의 그림은 좀 그렇게 보일지도 모르지. 위쪽에 두 개의 흑점은 눈처럼 보이고, 아래쪽에 있는 긴 점은 입처럼 보이며 —— 그리고 전체의 모양이 타원형이니까."

"아마, 그런 것 같네"

하고 나는 말했다.

"그런데 레그랜드, 자넨 그림이 서툴구먼그래. 그 갑충을 직접 볼 때까지 기다려야겠군. 진짜를 보지 않고는 뭐라 말할 수 없으니 말이네."

"음, 그럴까?"

하고 그는 좀 못마땅하여 말했다.

"꽤 잘 그리는 편인데, 적어도 그런 것쯤이야 —— 대가한테 배우기도 해서 그림에 있어선 그리 남에게 뒤떨어지지 않는다고 자부하고 있는 셈인데……."

"그렇다면 여보게, 자네는 농담을 하고 있는 거구먼"

하고 나는 말했다.

"이거야 누가 보든지 틀림없는 '해골'일세 —— 사실 생리

학의 표본에 관한 세속적인 의견으로 생각해보면 틀림없는 해골이야—— 그리고 자네가 발견한 갑충이 꼭 이렇다면 그거야말로 이상야릇한 갑충인걸. 아마 이것을 힌트로 해서 큰 미신이 될지도 모르겠네. 그 갑충을 '해골 갑충(scaraboeus caput hominid)'이라든지 혹은 그와 비슷한 이름을 붙이면 어떻겠나? 생물학에는 그런 명칭이 얼마든지 있으니까. 그건 그렇고, 자네가 말하는 그 촉각은 어디 있단 말인가?"

"촉각 말이지!"

하고 이 문제에 까닭 모르게 흥분한 듯 보이는 레그랜드가 말했다.

"자네라면 그 촉각을 알아볼 줄 믿는데. 실물에 붙어 있는 것처럼 똑같게 그려 놓았으니까 알 것 같은데 그러네."

"그런가"

하고 나는 말했다.

"자네는 그려놓았을지 모르지만—— 내 눈에는 보이지 않는 걸."

그런 다음 나는 그가 화를 낼까봐 그 이상 더 아무 말도 하지 않고 그 종이를 그에게 넘겨주었다. 그러나 돌변된 사태에 나는 깜짝 놀랐고, 그의 부루퉁한 태도에 당황했다. 그리고 갑충의 그림으로 말하자면 촉각은 전혀 찾아낼 수가 없고, 그림 전체는 갈 데 없는 보통 보는 해골의 그림 그것이었다.

레그랜드는 대단히 불쾌한 낯으로 그 종이를 받았다. 그리고 그것을 불 속에다 집어넣을 작정인지 구겨버리려다가 우연히도 그림을 한번 보고선 갑자기 그것에 주의를 집중하는 모양이었다. 갑자기 그의 얼굴은 새빨개지더니 다음에는 곧 새파랗게 변하고 말았다. 몇 분 동안 그는 앉은 채 그것을 세밀히 살펴보더니 마침내는 일어서서 책상에서 촛불을 집어들고 방 저쪽 구석에 있는 선원용 사물함(私物函)으로 가서 그 위에 걸터앉아, 이리저리 그 종이를 뒤집어보며 열심히 조사했다. 나에게는 말 한마디도 없었지만, 그의 태도에 나는 적잖이 놀랐다. 그러나 나는 괜히 쓸데없는 소리를 해서 그의 화를 부채질하지 않는 것이 좋을 성싶었다.

조금 있다가 그는 저고리 주머니에서 지갑을 꺼내 종이를 그 속에 공손히 집어넣은 다음 책상 서랍 속에 넣고 쇠를 채워버렸다. 그의 흥분은 좀 가라앉아 그때까지 흥분되었던 그의 태도는 찾아볼 수가 없었다. 그러나 부루퉁하고 있는 것은 아니고 좀 방심하고 있는 것 같았다.

밤이 깊어감에 따라 그는 점점 더 깊이 생각에 젖어가는 것만 같았고, 내가 아무리 농담을 해도 그의 기분을 명랑하게 할 수 없었다. 전에도 여러 번 잔 적이 있었으므로 오늘 밤도 자고 갈 작정이었지만, 주인의 꼴이 이 모양인 것을 보자 나는 그만 떠나는 것이 상책일 것만 같았다. 그는 구태여 꼭 자고 가라고 붙잡지는 않았지만 내가 그의 집을 떠날 때 그는 다른 때와는 각별히 다르게 내 손을 힘있게 꼭 눌러 쥐었다.

이 일이 있은 지 한 달이 지난 후(그 동안 나는 레그랜드를 만난 적이 없었다) 그의 하인인 주피터가 찰스턴으로 나를 찾아왔다. 나는 이 선량한 흑인이 이때처럼 기운없이 어깨를 축 늘어뜨리고 낙심하고 있는 꼴을 전에는 본 일이 없었다.

그래 나는 친구 신변에 무슨 큰 재난이 일어난 것이 아닌가
하고 생각했다.

"웬일이야? 주피터!"

하고 나는 물었다.

"대체 웬일이야? —— 주인은 편안한가?"

"사실인즉 편치 못해유."

"편치 못하다니! 안 됐군그래. 어디가 편치 못하다는 거
야?"

"그것이 말이죠. 아무 데두 아픈 덴 없다구 그러는데 ——
그러면서도 매우 편치 않은 것 같아유."

"매우 편치 못하다니, 주피터! —— 그런데 왜 진작 말하지
않았어? 드러누워 있나?"

"아뇨. 누워계시진 않아유! —— 그것이 오히려 더 걱정이
란 말이에유 —— 난 윌 도련님 일로 해서 걱정이 되어 아주
미칠 것만 같아유."

"주피터, 난 자네가 뭐라는지 도무지 알 수가 없는데. 자
네의 말을 들으면 주인이 편치 않은 것 같은데, 어디가 아프
다고 주인이 자네에게 말하지 않았단 말인가"

"뭘요, 그런 걸로 미치다니 될 말인가유 —— 윌 도련님은
아무 데두 아프지는 않다고 하지만 —— 아무렇지도 않으면
왜 머리를 숙이고 어깨를 들먹들먹하며 도깨비처럼 새파란
얼굴로 싸다니시는 거예유? 그리구 밤낮 산용 숫자(算用數
字)만 쓰구 계시니 —— ."

"뭘 하고 있다고, 주피터?"

"석판 위에다 이상한 부호와 산용 숫자를 쓰구 계셔유

── 난 그런 별난 건 처음 보는 걸유. 딱 질색이에유. 언제든지 주인을 감시하지 않으면 안 되구유. 요 전날도 먼동이 트기 전에 슬쩍 사라지셔서 하루 종일 안 들어오셨어유. 들어오시기만 하면 아주 혼을 내주려고 굵은 몽둥이를 준비해 놓았다가── 난 멍텅구리가 돼서 그런 용기가 있어야지유── 주인님이 너무도 해쓱하신 꼴로 들어오시는 걸 보구선 그만."

"에?── 뭐라고?── 아, 그래! 불쌍한 주인님한테 그런 심한 짓을 해서야 안 되지── 주인님을 매질하면 안 되네, 주피터── 주인님은 매질을 견뎌낼 수가 없다네── 그건 그렇고, 왜 그런 병에 걸렸는지, 왜 주인님이 그런 짓을 하게 되었는지 자넨 통 모르겠나? 요전에 내가 자네 집에 갔다 온 후 무슨 재미없는 일이라도 생겼나?"

"아니유. 그런 것 없었어유── 아마 그전에 무슨 일이 있었나봐유. 바로 나리님이 다녀가신 그 날 말이에유."

"뭐라고? 그건 무슨 말이야?"

"저어, 그 갑충 말이유── 바로."

"뭐라고?"

"아, 그 갑충 말이유── 확실히 그놈한테 윌 도련님이 머리를 어딘가 물렸나봐유."

"주피터, 무슨 이유로 그렇게 생각하는 거지?"

"그 발톱만 보더라도 그렇구유. 나리, 그리고 어휴, 그 주둥이두유. 난 그런 끔찍한 녀석은 처음 봤어유. 근처에만 가면 아무 거나 차구 물어뜯어유. 윌 도련님이 맨먼저 붙잡았다가 곧 질겁을 해서 놔버렸어유── 아마 그때 물렸나봐유.

난 그 벌레의 주둥아리 꼬락서니가 보기 싫어 손으로는 누르고 싶지 않아서 거기서 눈에 띈 종이로 그 벌레를 눌렀어유. 그걸루 싸서 주둥아리에다 그 종이 끝을 틀어박았어유—— 이렇게유."

"자, 그렇다면 자네 주인은 정말 갑충에게 물려서 병이 나셨다고 자네는 생각한단 말이지?"

"생각하는 게 아니라—— 그렇다는 걸 알고 있는 걸유. 그 금풍뎅이한테 물리지 않고서야 왜 그리 황금의 꿈만 꾸는 거예유? 난 전에도 금풍뎅이 얘기를 들어서 알고 있어유."

"그런데 주인이 황금의 꿈을 꾸는지 어떻게 안단 말인가?"

"어떻게 아느냐구유? 그야 주인이 잠꼬대까지 하는데 몰라유?"

"음, 그래, 그렇다면 주피터 말이 옳겠고만. 그건 그렇고, 그런데 주피터는 무슨 바람이 불어서 우리 집엘 왔지?"

"왜 왔느냐구유, 나리?"

"레그랜드 씨로부터 무슨 부탁이라도 있어 왔나?"

"아뇨. 이 편질 가지고 왔어유."

이렇게 말하며 주피터는 나에게 다음과 같은 사연이 씌어 있는 편지를 주었다.

친애하는 벗에게
왜 자네는 이다지도 오랫동안 와주지를 않는가? 내가 전에 자네에게 좀 냉정하게 군 탓으로 그러는 것은 아니겠지. 그렇지, 그럴 리는 없을 줄 믿네.

자네와 헤어진 후 큰 두통거리 사건이 하나 생겼네. 자네에게 얘기는 해야겠는데 어떻게 얘기해야 좋을지, 또는 얘기해서 좋을지 어떨지 나는 분간할 수가 없네.

　나는 요새 며칠 몸이 좀 괴로운데 그 늙은 주피터가 어찌나 염려하는지 견디지 못할 지경일세. 이런 얘기를 자네는 믿어줄는지? —— 전에 어느 날인가 주피터 몰래 나 혼자만 본토에 있는 산 속에서 하루를 보낸 일이 있었는데, 그 탓으로 나를 혼내준다고 크고 굵은 몽둥이를 준비해두고 있었다네. 사실 내 꼴이 병상이어서 괜찮았지, 그렇지만 않았다면 큰일 날 뻔했네.

　자네가 다녀간 후, 채집은 별로 늘지 못했네.

　될 수 있으면 어떻게 해서든지 주피터와 같이 와주었으면 좋겠네. 꼭 와주게. 중대한 사건으로 오늘밤 자네를 꼭 만나고 싶네. 극히 중요한 사건임을 단언하네.

윌리엄 레그랜드

　그의 편지투에는 어딘지 좀 불안감을 주는 점이 있었다. 편지 전체의 필적도 평소의 그의 필적과는 판이하게 달랐다. 대체 그는 무엇을 꿈꾸고 있는 것일까? 어떠한 기상(奇想)이 또 그의 흥분하기 쉬운 뇌를 어수선하게 했을까? 어떤 '극히 중요한 사건'에 그가 당면하고 있다는 것일까? 주피터의 말로 미루어보면 결코 좋은 일 같지는 않았다. 나는 거듭 내리누르는 불행의 연속이 기어이 레그랜드의 이성을 뺏어낸 것이 아닌가 하고 생각해보았다. 그래서 나는 망설일 것 없이 곧 주피터와 같이 떠날 준비를 했다.

부두에 도착했을 때, 이제 방금 사온 듯한 한 자루의 큰 낫과 세 자루의 삽이 우리들이 탈 보트 안에 놓여 있는 것이 눈에 띄었다.

"이건 대체 뭔가, 주피터?"

하고 나는 물었다.

"우리 집 도련님의 낫과 삽이에유."

"음, 그래, 그런데 뭣 때문에 그것들이 여기 있지?"

"월 도련님이 거리에 가서 사오라고 졸라서 견딜 수가 있어야지유. 이걸 사느라고 돈을 한 짐이나 뺏겼는데유."

"그런데 도대체 자네의 '월 도련님'은 낫과 삽을 무엇에 쓰려는 게야?"

"그건 나도 알 수 없어유. 집 나리님도 필경은 모를 거예유. 모두가 다 그놈의 금풍뎅이새끼 탓이라니까유."

'금풍뎅이'에만 정신을 빼앗기고 있는 주피터로부터는 무엇 하나 만족한 대답을 얻을 성싶지 않았으므로, 나는 보트를 타고 떠나버렸다. 순풍을 받고 보트는 잠깐 동안에 몰트리 보루 북쪽에 있는 조그마한 포구로 들어갔다. 그리고 약 2마일쯤 걸은 후 그 오두막집에 당도했다. 우리들이 그곳에 도착한 때는 오후 3시경이고, 레그랜드는 우리들을 몹시 기다리고 있었다. 그는 신경질적인 열정으로 내 손을 꽉 붙잡았는데, 그것은 나를 놀라게 하고, 동시에 전부터 품고 있던 나의 의혹을 한층 더 강하게 했다. 그의 얼굴은 무서울 만큼 창백하고, 그의 움푹 들어간 두 눈은 이상한 광채로 번쩍였다. 그의 건강에 대하여 두서너 마디 물어본 후 그만 말문이 꽉 막혀버렸으므로, 나는 G×× 중위에게서 그 갑충을 찾아왔느냐고 물었다. 그는 몹시 흥분한 빛을 보이며 대답했다.

"아, 그럼, 다음날 아침 대번에 찾아왔지. 무슨 일이 있더라도 다시는 그 갑충을 손 밖에 안 내놓겠네. 주피터의 말이 참말이었어."

"뭐가?" 하고 나는 슬픈 예감을 느끼며 물었다.

"그것을 진짜 황금의 갑충이라고 생각한 것이 말야."

그는 진심에서 우러난 듯이 이렇게 말했으므로, 난 뭐라 할 수 없을 만큼 가슴이 덜컥했다.

"이 갑충이 아마 내 팔잘 고쳐줄 모양일세"
하고 그는 득의양양한 미소를 띠며 말을 이었다.

"그놈이 우리집 재산을 도로 회복시켜줄 것이니 보게. 자, 그러니 내가 그놈을 끔찍하게 생각하지 않을 수가 있겠나? 복덩어리가 나에게 굴러들어왔으니까 그걸 잘만 쓰면 된단 말일세. 그놈 덕으로 아마 큰 금덩어리 위에 올라앉을까보네. 주피터, 가서 그 갑충을 이리 가지고 와라!"

"뭐유? 그 풍데이를유? 도련님이 가서 가지고 오세유. 난 싫어유."

그래서 할 수 없이 레그랜드는 엄숙하고 무거운 낯으로 일어서서 유리 상자 속에 있는 갑충을 꺼내왔다. 그것은 참으로 아름다운, 그 당시에는 생물학자들에게도 알려지지 않은 ──물론 학문적 견지에서 보더라도 썩 귀중한 갑충이었다. 잔등 한 끝에는 두 개의 둥근 흑점이 있고, 다른 끝 근처에는 또 하나 긴 흑점이 있었다. 몸을 둘러싸고 있는 껍질은 무척 단단하고 번쩍여서 마치 빤짝빤짝하게 닦은 황금과도 같았다. 그 갑충의 무게는 대단히 무거워서, 주피터가 그렇게 생각한 것도 당연하리라고 느껴졌다. 그러나 이 친구가 어찌하여 주피터의 의견과 일치하게 되었을까. 그것은 아무리 생각해 보아도 알 수 없는 일이었다.

"내가 자네를 오라고 한 것은"

하고 그는 내가 그 갑충의 조사를 끝마치자 엄숙한 어조로 말했다.

"이 행운과 갑충에 관한 계획을 더 진전시키기 위해서 자네의 충고와 조력을 구하고 싶었기 때문인데……."

"여보게, 레그랜드"

하고 나는 그의 말을 가로막으며 소리쳤다.

"자네는 확실히 병일세. 암만해도 좀 조심하는 게 좋겠네. 눕게, 누워. 자네 병이 완쾌할 때까지 2,3일 자네 옆에 있어 줌세. 자넨 열이 있어. 그리고……."

"내 맥박을 좀 재보게"

하고 그는 말했다.

나는 그의 맥을 짚어보았지만 실상 열은 조금도 있는 것 같지 않았다.

"아냐, 이 사람아, 열은 없어도 병일지도 모르네, 자, 좌우간 이번만은 내 말을 듣게, 우선 눕게. 그 다음엔……."

"자네 오헬세"

하고 그는 내 말을 가로막았다.

"나는 지금 대단히 흥분하고 있지만, 건강 상태는 더할 나위 없는 거야. 자네가 정말 내 건강이 염려된다면 이 흥분 상태로부터 나를 건져주게."

"어떻게 하면 되겠나?"

"아주 쉽지. 나와 주피터는 이제 본토에 있는 산으로 탐검(探檢)의 길을 떠나려고 하는데, 실상은 이 탐검에 신뢰할 만한 사람의 조력이 필요하단 말일세. 사실인즉 그 유일한 적임자가 자네란 말야. 우리가 성공하든 실패하든 자네가 염려하고 있는 내 흥분 상태는 이제 가라앉을 것 같네."

"어떻든 조력이야 기꺼이 해주고 싶네만, 이 지긋지긋한 갑충이 자네 탐검과 무슨 관계가 있단 말인가?"

"그야 있고말고."

"그렇다면 여보게 레그랜드, 그런 어리석은 탐검대에는 참가할 수 없네."

"유감이네 —— 정말 유감이야 —— 그렇다면 우리들끼리만 할 수밖에 없군."

"자네들끼리만 하다니! 아, 이 사람 미쳤네그려! —— 가만 있게! —— 자넨 얼마나 집을 비워둘 작정인가?"

"어쩌면 오늘밤은 쭉 비워둬야 될 걸세. 이제 곧 떠나서 무슨 일이 있더라도 새벽까지는 돌아오게 될 걸세."

"자, 그러면 꼭 약속해주게나. 자네의 이 미친 지랄이 끝나고, 갑충에 관한 일(제기랄!)이 자네 마음이 시원하도록 낙착되면, 집에 돌아와 내 충고를 의사 충고로 알고 잘 순응하겠다고 말이야."

"그럼세, 약속함세. 자 그러면 곧 떠나세. 우물쭈물하고 있을 시간이 없네."

나는 무거운 마음으로 그의 뒤를 따라 나섰다. 우리들은 4시경에 집을 떠났다 —— 레그랜드와 주피터와 개와 그리고 나는. 주피터는 낫과 삽을 들고 갔다. 그는 혼자서 그것들을 다 가지고 간다고 고집을 부렸는데, 그것은 그가 부지런하고 온순해서가 아니라 오히려 그의 주인 옆에 그런 것들을 놓는 것이 위험해서 그러는 것만 같았다. 그는 우리들이 무어라 해도 듣지 않으며 내내 '그놈의 빌어먹을 풍뎅이놈'만을 입 속에서 되풀이하며 걸어갔다. 나는 두 개의 등을 들고 걸었는데, 레그랜드는 아무것도 들지 않고 그 황금충만으로 만족한듯이 오라기 끝에 잡아매 들고 걸어가며, 마치 요술쟁이처럼 이리저리 휘둘러댔다. 나는 이것이 암만해도 이 친구가 정신 이상에 걸린 최후의 확실한 증거만 같아 눈물이 흘러나올 지경이었다. 그러나 어떤 더 확실한 증거가 나타날 때까지 제멋대로 그냥 내버려두는 것이 상책일 것만 같았다. 그래서 우선 우리들이 하려는 탐검의 목적이 무엇이냐고 물어보았지만 헛수고였다. 나늘 부추겨 끌고 온 것만이 대견한듯이 그는 다른 세세한 화제에 대해선 대답조차 하기 싫어하는 것 같았다. 내가 물으면 물을 때마다 내내 '이제 곧 알게 되네!' 할 뿐 다른 대답은 하지도 않았다.

우리들은 보트를 타고 섬 끝에 있는 자그마한 강을 건너 본토 해안에 배를 내버려둔 채 언덕을 기어올라, 사람 발자국 하나 없는 아주 험하고 쓸쓸한 곳을 지나 북쪽으로 걸어갔다. 레그랜드는 전에 표적해둔 곳을 찾는 듯이 여기저기서 발길을 멈추었다.

이러한 모양으로 두어 시간 가량이나 걸었는지, 여태까지 걸어온 곳보다도 더욱 쓸쓸한 곳에 당도했을 즈음에는 해가 너울너울 서산을 넘고 있었다. 그곳은 인간의 힘으로 도저히 접근할 수 없는 산정(山頂)에 가까운 일종의 고대(高臺)였고, 산 밑부터 산정까지 나무가 빽빽하게 우거져 있으며, 땅 위에는 이곳저곳 큰 바위가 우뚝우뚝 솟아 있고, 그 대부분이 곁에 있는 나무에 걸려 골짜기로 굴러떨어지지 않고 있는 것 같았다. 사방에 둘러싸인 깊은 골짜기는 주위의 경치를 한층 더 장엄하게 하고 있었다.

우리들이 기어올라간 이 자연의 고대는 온통 가시덤불로 덮여 있어, 낮이 없었더라면 한 걸음도 앞으로 걸어나갈 수가 없었으리라. 주피터는 주인의 명령을 받고 높이 솟아 있는 백합나무 가장자리까지 가시덤불을 잘라 헤치며 길을 만들었다. 그 나무는 그 곁에 서 있는 8,9개의 백양나무처럼 고대 위에 우뚝 서 있었는데 그 줄기와 잎이 퍼진 미관이라든지 나뭇가지가 멀리까지 퍼진 그 늠름한 모양이라든지 그 전체의 꿋꿋한 자태가 그 주위에 서 있는 백양나무보다, 아니 내가 이제까지 봐온 어떤 나무들보다도 훌륭하게 보였다. 우리들이 이 나무에까지 왔을 때, 레그랜드는 주피터를 돌아보고 이 나무에 올라갈 수 있겠느냐고 물었다. 주피터는 무척 망설이며 한참 동안 대답이 없었다. 그러더니 겨우 앞으로 나가 그 나무 기둥 주위를 한 바퀴 서서히 돌아보며 세세히 조사해보았다. 조사가 끝난 후 그는 다만 한마디 했다.

"네, 도련님, 주피터가 본 나무 중에서 올라갈 수 없는 것은 내 평생에 단 한번도 보지 못한걸유."

"음, 그럼 될 수 있는 대로 빨리 올라가라. 이내 어두워져 하는 일이 뵈지 않을 테니까."

"어디까지 올라가란 말씀이에유, 도련님?"

"우선 원줄기로만 올라가. 그 다음 것은 올라간 다음에 가르쳐줄 테니까—— 어이, 좀 기다려! 이 풍뎅이를 가지고 올라가."

"풍뎅이라니유, 월 도련님! 그 금풍뎅일 말이유?"
하고 주피터는 질겁하여 뒷걸음치며 소리를 질렀다.

"뭣하러 그까짓 것을 가지고 올라갑니까?—— 난 죽어도 싫어유!"

"너같이 그렇게 큰 검둥이가 요까짓 쏘지도 않는 작은 풍뎅이 하날 붙잡는 게 그렇게 무서워? 자, 그럼 이 오라기 끝을 붙잡고 올라가봐. 아, 그래도 싫어? 막무가내라면 알았지, 이 삽으로 머리를 갈라 죽일 테니까."

"어쩌란 말씀이유, 도련님?"
하고 주피터는 망신을 당하고서 분명히 복종하는 기색으로 말했다.

"늘 나 같은 늙은 흑인 놈에게 너무 심한 말만 하시구. 그건 다 농이었어유. 내가 그까짓 걸 무서워할 줄 알아유! 자, 인 줘유. 고까짓것."

말은 이러면서도 그는 오라기 한 끝을 조심조심 붙잡고 되도록 멀찍이 몸에서 떼면서 올라갈 준비를 했다.

미국의 삼림 수목 중에서도 가장 장엄한 백합나무는 어렸을 때에는 줄기가 유달리 매끈하며 대개는 옆으로 가지를 뻗지 않고 그냥 꼿꼿이 위로만 자라지만 좀 묵게 되면 껍질에 울퉁불퉁한 혹이 생기며 많은 곁가지가 생긴다. 그래서 이것도 겉으로 보기보다는 올라가기가 훨씬 힘들었다. 두 팔과 두 무릎으로 큰 줄기를 될 수 있는 대로 꽉 껴안고 두 손으로 가지를 움켜잡고, 발가락으로는 다른 가지를 꽉 딛고서 주피터는 한두 번 떨어질 것 같더니 간신히 제일 먼젓번 큰 가지에 올라갈 수가 있었다. 이 고비만 넘으면 그 다음 일은 거침 없을 것같이 보였다. 사실인즉 올라갔대야 겨우 지상 6,70피트 정도의 것이었지만 고비는 넘긴 셈이었다.

"월 도련님, 이젠 어디로 갈까유?"

하고 그는 물었다.

"제일 큰 가지로 올라가 —— 이쪽의 가지로"

하고 레그랜드는 말했다. 주피터는 곧 주인이 하라는 대로 했다. 별로 힘든 것 같지 않았다. 점점 기어올라가자 우거진 나뭇가지에 덮여, 그의 뭉글뭉글한 몸은 마침내 보이지 않았다. 좀 있더니 큰소리로 그가 부르는 소리가 들렸다.

"얼마나 더 올라가야 되지유?"

"얼마나 높이 올라갔는데?"

하고 레그랜드는 물었다.

"꽤 올라왔어유"

하고 검둥이는 대답했다.

"나무 위로 하늘이 보여유."

"하늘 같은 건 소용없어. 자, 내 말을 똑똑히 들어. 줄기를 내려다보면서 이쪽으로 네 아래에 있는 나뭇가지를 세어봐. 몇 가지나 거쳐 갔지?"

"하나, 둘, 셋, 넷, 다섯 —— 이쪽으로 다섯 갠데유."

"그럼 하나 더 올라가."

곧 그가 일곱 번째 가지에 이르렀다는 것을 알리는 소리가 들렸다.

"자, 이제는 주피터"

하고 대단히 흥분된 듯이 레그랜드가 소리쳤다.

"그 가지를 따라 될 수 있는 대로 끝까지 나가봐. 이상한 것이 눈에 띄면 곧 알려줘야 돼."

이 말을 듣고 나는 가엾은 이 친구의 발광에 대하여 설마 하고 그래도 조금 의심하고 있던 마음마저 사라져버렸다. 그가 미친 것은 분명히 사실이었다. 그래서 나는 어떻게 하면 그를 집으로 데리고 갈 수 있을까, 그것을 열심히 궁리하게 되었다. 어떻게 하면 될까 하고 내가 궁리하고 있을 때 주피터의 소리가 또 들려왔다.

"이 가지는 무서워서 끝까지는 갈 수 없어유——저쪽으론 썩었어유."

"썩은 가지야, 주피터?"
하고 레그랜드는 떨리는 소리로 외쳤다.

"그래유, 도련님, 아주 푹씬 썩었어유——틀림없이 말라 빠졌어유."

"제기랄, 어떡하지?"
하고 적이 실망한 듯이 레그랜드는 말했다.

"어떡하다니!"
하고 나는 말할 수 있는 기회가 온 것을 반가워하며 말했다.

"집에 가서 눕기나 하게, 자, 가세!——그게 상책이야. 날도 저물어가고, 또 나와의 약속도 생각해야지."

"주피터, 내 말이 들리나?"
하고 그는 나를 깡그리 도외시한 채 외쳤다.

"예, 윌 도련님, 똑똑히 들려유."

"그러면 말야 칼로 깎아보라구. 아주 썩었나, 어떤가?"

"썩긴 썩었어유, 확실히"

하고 조금 있다가 주피터는 대답했다.

"그러나 대단친 않은가봐유. 나 혼자 같으면 더 갈 수 있을 것 같아유, 정말."

"너 혼자 같으면이라니! ──그건 무슨 소리야?"

"풍뎅이 말이유! 너무도 무거운 벌레니까 여기서 그만 떨어뜨리겠어유! 그러면 이까짓 흑인놈 하나쯤으로 해서야 부러질라구유."

"야, 뭐야, 이 우라질 놈아!"

하고 레그랜드는 외쳤지만, 속으로는 퍽 안심한 모양이었다.

"왜 그런 쓸데없는 소릴 하는 거야? 풍뎅이만 떨어뜨려봐라, 모가질 비틀어 죽일 테니까. 자, 이것 봐 주피터, 알겠지?"

"알았어유, 도련님. 불쌍한 흑인놈에게 그런 욕은 하시지 말아유."

"그렇다면 하라는 대로 해! ── 괜찮을 듯한 데까지 풍뎅이를 떨어뜨리지 말고 기어나가봐. 내려오면 상으로 은전 하나를 줄 테니까."

"이제 가는 중이에유, 윌 도련님 ── 거의 끝까지 왔어유"

하고 흑인은 재빠르게 말했다.

"끝까지라고!"

하고 레그랜드는 기쁜 듯이 쇳소리를 내며 외쳤다.

"나뭇가지 끝까지 왔단 말이지?"

"조금만 가면 그래요, 도련님, 오, 오, 오! 이게 뭐야! 나무 끝에 뭐가 있어유!"

"그래!"

하고 레그랜드는 몹시 기뻐 소리쳤다.

"그게 뭐지?"

"아녜유, 다른 게 아니라 해골바가지예유── 누가 나무 위에다 놓고 갔는지 까마귀가 살은 다 파먹었어유."

"해골이랬지!── 됐어── 나뭇가지에 어떻게 잡아매어져 있지? 뭘로 매어져 있지?"

"예, 도련님. 잘 볼게유. 이건 참 이상한데유, 정말루── 해골 가운데에다 큰 못을 박아 나무에 매어놨어유."

"음, 그래 주피터. 꼭 내 말대로 해야 돼── 알았지?"

"예, 도련님."

"그럼 조심해서 해골의 왼쪽 눈을 봐."

"이거 참! 그러죠. 아니, 그런데 눈깔은 통 없는데유."

"이 바보야! 어느 게 왼손이고 어느 게 바른손인지 알겠냐 말야?"

"예, 그야 알지유──장작 패는 손이 왼손이지유 뭐."

"그렇지! 넌 왼손잡이니까. 그러면 말야, 네 왼손과 같은 쪽에 있는 것이 네 왼눈이야. 이제는 해골의 왼눈이 어느 것인지 알겠지? 즉, 왼눈이 있는 자리를 말이야. 찾았나?"

오랫동안 아무 대답도 없더니 이윽고 주피터가 이렇게 물었다.

"그러면 해골의 왼눈도 해골의 왼손과 같은 쪽에 있나유? 한데 해골에는 손이 없는데유──그만둬유. 이제 알았어유 ──음, 이게 왼눈이구먼! 그걸 어떻게 하란 말이지유?"

"풍뎅이를 그 속에 넣어서 오라기 끝까지 늘어뜨려 봐. 그런데 그 끝을 놓치지 않도록 단단히 조심해서 해라."

"했어유, 윌 도련님. 구멍으로 풍뎅이를 늘어뜨리는 것쯤 이야 문제 있나유——보세유, 내렸지유!"

이러한 얘기를 주고받고 하는 동안에도 주피터의 모습은 조금도 보이지 않았지만 그가 내려보낸 오라기 끝에 매달린 갑충은, 우리들이 서 있는 고대를 아직 희미하게 비치고 있는 석양의 마지막 빛을 받아 잘 닦은 황금덩이처럼 번쩍였다.

갑충은 어떤 나뭇가지에도 걸리지 않고 축 늘어졌다. 그대로 두면 바로 우리 발밑에 떨어졌을 것이다. 레그랜드는 즉시 낫을 들고 바로 그 갑충 아래에 직경 3,4야드의 원을 그려서 그 안의 풀들을 모두 쳐버렸다. 그렇게 하고 난 다음, 그는 주피터에게 오라기를 떨어뜨리고 곧 내려오라고 명령했다.

레그랜드는 갑충이 떨어진 바로 그 점 위에다 말뚝을 박고 주머니에서 줄자를 꺼내 그 끝을 말뚝에서 제일 가까운 나무의 줄기에 묶었다. 그리고 그것을 말뚝으로 끌고 온 다음, 나무와 말뚝의 두 점으로 이미 형성된 방향으로 그것을 50피트나 더 끌고 갔다——한편 주피터는 큰 낫으로 가시덤불을 쳐 헤쳤다. 이렇게 해서 된 제2의 지점에 두 번째 말뚝이 박혔다. 그리고 이 말뚝을 중심으로 해서 그 주위에 직경 약 4피트의 원이 그려졌다. 다음에 레그랜드는 자기 자신도 삽을 한 자루 들고 주피터에게도 하나, 나에게도 한 자루씩 주며 될 수 있는 대로 빨리 파달라고 재촉했다.

사실인즉 나는 이런 장난에 대해선 별로 흥미를 느끼지 못했으므로, 특히 이때에는 그의 부탁을 거절해버리고 싶었다. 왜냐하면 밤은 점점 다가오고, 더욱이 이제까지 해온 일로 나는 무척 피곤함을 느꼈기 때문이다. 그러나 피할 길이 없고, 괜히 그러다가는 이 실성한 불쌍한 친구의 머리를 더 혼란케 하지나 않을까 하는 염려도 있었던 것이다. 만일 주피터가 조력한다면 억지로라도 이 미친 친구를 집으로 끌고 오겠지만 나는 주피터의 기질을 잘 알고 있었다. 어떤 일에 있어서도 나와 그의 주인과의 싸움에 내 편이 되어주리라고는 바랄 수 없었기 때문이다.

레그랜드가 땅 속에 묻힌 보물에 관한 남국의 무수한 미신에 홀린 것만은 확실했다. 그리고 그가 갑충을 발견한 것과 또 주피터가 완고하게 이 갑충을 '진짜 금풍뎅이'라고 주장한 것으로 말미암아 그의 공상이 한층 더 굳어진 것만은 의심할 여지가 없었다. 광기가 있는 사람은 이러한 암시로 곧 충동을 받기 쉬운 것인데——더욱이 오래 전부터 생각하고 있던 선입관과 일치할 때에는 한층 더 그러한 것이었다. 나는 이제 이 불쌍한 친구가, '이 풍뎅이가 내 팔자를 고쳐줄 걸세'라고 한 말이 머리에 떠올랐다. 나는 마음이 슬퍼지며 당황했지만, 하기 싫은 생각을 꾹 누르고——기꺼이 파주자, 그러면 눈앞에 나타난 증거로 말미암아 그가 품었던 생각이 잘못이었다는 것을 더 빨리 깨닫게 할 수 있으리라고 생각하게 되었다.

등에 불을 켜고, 목적을 알고 하는 일이라도 되는 것처럼 우리들은 흥이 나서 일을 하기 시작했다. 등불의 광선이 구덩이를 파고 있는 우리들의 모습을 비추었을 때, 나는 우리들의 모습이 얼마나 아름다울 것이며 또 우연히 이곳을 지나는 사람이 있어 이 꼴을 보았다면 얼마나 우습고도 의아해했을 것인가 하고 생각하지 않을 수 없었다.

우리들은 부지런히 별로 말도 없이 두어 시간이나 팠다. 우리들의 꼴이 무척 재미났던지 개는 계속 큰소리로 짖어댔는데, 이것이 큰 두통거리였다. 개는 더욱 큰소리로 계속 짖어대었다. 그러므로 그 근처를 지나가던 사람이 이 소리를 들을까봐 그것이 큰 걱정이었다 —— 오히려 이것은 레그랜드의 걱정이었다 —— 나로서는 어서 그런 일이 일어나서 이 미친 친구를 집으로 데리고 갈 수 있다면 하고 은근히 기다렸다. 주피터가 성가신 듯이 구멍 밖으로 뛰어나가 바지 멜빵을 풀어 개의 입을 꽉 잡아매버렸으므로 개 짖는 소리도 고요해졌다. 그러고 나서 주피터는 킥킥 웃으며 구멍 속으로 다시 돌아왔다.

두 시간 후에 우리들은 5피트의 깊이에까지 이르렀는데 조금도 보물이 묻혀 있는 것같이 보이지 않았다. 여기서 우리들은 모두 쉬었다. 그리고 나는 이 연극이 이제 그만 여기서 끝났으면 했다.

레그랜드는 분명히 낙망한 듯이 보였지만, 생각 깊이 이마의 땀을 씻더니 또다시 파기 시작했다.

우리들은 직경 4피트의 원을 전부 팠는데 보물은 좀처럼 나타나지 않았으므로, 그 범위를 좀 넓혀 2피트 가량 아래로 더 파보았다. 여전히 보물은 나타나지 않았다.

마침내 레그랜드는 얼굴 가득히 초조와 실망의 빛을 띠며 구멍 밖으로 기어나와 넋을 잃고, 일하기 전에 벗어놓은 저

고리를 천천히 다시 입기 시작했다. 나는 그를 진심으로 가 없게 생각했다. 그 동안 나는 아무 말도 하지 않았다.

주피터는 주인의 명령으로 도구를 주워모으기 시작했다. 그 일이 끝나고 개를 풀어준 후에 우리들은 묵묵히 집으로 향했다.

우리들이 열두어 걸음이나 걸어왔을까, 갑자기 레그랜드는 큰소리로 욕설을 하면서 주피터 쪽으로 달려들어 그의 멱살을 잡고 흔들었다. 깜짝 놀란 주피터는 눈과 입을 벌릴 대로 벌리고 삽을 땅 위에 떨어뜨리며, 무릎을 꿇고 땅 위에 넘어졌다.

"그래, 이 주리를 틀 놈아!"
하고 레그랜드는 이를 악물고 한마디 한마디를 내뱉었다.

"이 죽일 검둥이 놈아! —— 얘기해봐, 거짓 없이 이 자리에서 당장 대답해! ——어느 게, 어느 게 네놈의 왼눈이냐?"

"아이구, 살려줘유. 윌 도련님. 이게 왼눈 아니유?"
하고 질겁한 주피터는 바른눈에다 손을 대고, 금방이라도 주인이 그 눈을 빼어버리지나 않을까 하는 듯이 벌벌 떨며 죽을 힘을 다하여 그 눈을 가리고 있었다.

"그럴 줄 알았다! —— 어째 그럴 것만 같더라! 이젠 됐다!"
하고 레그랜드는 소리를 지르며 갑자기 주피터를 떠다밀고 껑충껑충 뛰며 좋아했으므로, 주피터는 일어나 얼빠진 사람처럼 주인의 얼굴과 내 얼굴을 번갈아 쳐다볼 뿐이었다.

"자, 그럼 다시 되돌아가야겠다! 아직 절망적인 건 아니다"

하고 말하며 레그랜드는 앞서서 백합나무가 있는 곳으로 다시 돌아갔다.

"주피터, 이리 와"

하고 그는 나무 밑에까지 오자 말했다.

"그 해골 바가지는 얼굴을 바깥쪽으로 향하고 못에 박혀 있던가, 아니면 가지 안쪽으로 박혀 있던가?"

"얼굴은 바깥쪽을 향해 있었어유. 그러길래 까마귀가 거침없이 눈알을 파먹을 수 있었던 것 아네유."

"음 그래, 그러면 네가 풍뎅이를 떨어뜨린 눈은 이 눈이냐, 아니면 이 눈이냐?"

하고 레그랜드는 그의 손으로 주피터의 눈을 번갈아 짚어보며 물었다.

"이쪽 눈이에유, 도련님 —— 왼쪽 눈이에유 —— 도련님의 말씀대로."

그런데 주피터가 가리킨 것은 바른쪽 눈이었다.

"알았다 —— 그럼 다시 한번 해봐야겠다."

이 말을 듣고 나는 이 미친 친구의 머리에 그래도 다소 일에 대한 성안(成案)이 있는 것을 알았다. 아니, 안 것처럼 느껴졌다. 그는 갑충이 떨어진 곳에 박혔던 말뚝을 뽑아다 거기서부터 3인치 서쪽에 있는 지점에다 옮겨 박고 전과 같이 나무 줄기의 제일 가까운 지점으로부터 말뚝까지 줄자를 쭉 끌어다, 다시 그것을 일직선으로 50피트의 지점까지 연장시킨 다음, 그곳에 표적을 만들었다. 그곳은 전에 우리들이 파던 데에서는 몇 야드 떨어져 있었다.

이 새 지점 주위에 전보다는 좀더 큰 원을 그리고 우리들은 또다시 파기 시작했다. 나는 무척 피곤했지만 무엇이 내 마음을 이렇게 변화시켰는지도 모르는 채, 내가 맡은 일에 별로 싫증을 느끼지 않게 되었다. 나는 까닭모를 흥미를 느끼고 있었다. —— 아니, 흥분까지 느꼈다. 어쩌면 레그랜드의 의외의 태도에서 나온 선견력(先見力) 혹은 깊은 생각 같은 것에 내가 충동을 받았는지도 모르겠다. 그리고 이 불쌍한 친구를 미치게 한 가공(架空)의 보물이 정말 나오지나 않나 하고 나도 모르게 신이 나서 파고 있는 행동에 나 자신도 놀라지 않을 수 없었다.

한 시간 반이나 계속해서 파고 있는 동안 내 머리 속에는 그러한 터무니없는 망상이 자리잡고 있었다. 그때, 또다시 개가 맹렬한 기세로 짖어댔으므로 우리들의 일은 중단되고 말았다. 전에 짖은 것은 재미나서 그런 것이었는데 이번에는 그렇지 않은 것 같았다. 주피터가 또다시 아가리를 막아버리려고 했으나 개는 맹렬히 반항하며 구멍 속으로 뛰어들어와 발톱으로 마구 흙을 파헤치기 시작했다. 대번에 두 개의 완전한 해골인 사람 뼈다귀 무더기가 나타났다. 그 밖에 몇 개의 금속 단추와 썩은 양털 먼지 같은 것도 섞여 나왔다. 삽으로 그 위를 한두 번 헤쳐보았더니 큰 스페인형의 주머니 칼이 나타났다. 그 후 좀더 파보았더니 이곳 저곳에서 금화와 은화가 서너너덧 개 나왔다.

이것을 보고 주피터는 기쁨을 억제할 수 없는 듯이 히히거렸지만, 레그랜드의 얼굴에는 극도로 실망한 빛이 보였다. 그러나 그는 우리들에게 어서 파라고 재촉했다. 이 말이 그의 입에서 떨어지자마자 나는 연한 흙 속에 절반쯤 묻힌 굵은 철굴레에 발끝이 걸려 앞으로 비틀거리며 넘어졌다.

우리들은 그야말로 열심이었다. 나는 아직까지 내 평생에 이와 같이 열렬히 흥분된 10분간을 경험한 적은 없다. 이 10분 동안에 우리는 장방형의 나무궤짝을 하나 파냈는데, 그것이 조금도 변형되어 있지 않고 놀랄 만큼 단단한 것으로 미루어보아 분명히 무슨 광화작용(鑛化作用) ── 어쩌면 염화 제2수은작용(鹽化第二水銀作用) ── 의 장치를 해놓은 것 같이 보였다. 그 궤짝은 길이 3피트 반, 너비 3피트, 깊이 2피트 반의 것이었다. 징을 박고 궤짝 전체에 걸쳐 일종의 격자(格子) 모양을 한 연철 테두리가 열십(十)자형으로 견고하게 둘려 있었다. 뚜껑 가까이 양쪽에는 큰 쇠고리가 셋씩 ── 그러니까 도합 여섯 개 ── 있어, 여섯 사람이 힘껏 쥘 수 있게 되어 있었다.

우리들은 셋이서 그것을 힘껏 들어보았지만 다만 밑바닥이 조금 움직였을 뿐이었다. 그래서 우리들의 힘으로는 도저히 어떻게 할 수 없다는 것을 깨달았는데 다행히 뚜껑은 이리저리 밀려다니는 빗장으로 잠겨 있을 뿐이었다. 우리들은 불안한 마음으로 가슴을 죄며, 빗장을 쑥 잡아뺐다. 순식간에 헤아릴 수 없을 만한 가치의 보물이 번쩍거리며 우리들 눈앞에 나타났다. 등불의 광선이 구멍 안으로 떨어지자, 아무렇게나 틀어박혀 있는 황금과 보석의 찬란한 광채로 말미암아 우리들은 눈도 뜨지 못할 지경이 되었다.

내가 들여다보았을 때 느낀 감정을 나는 여기에 쓰지는 않겠다. 물론 놀라움만이 제일 강렬한 것이었다. 레그랜드는 어찌나 흥분했던지 한마디도 못했다. 주피터의 얼굴은 잠시 죽은 사람처럼 새파랗게 질려, 어떤 일에든지 흑인의 얼굴색이 이처럼 창백해지는 것을 찾아볼 수 없으리만큼 창백해지며, 벼락이라도 맞아 정신을 잃은 사람처럼 보였다. 조금 있더니 그는 무릎을 꿇고 걷어올린 팔뚝을 팔꿈치까지 보물 속에 파묻으며, 마치 훈훈한 물 속에 기분 좋게 두 팔을 넣고 있듯이 잠깐 동안 그대로 있었다. 기어이 그는 한숨을 깊이 내쉬며 혼잣말로 중얼거렸다.

"흠, 그래 그놈의 금풍뎅이가 이런 복을 가지고 오다니! 어여쁜 금풍뎅이! 아유 가엾어라, 그놈의 조그만 금풍뎅이. 그걸 난 욕만 했군! 이 껌둥이야, 부끄럽지 않으냐? —— 대답 좀 해보라구!"

나는 레그랜드와 주피터를 재촉해서 빨리 보물을 운반하지 않으면 안 되었다. 점점 밤은 깊어가고 있었으므로 밤이 새기 전에 이 보물을 모두 집까지 운반하려면 급히 서둘러야만 했다. 우선 무엇부터 손을 대야 좋을지 알 수가 없었다. 그래서 방법을 토의하는 데 많은 시간이 걸렸다 —— 그만큼 우리들은 머리가 혼란해져 있었던 것이다.

결국 우리들은 보물을 3분의 2 가량 꺼내어 궤짝을 가볍게 한 다음 겨우 궤짝을 구멍 밖으로 꺼내놓을 수 있었다. 꺼낸 보물을 가시덤불 속에 감춰놓고 주피터가 개에게 그곳을 지키고 있을 것과 우리들이 돌아올 때까지 어떤 일이 있어도 그곳을 떠나지 말고 또는 짖어도 안 된다고 엄명했다. 그 다음 우리들은 급히 그 궤짝을 가지고 집으로 돌아왔다. 집으로 무사히 돌아오긴 했지만 굉장히 힘이 들었으므로 집에 돌아온 것은 밤 1시경이었다. 너무도 피곤했으므로 곧장 돌아

간다는 것은 도저히 할 수 없는 일이었다.

2시까지 집에서 쉬며 식사도 하고, 다행히 집에서 찾아낸 세 개의 튼튼한 주머니를 가지고 우리들은 산으로 향했다. 4시쯤에 또다시 구덩이 있는 곳으로 돌아와 남은 보물을 삼등분하여 구멍을 메우지 않고 집으로 향했는데 집에 돌아와 보물을 내려놓았을 때에는 바로 동쪽 나무 위가 훤해지며 먼동이 트기 시작했다.

우리들은 완전히 녹아떨어졌지만 너무도 흥분해서 잠을 이룰 수가 없었다. 이럭저럭 불안한 가운데에서 서너너덧 시간쯤 눈을 붙여본 다음, 다들 약속이나 한 듯이 벌떡 일어나 보물을 조사하기 시작했다.

보물은 궤짝 가장자리까지 가득 들어 있었으므로 그것을 조사하는 데 그 다음날 밤까지 걸렸다.

보물은 질서도 배열도 없이 모든 것이 뒤죽박죽이 된 채로 쌓여 있었다. 조심해서 나누어보니까 처음에 예상했던 것보다도 훨씬 그 수가 많다는 것을 알았다. 그때 시세에 따라 될 수 있는 대로 정확하게 평가해보았더니 현금으로 45만 달러 이상의 것이었다. 은화는 한 닢도 없고 전부가 고대의 각양각색의 금화뿐이었다. 프랑스, 스페인, 독일의 금화, 영국의 기니 금화가 약간, 그리고 아직 본 적이 없는 몇 종류의 화폐가 있었다. 대단히 닳아빠져 인각조차 뚜렷하지 않은 크고 무거운 화폐도 있었다. 그러나 미국의 화폐는 하나도 없었다.

보석의 평가는 더욱 곤란했다. 그 중 금강석 몇 개는 아주 크고 훌륭했다 —— 합해서 110개나 되고, 작은 것은 하나도 없었다. 아주 번쩍이는 루비가 18개, 녹색의 아름다운 에메랄드가 312개, 그리고 사파이어가 21개, 오팔이 1개였다. 이 보석들은 대(臺)에 놓여 있는 것이 아니라 궤짝 속에 뒤죽박죽이 되어 틀어박혀 있었고, 금화 속에서 나왔어도 어느 것이 어느 보석의 것인지 분간할 수 없을 만큼 망치로 두들긴 자국이 남아 있었다.

이 외에도 순금의 장식품이 있었는데, 반지와 귀고리가 거의 200여 개나 되고 훌륭한 금줄이 약 30개 정도 되었으며, 굉장히 큰 십자가의 화려한 황금 향로(香爐)가 5개, 역시 화려한 부조(浮彫) 모양의 포도잎과 주신(酒神)들의 모양을 새긴 아주 큰 황금 술잔 1개, 정교하게 부조한 칼집 2개, 그 외에 이제는 다 잊어버려 생각나지 않지만 그보다 작은 물건들이 무수히 많았다. 이러한 보물의 무게는 350파운드 이상이었다. 그러나 나는 이 계산에 197개의 굉장한 시계는 넣지 않았다. 그 중 세 개는 그 1개 값만 해도 500달러의 가치는 충분했지만, 그 대다수는 너무도 오랜 것이라 시계로서는 소용이 없는 것이었다. 세공(細工)도 다소 부식작용(腐蝕作用)을 일으키고 있었다. 그러나 모두 보석이 풍부하게 박혀 있었으며 고가의 상자 속에 들어 있었다.

우리들이 그 날 밤 궤짝 전체의 보물을 평가해보았더니 150만 달러 이상이나 되었다. 그러나 그 후에 장식품과 보석들을(조금은 집에서 쓰려고 남겨두고) 팔아 본 결과 우리들이 과소평가했다는 것을 알았다.

이럭저럭 조사가 끝나고 격렬한 흥분 상태도 좀 가라앉았을 때, 레그랜드는 내가 이 기이한 수수께끼를 퍽 알고 싶어

죽을 지경인 것을 알고 있는 터라, 그에 관한 모든 것을 자세히 설명하기 시작했다.

"자네 생각나나?"

하고 그는 말했다.

"내가 자네에게 그 갑충의 약도를 그려서 주던 날 밤 말일세. 그때 자네가 그 그림을 해골 같다고 해서 내가 화를 내지 않았나? 처음엔 자네가 그런 말을 하기에 난 농으로만 알았단 말야. 잔등에 흑점이 있었으니까 그럴지도 모르지, 하고 생각했단 말일세. 그런데 자네가 내 그림이 서툴다고 하지 않았나. 나는 그림을 꽤 잘 그리는 편인데 그런 말을 듣고 보니 괜히 부아가 치밀었단 말일세. 그래서 자네가 나에게 그 양피지(羊皮紙) 조각을 돌려주었을 때 화가 치밀어 그놈을 구겨서 불 속에 던지려고 했었네."

"그 종잇조각말인가?"

하고 나는 물었다.

"아냐, 겉은 꼭 종이 같아서 처음에는 나도 종인 줄만 알고 그 위에다 그림을 그리려고 했는데 그때 퍽 얇은 양피지인 것을 안 거야. 무척 더럽지 않던가? 그걸 구겨버리려고 한 순간 내 눈이 자네가 보고 있던 그 곤충의 약도로 떨어졌네. 나는 틀림없이 갑충을 그렸는데 갑충은 없고 대신 해골이 있는 것을 발견했을 때, 나의 놀라움이란 자네도 상상할 걸세. 너무도 놀라 잠깐 동안 나는 아무것도 분간할 수가 없었네. 전체의 윤곽에 있어서 근사한 점은 약간 있었지만 세세한 점에 있어서는 천양지판이었지. 곧 나는 촛불을 들고 방 한편 구석으로 가서 앉아 한층 더 자세히 양피지를 조사해보았네. 뒤집어 뒤를 보니까 내가 그린 갑충의 약도가 그대로 있지 않겠나? 처음 나는 그 윤곽이 놀랍도록 닮은 것에 놀랐네 —— 즉 나는 전혀 몰랐는데, 양피지의 이면, 즉 내가 그린 갑충의 바로 뒤에는 해골의 그림이 있고, 더욱이 그 해골은 윤곽뿐만 아니라 크기까지도 내가 그린 약도와 거의 흡사했다는 우연한 일치에 놀라지 않을 수 없었네.

　이런 기묘한 우연의 일치에 나는 사실 정신을 잃었네. 이런 경우에 누구든지 정신을 잃지 않을 사람은 없을 것일세. 우리의 마음이라는 것은 관련을 —— 즉 인과관계(因果關係)를 —— 확립하려고 애를 쓰는 거야. 그러나 그것이 잘 안 될 경우에는 일종의 일시적 마비상태에 빠지는 것이라네. 그래 내가 이 실신상태에서 회복되었을 때 우연의 일치보다도 한층 더 나를 놀라게 한 어떤 확신이 머리에 떠오른 것일세. 내가 갑충을 그릴 때에는 양피지 뒷면에는 아무 그림도 없었던 것을 분명히, 확실히 회상하기 시작했네. 이건 틀림없어. 그 까닭은 어느 쪽이 깨끗한가 하고 양쪽을 다 살펴보았으니까. 그때 만일 해골이 있었으면 내 눈에 띄지 않았겠나? 어쩐지 이 점이 가장 모를 신비인 것만 같았네. 그러나 이때 벌써 내 머리 가장 깊은 구석에는, 어젯밤의 탐검이 그와 같이 훌륭한 결과를 맺어준 그 시초의 빛이 희미하게 밝아오는 것같이 생각되었네. 나는 곧 일어서서 양피지를 집어치우고 나 혼자 있게 될 때까지 그 이상 더 생각을 하지 않기로 작정했네.

　자네가 돌아가고 주피터마저 곯아떨어졌을 때 나는 이 사건을 좀 질서 있게 연구하여 보았네. 우선 양피지가 내 손에 들어오게 된 경로부터 생각하여 보았네. 우리들이 그 갑충을 발견한 곳은 이 섬으로부터 약 1마일 동쪽에 있는 본토의 해안인데 만조표(滿潮標)가 있는 조금 위 지점이었네. 내가 그놈을 붙잡으려니까 꼭 깨물기에 나는 그만 놓아버렸네. 평소에 조심성이 많은 주피터는 저한테로 날아온 그놈을 붙잡기 전에 나뭇잎이나 혹은 그런 종류의 것으로 싸서 붙잡을 양으로 주위를 휘휘 둘러보았네. 그의 눈과 내 눈이 동시에 양피지 조각 위로 떨어진 것은 바로 그 순간이었네. 난 그때 그것을 꼭 종이로만 알았단 말이야. 그것은 한 모퉁이만 조금 나와 있고 반은 모래 속에 묻혀 있었네. 그걸 발견한 근처에는 범선용(帆船用)의 대형 보트 모양의 선체의 파편이 있었네. 이 난파선은 오랫동안 그곳에 있었던 모양으로, 보니까 배와 같은 점은 찾아보기가 힘들었네.

자, 그래, 주피터가 그 양피지를 집어 그걸로 갑충을 싸서 나에게 주었어. 그 후 곧 집으로 돌아왔는데 도중에서 G××중위를 만났네. 내가 그놈을 그에게 보여 주었더니 보루로 가지고 가서 잘 조사해보고 싶으니 빌려달라는 게야. 내가 그러라고 했더니 그는 양피지에 싸지도 않고 그걸 조끼 주머니에 틀어넣었네. 그 양피지는 그가 갑충을 이리저리 보고 있는 동안 내 손 안에 그대로 있었지. G 중위는 아마 내 마음이 변할까봐 그랬는지 곧 갑충을 치워버렸네 —— 자네도 알겠네만 생물에 관한 일이라면 G 중위야말로 '나를 죽여주시오.' 하고 덤비는 작자니까. 동시에 나도 무의식적으로 양피질 내 주머니 속에 집어넣었던 모양이네.

내가 약도를 그리려고 책상으로 갔으나 늘 놓여 있던 곳에 종이가 한 장도 없었던 것은 자네도 잘 알지 않나. 서랍을 열

황금충 137

어보았지만 그 속에도 없었네. 헌 종이라도 있나 하고 주머니 속을 뒤져보니까 손에 잡힌 것이 바로 그 양피지였단 말일세. 양피지가 내 손에 들어온 경로를 내가 이렇게 자세히 설명하는 것은 그때의 사정이 특히 나에게 깊은 인상을 주었기 때문일세.

필경 자네는 나를 공상적인 인물이라고 생각할걸세 —— 그러나 그때 나는 이미 일종의 '연결'을 지어놓았다네. 거대한 쇠사슬의 두 개의 고리를 연결시킨 것일세. 해안에는 보트가 놓여 있고, 거기서 멀지 않은 곳에 양피지가 있었고 —— 종이가 아냐 —— 그 위에 해골이 그려져 있다 ——. 자네는 물론 '어디에 연관성이 있느냐?'고 물을 거야. 나는 다만 해골은 누구나 다 알고 있듯이 해적들의 표적이라고 대답하겠네. 해골이 그려진 깃발은 해적 행위를 할 때에 해적들이 배에 달고 다니는 거라네.

그 조각이 종이가 아니라 양피지라고 나는 말했네. 양피지는 지구력이 있고 거의 찢어지지 않는 거라네. 중요하지 않은 것은 양피지에 기록되는 법이 없지. 그래서 그림을 그리거나 글씨를 쓰거나 하는 평범한 목적에는 양피지가 종이보다 훨씬 못한 법이라네. 이렇게 생각해보니까, 해골에는 어떤 의미 —— 어떤 관계 —— 가 있다는 것을 알았네. 그리고 나는 양피지의 생김새에 관해서도 주의를 게을리하지 않았네. 한쪽 구석이 웬일인지 떨어져나가고 없었지만 원 모양이 장방형인 것을 알 수 있었네. 사실 그것은 오래도록 잊어버리지 않도록 길게 보존해두어야 할 그 어떤 사실을 기록하는 비망록으로서 응당 선택될 만한 그런 종류의 양피지 조각이었네."

"그렇다면 말일세"

하고 내가 그의 말을 가로막았다.

"자네가 갑충을 그릴 때에는 그 양피지 위에 해골이 없었다고 하지 않았나? 그렇다면 여보게, 자넨 보트와 해골 사이에 어떤 연관을 짓는가? 그 해골은 자네 자신도 인정하다시피 작자는 도저히 알 수 없는 일이지만, 자네가 황금충의 약도를 그린 후에 나타난 것일 테니까."

"아아, 참 그 점일세. 모든 신비가 엉겨 있던 것은. 그러나 그 비밀을 풀기는 별로 곤란하지 않았네. 나는 착실한 방법으로 유일한 결론을 얻을 수 있었지. 예를 들면 나는 다음과 같이 추리했단 말일세. 내가 황금충을 그릴 때에는 양피지에는 확실히 해골이 없었네. 그리고 약도를 그리자 곧 그것을 자네에게 주고 자네가 나한테 돌려줄 때까지 나는 쭉 자네를 쳐다보고 있잖았나. 물론 자네가 그걸 그린 것도 아니고, 그렇다고 해서 다른 어떤 사람이 그릴 리도 없지 않은가? 그렇다면 그것은 우리들 중 누군가의 소행은 아닐 것이므로……

내 생각이 여기까지 미쳤을 때 나는 바로 이때 일어난 모든 사건을 똑똑히 회상해내려고 애를 쓴 결과 비로소 생각해낸 것일세.

그 날은 날씨가 추웠으므로(그게 아주 드문 요행이었거든!) 난로에는 불이 활활 타고 있지 않았나. 내가 양피지를 자네에게 주고 자네가 그것을 보려고 했을 때 뉴파운드 종의 울프가 뛰어들어와 자네 잔등 위로 막 기어올랐지? 자네가 왼손으로 그 개를 쓰다듬어주면서 옆으로 떼어놓았을 때 보니까, 자네는 오른손으로 양피지를 쥔 채 아무렇게나 무릎 사이에 떨어뜨리고 불 근처에까지 와 있었네. 한번은 그것에 불이 붙지나 않나 하고 자네에게 주의시키려 했더니, 내가 말하기도 전에 자넨 그걸 집어들고 보기 시작하더군. 이러한 모든 경우를 생각해볼 때 양피지 위에 그려져 있던 해골이 똑똑히 나타난 원인은 화열(火熱) 외에는 없다는 것이 분명한 사실이 아니겠나? 화열을 받았을 때에만 글자가 보이도록 종이와 피지(皮紙)에 글자를 쓸 수 있는 화학적 제제법이 현재도 있고, 저 오랜 옛날부터 있었던 것은 자네도 잘 알 걸세. 산화 코발트를 왕수(王水)와 혼합해서 4배의 물로 그것을 희석시킨단 말일세. 그러면 그때 초록색이 되는 거야. 또 코발트 피[錦]를 초석에 녹이면 빨간색이 되는 것이고. 이런 색은 그것을 쓴 원료가 식으면, 다소 빠르고 늦은 차이는 있지만 좌우간 일단 없어졌다가 열을 가하면 또다시 나타나는 법이라네.

그래서 나는 이번에는 조심해서 해골을 조사해보았네. 바깥 끝——양피지 끝에 제일 가까운 그림의 구석구석은 다른 데보다도 뚜렷하게 보였단 말이야. 열의 작용이 불완전하거나 균등하지 않았던 것일세. 나는 곧 불을 켜서 양피지의 모든 부분을 빠짐없이 갖다 대보았다네. 처음에는 해골의 희미한 선이 보였을 뿐이었는데, 쭉 계속해서 대고 있었더니 종이 왼쪽 구석, 즉 해골이 그려져 있는 곳에서부터 대각선 쪽에 처음에는 염소 같은 것이 나타났네. 더욱 세밀히 조사해보았더니 암만해도 새끼 염소(kid) 같단 말이야, 그놈이."

"하! 하!"

하고 나는 웃었다.

"하긴 자네를 비웃어서는 안 되겠네만—— 150만 달러의 돈은 비웃기엔 너무도 큰 돈이니까—— 그러나 쇠사슬의 세 번째 고리가 도무지 어울리지 않는데 그래. 자네가 말하는 해적과 염소 사이에는 별로 관계도 없을 것이네. 해적과 염소가 무슨 관계가 있겠나? 염소야 농촌에 있는 것이니까."

"하지만 내가 방금 그 그림은 염소의 모습이 아니라고 했잖나."

"음 그래, 새끼 염소(kid)라고 했지—— 좌우간 같은 얘기 아닌가?"

"같은 얘기 같지만 전혀 같지가 않다네"

하고 레그랜드는 말했다.

"자네도 키드 선장(17세기 후반의 유명한 해적)의 얘기를 들은 적이 있겠지만 나는 이 동물의 그림을 보자 대뜸 일종의 상형문자적 날인으로 추측했네. 그것이 서명이야. 양피지 위에 그려 있는 위치가 그런 힌트를 주었단 말일세. 그것과 대각선으로 맞은편 구석에 있는 해골의 그림도 같은 방법으로 인장(印章)이나 증인(證印)만 같았네. 그러나 이런 것 외에 다른 것이 없는 점에는—— 내가 있으리라고 상상한 증서의 본문이 없는 데에는—— 그만 나도 낙심천만이었네."

"그럼 자넨 그 인장과 서명 사이에 글귀가 있을 것을 예상 했구먼그려."

"암 그렇지. 실상 까놓고 얘기하면 큰 복덩이가 굴러온 것만 같았네. 왜 그런지 까닭은 몰랐지만 그건 암만 해도 확신이라기보다도 일종의 욕심만 같았네── 그러나 그 갑충을 순금이라고 한 주피터의 못난 소리가 얼마나 내 머리에 영향을 주었는지 그건 자네도 모를 거네. 그리고 계속적으로 그 뒤에 나타난 사건과 우연의 일치를 이루었단 말일세── 이건 암만 생각해봐도 참 이상하단 말이야. 이런 일이 왜 하필 1년 365일 중에서 꼭 그 날 일어났으며 또 그 날이 왜 불을 피울 만큼 추웠으냔 말일세. 만일 불도 없고 개도 뛰어들어 오지 않았다면 나도 해골을 못 봤을 것이고 그 결과 그런 보물을 얻을 줄이야 꿈엔들 알았겠나. 이런 것이 모두 신기하기 짝이 없단 말일세. 알겠나, 자네?"

"그런 소린 그만두고 어서 얘기나 하게── 갑갑해 죽겠네."

"그럼세. 자네도 키드와 그 부하들이 대서양 연안 어디엔가 금을 파묻어두었다는 갖가지의 소문쯤이야 들었겠지. 이런 풍설은 그래도 좀 사실에 근거를 두었을 것일세. 그리고 또 그 소문이 아직까지 없어지지 않고 계속되고 있다는 것은 묻힌 보물이 그대로 있기 때문에 나오는 것이 아니겠나? 만일 키드가 그 약탈품을 일시적으로 감춰두었다가 다음에 또 파냈다면 오늘날 우리들이 듣는 것 같은 말은 없었을 걸세. 자네도 알다시피 소문에 떠도는 얘기는 모두가 다 보물을 찾는 사람의 얘기뿐이지 어디 보물을 찾았다는 사람의 얘긴가? 만일 해적이 보물을 꺼냈다면 이 소문은 그만 사라졌을 거야. 어떤 사건이── 말하자면 보물의 거처를 표시하는 비망록이 없어졌다거나 하는 사건이── 보물을 찾아낼 방법을 잃게 하고 그래서 그 소문이 부하에게 알려진 것 같네.

그렇지 않다면 보물이 감춰져 있다는 것을 꿈에도 모르는 부하들이 그것을 찾으려고 서둘렀지만 찾을 길이 없었으므로 헛수고만 하게 되니까, 지금 세상에 퍼져 있는 소문의 씨를 뿌린 것만 같네. 자넨 해안에서 고귀한 보물을 캐냈다는 소문을 들은 적이 있나?"

"도통 없네."

"그러나 키드의 보물이 막대하다는 것은 세상이 모두 아는 사실일세. 그래 나는 그것이 여태 땅 속에 그대로 묻혀 있음이 틀림없으리라고 생각했네. 그리고 우연히도 손에 들어온 그 양피지야말로 보물의 거처가 기록되어 있으리라고 하는, 거의 확신에 가까운 희망을 일으켰다고 해도 자네는 별로 놀라지는 않을 걸세."

"그건 그렇고, 그 다음엔 어떻게 됐단 말인가?"

"불 기운을 세게 한 후 양피지를 다시 쬐어보았지만 아무 것도 나타나지 않았네. 때가 묻어 있어서 그러나 하고 생각했네. 그래서 양피지 위에다 더운물을 가만가만 부으며 살살 씻어서 양은냄비 속에다 해골의 그림이 있는 쪽을 아래로 해놓고 그 냄비를 숯불 풍로 위에다 놓았네. 3, 4분이 지나 냄비가 후끈후끈 달았을 때 양피지를 꺼내보니까 아, 이것 좀 봐, 그땐 참 기뻤네. 몇 줄의 숫자 같은 것이 여기저기 반점으로 나타나 있지 않겠나? 그래서 냄비 속에 다시 집어넣고 1분 동안 그대로 두었었네. 꺼내보니까 전체가 이제 자네가 보는 바로 그대로야."

이와 같이 말하면서 레그랜드는 양피지를 또 불에 쬐어서 잘 보라고 나에게 주었다.

거기에는 해골과 염소 사이에 다음과 같은 글자가 붉은색으로 희미하게 나타나 있었다.

53‡‡†305))6*;4826)4‡.)4‡);806*;48†8¶60))85;1‡
(;:‡*8†83(88)5*†;46(;88*96*?;8)*‡(;
485);5*†2:*‡(;4956*2(5*—4)8¶8*;4069285);6
†8)4‡‡;1(‡9;48081;8:8‡1;48†85;4)485†528806*
81(‡9;48;(88;4(‡?34;48)4‡;161;:188;‡?;

"그러나 나에겐 여전히 뭐가 뭔지 캄캄한데. 이 수수께끼를 풀면 골콘다(금강석의 산출로 유명한 인도의 지명)의 보석을 죄다 준다 해도 도저히 난 풀 수가 없겠는 걸"
하고 나는 그 양피지를 돌려주면서 말했다.

"아냐, 이 사람아"
하고 레그랜드는 말했다.

"그 해결책은 한번 슬쩍 글자들을 보았을 때에 상상한 것처럼 어렵지는 않은 거야. 대번에 알다시피 이 글자는 암호로 되어 있는 것일세. 다른 말로 하면 어떤 의미를 가지고 있는 거야. 그러나 키드에 대해서 알려져 있는 것으로 미루어 보아 그가 그다지 어려운 암호문을 만들 능력이 있는 위인이라곤 생각되지 않네. 나는 대번에 이까짓 것이야 간단한 것임에 틀림없으리라고 생각했단 말일세 —— 하나 뱃사공들의 둔한 머리로는 열쇠 없이는 풀 수 없는 것이겠지만."

"그래 자네는 곧 풀었단 말인가?"

"여부 있나. 이것보다 만 배가 어려운 것도 푼 적이 있는

데. 환경과 일종의 성벽(性癖)으로 말미암아 나는 이러한 수수께끼에 흥미를 갖게 된 것일세. 인간의 지혜로 된 수수께끼라면 같은 인간의 지혜로 해서 풀리지 않을 리는 없지 않은가? 실상 연결이 있고 읽을 수 있는 글자들을 한번 찾기만 하면, 그 다음에 무엇이 있으리라고 하는 것쯤이야 별로 어렵지 않게 생각해낼 수 있는 것일세.

모든 비밀 서류의 암호도 그렇지만 —— 이번 것에 있어서도 —— 제일 먼저 할 일은 암호 용어의 여하를 알아내는 일이란 말일세. 왜냐하면 해석의 원칙은, 특히 더욱 간단한 암호에 관한 한, 어느 특정 국어의 성질에 따라 이렇게도 되고 저렇게도 되고 또 변화되기도 하기 때문일세. 일반적으로 말하자면 문제의 언어를 찾아낼 때까지는 풀려고 하는 사람이 알고 있는 언어를 하나씩 하나씩 개연율(蓋然率)로 실험해보는 것 외에는 다른 방법이 없네. 그러나 이번 일에 있어선 서명의 덕분으로 그런 모든 어려움을 피할 수 있었네. '키드(kidd)'라는 단어의 동음이의어의 유희는 영어 아닌 다른 언어로는 이해하지 못하네. 이런 생각이 안 떠올랐다면 나는 우선 스페인어나 프랑스어로부터 달려들었을 것이네. 스페인 해(海)의 해적이 이러한 비밀문서를 쓴다면 당연히 그와 같은 언어들로 썼을 테니까 말이야. 그런 까닭으로, 나는 이 암호가 영어로 된 것이라고 단정했네.

자네도 보다시피 단어와 단어 사이에는 구분이 없지 않나? 구분만 있었다면 일은 비교적 쉬웠을 텐데. 그럴 때에는 우선 짧은 단어의 조사와 분석부터 시작하는 것이라네. 그래서 만일 단문자(單文字)의 단어가, 이건 흔히 있는 일이지만, 예를 들면 a라든지 i자가 나오면, 해석은 문제없는 것이라네. 그러나 이번에는 구분이 없으므로 내 최초의 착안점(着眼點)은 제일 많이 나온 자와 적게 나온 자를 찾는 것이었네. 나는 모든 글자를 세어 다음과 같은 표를 만들었던 것이네.

8	;	4	‡	*	5	6	(	†1	0	92	:	3	?	—.
33 회	26 회	19 회	16 회	13 회	12 회	11 회	10 회	8 회	6 회	5 회	4 회	3 회	2 회	1 회

자, 영어에서 제일 많이 나오는 자는 'e' 잘세. 그 다음에는 'a o i d h n r s t u y c f g l m w b k p q x z'의 순서로 나오네. 'e'는 대단히 많은 글자가 되어서 아무리 짧은 글에도 제일 많이 나오는 것이라네.

그래서 손도 대기 전에 벌써 여기서 추측 이상의 확실한 기초를 얻었단 말일세. 이제 말한 표가 일반적으로 사용되는 것은 말할 것도 없지만—— 이 암호에 있어선 그것의 일부분만을 사용하면 되는 거야. 가장 많은 글자는 '8'자니까 우선 이것을 본래 알파벳의 'e'에 해당한다고 가정하고 착수해 보세. 이 가정을 확실하게 하기 위하여 '8'이 중복되어 나타나는 것을 조사해 보세—— 왜냐하면 영어에 있어선 'e'가 빈번히 두 개 계속해서 나오니까—— 예를 들면 'meet', 'fleet', 'speed', 'seen', 'been', 'agree'와 같은 단어 말일세. 그런데 이번에는 암호가 짧은데도 불구하고 그것이 다섯 번 이상이나 중복되고 있단 말일세.

그러니 '8'을 'e'로 가정하세. 영어의 모든 단어 중에서 제일 평범한 것은 'the'야. 그러므로 나열의 순서가 똑같으면서 그 끝자가 8로 된 세 개의 글자가 반복되는지 어떤지를 보세. 만일 그런 글자들이 반복만 된다면 그야말로 'the'를 표시한다고 봐도 좋을 테니까. 조사해보니까 그렇게 배열된 것이 일곱 개 있는데 그것이 바로 ';48'이란 말일세. 따라서 ';'는 't'를, '4'는 'h'를 '8'은 'e'를 표시한다고 가정할 수 있네— 이것은 이제 확정되었다고 봐도 상관없네. 이렇게 해서 커다란 한 단계를 해치웠다네.

그런데 말이야, 하나의 단어가 결정되면 그걸로 해서 더욱 중요한 점을, 즉 다른 단어의 몇 개의 어두와 어미를 알 수 있다네. 예를 들어 ';48'이란 결합 중에서 끝으로부터 두번째에 있는 결합——암호문의 끝으로부터 그리 멀지 않은 곳에 있는 것일세——을 살펴보세. 그 결합 바로 다음에 있는 ';'은 어떤 단어의 어두라는 걸 알 수 있지 않겠나. 그리고 이 'the' 다음에 계속되는 여섯 부호 중에서 다섯 개는 안 셈일세. 그래 불명(不明)한 것은 공간으로 남겨두고 알 수 있는 부호를 글자로 나타내보세.

t eeth

여기서 끝의 'th'는 't'로 시작되는 단어의 한 부분이 되는 법은 없으니까, 'th'를 집어치워도 상관없을 걸세. 그것은 이 공간에 삽입할 글자로 알파벳 전부를 뒤져보아도 이 'th'가 단어의 한 부분으로 될 만한 단어는 도저히 만들 수가 없기 때문일세. 그래서 'th'를 떼어버리면 다음과 같이 줄일 수가 있네.

t ee

그리고 필요에 따라 전과 같이 알파벳을 차례차례 삽입해 보면, 유일하고 가능한 것으로 'tree' 라는 글자에 도달할 수 있네. 이와 같이 '(' 로 표시된 'r' 이라는 또 하나의 글자를 얻음으로써 'the tree' 라는 두 단어가 병치되어 나타나네.

이러한 단어의 바로 다음을 보면 ';48' 이란 결합이 눈에 띄네. 그래 곧 그 전에 있는 단어의 어미에 붙은 단어로 생각하고 사용해보세. 그러면 이런 배열이 되네.

the tree ;4(‡34 the

즉 아는 부호를 보통 글자로 바꿔보면 다음과 같네.

the tree thr‡3h the

자, 다음에는 불명한 글자를 공간으로 두거나 혹은 점을 찍으면 다음과 같네.

the tree thr…h the

그러면 'through' 라는 단어를 대번에 알게 되네. 그래서 이 발견은 '‡', '?', '3' 라는 부호가 'o', 'u', 'g' 라는 것을 우리에게 가르쳐주네.

다음에는 이미 우리들이 알고 있는 글자의 결합을 자세히 보면, 암호문 초두에서 그리 멀지 않은 곳에서 이런 배열을 보게 되는데,

83(88 즉 egree

이것은 보나마나 'degree' 라는 단어로 결론지을 수 있어서, '‡' 가 'd' 를 표시함을 알 수 있네.

이 'degree' 라는 단어의 네 자 뒤에는 다음과 같은 결합이

있네.

　;46(;88 *

　전처럼 모르는 것은 점으로 놓아두고 그 부호를 아는 문자로 번역해보면 다음과 같이 되는데,

　th · rtee ·

　이 배열은 대번에 'thirteen' 이라는 단어를 연상하게 하므로 '6' 과 '＊' 로 표시된 새로운 두 자 'i' 와 'n' 을 알 수 있네.

　이번에는 암호의 제일 첫번을 보면 다음과 같은 결합이 눈에 띄네.

　53‡‡†

　전과 같이 번역해보면,

　· good

을 얻을 수 있는데 이것은 최초의 글자가 'a' 이고 따라서 최초의 두 단어가 'a good' 임을 확증하네.

　혼란을 피하기 위하여 판명된 것을 표로 정돈해보세.

　5 † 8 3 4 6 ＊ ‡ (;
　↓ ↓ ↓　↓ ↓　↓ ↓　↓ ↓ ↓
　a de gh　in　or t

　이와 같이 가장 중요한 글자를 11개 발견한 셈인데, 이 이상 더 해석의 방법을 세밀하게 얘기할 필요는 없을 걸세. 이러한 성질의 암호는 문제없이 풀 수 있다는 것을 자네에게 납득시키는 동시에 그 해석법의 논리적 근거를 어느 정도는

자네에게 얘기한 셈일세. 그러나 이 암호는 암호문으로서는 극히 간단한 종류에 속한다는 것을 알아두게. 다음에는 양피지 위에 있는 암호의 해석된 전문을 자네에게 알리기만 하면 되네. 자, 다음과 같으니 보게."

A good glass in the bishop's hostel in the devil's seat forty-one degrees and thirteen minutes northeast and by north main branch seventh limb east side shoot from the left eye of the death's-head a bee-line from the tree through the shot fifty feet out.

좋은 안경 승정(僧正)의 저택에 도깨비 의자에서 41도 13분 북동미북(北東微北) 본(本)줄기 일곱 번째 가지 동쪽 해골의 왼눈으로 쏘다 탄착점(彈着點)을 지나 나무로부터 봉비선(峰飛線) 50피트 밖.

"하지만"
하고 나는 말했다.
"이 수수께끼는 역시 알 수 없는걸. '도깨비 의자'라든지 '승정의 저택'이라는 잠꼬대 같은 말에 무슨 의미가 있단 말인가?"
"그렇지"
하고 레그랜드는 대답했다.
"겉으로 슬쩍 봐서는 아직 낙관 못할 것일세. 나는 우선 이 문장을, 이 글을 쓴 사람이 생각한 것 같은 자연적인 구분으로 끊어보았네."

"구두점을 달았단 말이지?"

"그렇지."

"그러나 어떻게 그 일을 할 수 있었지?"

"구절 없이 글을 쓴 것은 풀기 어렵게 하기 위해서 필자가 택한 방법이라고 나는 생각했네. 그러나 머리가 좋지 못한 자가 그런 짓을 하다가는 필경 지나치게 하는 법이라네. 구두점을 마땅히 붙여야 할 데에는 붙이지 않고 도리어 엉뚱한 곳에 몰아서 덧붙여서 쓰기 쉽다네. 이번 경우에도 이 문장을 보면 한 군데에 암호가 뭉쳐 있는 다섯 곳을 간파해냈네. 이 암시에 따라 나는 다음과 같이 전문을 끊어봤네."

A good glass in the bishop's hostel in the devil's seat——fotry-one degrees and thirteen minutes—— northeast and by north——main branch seventh limb east side——shoot from the left eye of the death's-head——a bee-line from the tree through the shot fifty feet out.

승정의 저택 안 도깨비 의자에서 좋은 안경 —— 41도 13분—— 북동미북 —— 본 줄기의 일곱 번째 가지 동쪽—— 해골이 왼눈에서 쏘다 —— 그 나무에서 탄착점을 지나는 봉비선을 따라 50피트 나아가라.

"그렇게 끊어놓아도 여전히 모르겠는데?"
하고 나는 말했다.

"나 역시 캄캄했네. 며칠 동안은"
하고 레그랜드는 대답했다.

"그 동안 나는 설리번 섬 부근에 '승정의 저택'이라는 집이 있나 하고 열심히 찾아다녔네. 물론 '저택(Hostel)'이라는 케케묵은 단어는 집어치우고 '호텔(Hotel)'이라 불러보았지. 그래도 도무지 알 수 없어서 수색 범위를 확대해가지고 더 조직적인 방법으로 진행시켜보려고 결심했었네. 그런데 어느 날 아침 돌연 '승정의 저택(Bishop's Hostel)'이라는 것이, 이 섬으로부터 4마일쯤 북쪽에, 아주 옛날부터 오랜 저택을 가지고 있는 베소프(Bessop)라는 이름을 가진 가문과 무슨 관계가 있지나 않나 하는 생각이 머리에 떠올랐네. 그래서 나는 그 농원으로 가서 나잇살이나 먹은 흑인들에게 여러 가지로 물어보았네. 겨우 노파 하나가 말하기를, 베소프의 성(城)이라는 이름을 들은 적이 있고 그곳으로 안내할 수도 있는데, 그것은 성도 아니고 여관도 아닌 하나의 높은 바위라는 것이었네.

안내만 해주면 후하게 대접하겠노라고 하니까 노파는 잠깐 머뭇거리더니 나를 데리고 가겠다고 했네. 별로 힘들이지 않고 그곳을 찾았으므로, 노파를 보내고 나 혼자서 그곳을 조사해보았네. '성'은 절벽과 바위들이 아무렇게나 모여서 된 것이었는데, 그 중 하나는 높이 솟아 있을 뿐 아니라 따로 떨어져 있고, 인공적으로 생긴 외양 때문에 다른 것보다도 뚜렷하게 돋보였네. 나는 이 바위 꼭대기에 올라가보았는데 그 다음에는 어찌 해야 좋을지를 몰랐네.

이리저리 궁리하던 끝에 내 눈길은 내가 서 있던 곳으로부터 1야드 가량 낮은 바위의 동쪽으로 툭 튀어나온 좁은 선반 같은 바위로 떨어졌네. 이 돌선반은 약 18인치가량 튀어나왔고 너비는 겨우 1피트에 지나지 않았지만 그 위에 움푹 들어간 곳이 있어 잔등이 움푹 들어간 의자와 비슷했네. 이거야말로 암호에 있는 '도깨비 의자'임에 틀림없으리라고 나는 생각했네. 그래서 나는 수수께끼의 전부를 벌써 푼 것만 같았네.

'좋은 안경'이라는 것은 망원경일 것이라고 나는 생각했네. 왜냐하면 안경이라는 말이 뱃사공들 간에는 다른 뜻으로는 별로 사용되지 않을 테니까. 그래서 망원경을 사용할 것과, 사용할 망원경으로부터 조금의 편차도 없는 정확한 관측점(觀測點)이 있다는 것을 나는 곧 알게 되었네. 나는 또 '41도 13분'이라든지, '북동미북'이라든지 하는 구절은 망원경의 조준점을 의미하는 것이라고 확신했네. 이런 모든 것을 알게 되어 원기를 얻었으므로 나는 급히 집에 돌아와 망원경을 들고 또다시 그 바위로 돌아갔었네.

나는 돌선반으로 내려가보았는데, 일정한 자세를 하지 않고서는 도저히 앉을 수 없다는 것을 알았네. 이 사실은 내 예상을 더욱 굳게 하여주었지. 그리고 물론 41도 13분이라는 것은 수평선의 방향이 '북동미북'이란 말로 똑똑히 표시되어 있으니까 그 수평선상의 고도를 표시하는 말임에 틀림없을 걸세. 이 수평성의 방향은 휴대용 나침반으로 곧 알 수 있었네. 그 다음은 대강 추측으로 될 수 있는 대로 '41도의 앙각(仰角)을 찾아 망원경을 조심조심 올렸다 내렸다 했더니 저쪽 하늘 높이 우거진 나무 중에서 쑥 솟아나온 한 그루의 큰 나무의 가지 사이에 둥근 틈, 즉 공간이 있는 것이 눈에 띄었네. 이 틈 한복판에서 흰 점을 발견했는데 처음에는 그것이 뭔지 도무지 알 수가 없었네. 망원경의 초점을 조정해봄으로써 그것이 사람의 해골인 것을 확실히 알았네.

이 발견으로 말미암아 나는 수수께끼가 풀린 것으로 마음이 든든해졌네. 왜냐하면 '본줄기의 일곱 번째 가지 동쪽'이란 문구는 나무 위의 해골의 위치를 가리키는 말이고, 또 '해골의 왼눈으로부터 쏘다'라는 말은 묻힌 보물의 수색에 관한 한 가지 힌트를 주는 것일 테니까. 그리고 그 나무 줄기에서 그 '탄착점(탄알이 떨어진 장소)'을 지나는 최단직선(最短直線)을 긋고, 그 선을 50피트 연장한 봉비선, 즉 일직선이야말로 어떠한 정확한 지점을 표시하는 것이라는 점을 나는 확신했네——그리고 그 지점 아래에는 분명히 보물이 감추어져 있으리라고 생각했네."

"자네 생각은 모두 명쾌한 것뿐일세"

하고 나는 말했다.

"자넨 그 '승정의 저택'을 떠난 다음에는 어떻게 했나?"

"조심해서 나무 생김새를 잘 알아둔 뒤에 집으로 돌아왔지. 그런데 내가 '도깨비 의자'를 떠나자마자 그 둥근 틈이 없어지는 것이 아니겠나. 몇 번 뒤돌아보았지만 조금도 뵈지 않더군. 이 계획 전체에서 제일 교묘하다고 생각되는 것은 나뭇가지 사이의 틈이 돌선반 외의 어떤 관측점에서도 보이지 않는다는 사실일세. 실상 나는 여러 번 그걸 실험해보았지만 매번 그렇더군. 이 '승정의 저택'에 갔을 때에는 주피터도 데리고 갔었네만, 그 녀석은 아마 여러 주일 동안 나의 얼빠진 행동을 주시하고는 날 그대로 두면 안 되겠다고 걱정했나 봐. 그래서 다음날은 새벽같이 일어나서 나 혼자만 살짝 빠져나와 그 나무를 찾으러 산으로 갔었네. 아주 고생을 톡톡히 한 끝에 겨우 그걸 찾기는 했지만, 집에 돌아오니까 주피터 녀석이 나를 때리겠다고 야단 아니겠나. 그 다음의 탐검은 자네도 잘 알 것이네."

"이건 내 생각인데 말일세"
하고 나는 말했다.

"처음에 우리가 땅을 잘못 판 것은 주피터가 그 갑충을 해골의 왼눈이 아니라 오른눈으로부터 떨어뜨려서 그런 것이 아니겠나?"

"바로 그렇네. 그 실수로 말미암아 '탄착점'에 —— 즉 나무에서 최단거리에 있는 말뚝의 위치에서 2인치 반의 오차가 생긴 거지. 그리고 만일 보물이 '탄착점' 바로 아래에 묻혀 있었다면 오차가 있더라도 상관없었겠지. 그러나 탄착점과 이 점에서 제일 가까운 그 나무의 일점은 방향 설정을 위한 두 점이어서, 그 오차는 연장선의 시작에서는 미미하지만 50피트를 나아가면 굉장할 것일세. 보물이 어딘가 이 부근에 꼭 묻혀 있으리라는 신념이 나에게 없었다면 우리들은 헛수고만 했을 것일세."

"해골에 대한 착안점은 —— 해골 눈으로 총알을 떨어뜨린다는 착안점은 말일세 —— 난 키드가 해적 깃발로부터 암시를 받은 것이라고 하는, 일종의 시적 조화를 느꼈는걸."

"어떻게 생각하면 그렇게도 생각되겠지. 그것보다 나는 상식도 시적 조화 못지않게 이 사건에 관계가 있다고 생각하지 않을 수 없네. '도깨비 의자'로부터 그 표적이 보이게 하려면, 그것이 만일 적은 물건이라면 흰색이 아니어서는 안

될 걸세. 그뿐만 아니라 일기가 어떻게 변하든지 간에 변함 없이 흰색 그대로이고 오히려 더한층 희게 보이는 데 있어선 사람의 해골 이상 가는 것은 없거든."

"그건 그렇고, 자네의 과장된 말씨라든지 갑충을 휘휘 뒤 흔들던 꼴은 참 이상하던걸! 난 꼭 자네가 미친 줄만 알았 네. 그리고 또 자네는 왜 해골에서 총알이 아니라 갑충을 떨 어뜨리게끔 고집했나?"

"아냐, 사실대로 얘기하면 자네가 나를 미쳤나 하고 너무 도 의심하길래 화가 좀 나서, 내 식(式)으로 사건을 오리무 중 속에다 넣고 한바탕 자넬 놀려주려고 한 것일세. 그래서 괜히 갑충을 휘휘 흔들기도 하고 또 나무에서 떨어뜨리도록 한 것일세. 갑충을 떨어뜨리려는 생각이 떠오른 것은 그 갑 충이 무겁다고 한 자네의 발언 때문일세."

"그랬었군. 알겠네. 그런데 아직 이것 하나만은 알지 못하 겠는걸. 우리들이 구멍을 팔 때 나온 사람 뼈다귀는 웬 것일 까?"

"그것은 나도 좀 미심쩍기는 하네. 다만 이렇지 않았을까 하는데 —— 하지만 내가 얘기하는 것 같은 무참한 행위가 사 실이었다고 믿는 것은 무서운 일일세. 키드가 —— 만약 그가 이 보물을 감췄다면 —— 이 일에 여러 사람을 썼을 것만은 틀림없네. 그러나 일이 일단 끝나자 그는 이 일에 참가한 자 들을 없애버리는 것이 상책이라고 생각했겠지. 그의 부하들 이 구멍 속에서 부지런히 일하고 있을 때 곡괭이로 한두 번 내려치는 것으로 충분했을 테니까. 아니면 두서너 번쯤 때려 야 했을지도 모르지 —— 그야 누가 알겠나?"

모르그 가(家)의 살인 사건

세이렌(하반신은 새인 마녀로 아름다운 노래로 뱃사공을 꾀어 죽임)이 무슨 노래를 불렀는지 혹은 아킬레우스가 여자들 사이에 숨어 있었을 때 무슨 이름으로 행세했는지는 골치 아픈 문제지만 어쨌든 전혀 추측할 수 없는 일은 아니다.

토머스 브라운경

분석적이라고 일컬어지는 정신 상태 그 자체는 여간해서 분석을 용납하지 않는다. 우리들은 다만 그 결과만을 보고, 그러한 정신 상태를 다분히 소유하고 있을 때 그 소유자들에게는 그것이 항상 진지한 향락의 근원이 된다고 알고 있다. 힘센 사람이 자기의 육체적 능력을 뽐내며 근육을 활동시킬 수 있는 운동을 즐겨하는 것과 마찬가지로, 분석가는 엉킨 것을 풀어내는 그 도덕적 활동에서 영광을 느낀다. 그는 자기의 재능을 발휘하는 일이라면 극히 사소한 일거리에서도 쾌감을 느낀다. 그는 수수께끼라든지 까다로운 문제라든지

157

상형문자를 좋아하여, 이런 것들을 풀어내는 데 있어 평범한 이해력밖에 가지지 않은 사람들의 눈에는 선천적이라고 생각되는 날카로운 통찰력을 나타낸다. 그의 결론은 방법의 본질 그 자체와 사물의 중심이 되는 요점으로 말미암아 유도된 것이긴 하지만, 사실상 그 전부가 직관의 힘을 내포하고 있는 듯하다.

해결 능력은 수학적 연구에 의하여 훨씬 더 활기를 띨 수도 있을지 모른다. 특히 수학 연구의 최고 분야에 의해 그럴 수도 있다. 이러한 분야가 당치 않게도 뛰어나게 분석적이라고 불려왔지만, 다만 그것은 거꾸로 계산해 올라가기 때문에 그렇게 불려진 데 불과한 것이다. 그러나 계산하는 일은 본질적으로 분석하는 일은 아니다. 예를 들자면, 장기를 두는 사람은 분석을 하려고 애쓰지 않아도 자연히 계산을 하게 된다. 그래서 장기놀이는 정신적 특성에 주는 효과에 있어 크게 오해를 받고 있다.

나는 지금 논문을 쓰고 있는 것은 아니고, 다만 관찰한 것을 두서없이 서술함으로써 다소 기이한 이야기의 서두를 삼을까 할 뿐이다. 그래서 나는 이 기회에 내성적 지성의 보다 높은 수준의 능력은, 힘이 들고 경박한 장기보다 바둑을 두는 것 같은 따위의 수수한 것에서 오히려 더 명백하고 유일하게 쓰인다는 것을 단언하고자 하는 바다. 장기놀이에서는 말들이 제각기 다르고, 변할 수 있는 가치를 가지면서 기기묘묘하게 움직이기 때문에 이런 복잡성——흔히 보는 오해지만——이 심오하다는 것으로 잘못 오해되어 있는 것이다. 여기서는 주의력이 힘차게 활동하게 된다. 만일 그 주의력이 일순간이라도 쇠퇴한다면 실수를 범하게 되어 그 결과 손해를 보거나 지고 만다. 말의 움직이는 수가 다양할 뿐 아니라 복잡하기 때문에 이렇게 실수할 기회가 많은 것이다. 그리고 십중 팔구 승자는 머리가 날카로운 사람이라기보다는 정신력을 강하게 집중시키는 사람이다.

바둑에서는 이와 반대로 돌이 움직이는 것은 독특하고 별로 변화가 없기 때문에 부주의를 범할 가능성이 감소되고 주의력은 비교적 쓰일 때가 없는 만큼, 어느 쪽이든 유리한 위치에 놓이게 되는 것은 월등한 총명함에 의하여 그렇게 되는 것이다.

좀더 구체적으로 말해서, 말이라고는 왕 네 개밖에 없고 게다가 실수라고는 생각할 수조차 없는 그러한 바둑놀이가 있다고 가정해보자. 여기서 승리는—— 쌍방이 다 그 실력이 비등하다고 치고—— 말을 잘 가려 쓰는 것으로만 결정되는 것인데 그것은 지적 능력을 잘 활동케 한 어떤 결과인 것이다. 평범한 수단으로는 안 되는 까닭으로, 분석가는 상대방의 정신 속으로 뛰어들어가 거기에 동화해버린 다음, 상대방을 오류로 유인하거나 오산으로 몰아넣는 유일한 방법—— 때로는 정말로 터무니없이 단순한 것들이다—— 을 대번에 발견해내는 수가 흔히 있다.

휘스트놀이(네 사람이 하는 트럼프 놀이)가 소위 계산 능력에 영향을 준다는 것은 이미 오래 전부터 알려진 사실이다. 최고도의 지능을 가진 사람들은 장기놀이를 경박하다고 피하면서도 한편 거기서 분명히 납득이 안 갈 정도의 즐거움을 얻는다는 사실도 알고 있다. 사실, 이와 비슷한 성질의 것으로 이것만큼 분석 능력을 필요로 하는 놀이도 없다. 기독교 나라의 장기 선수란 장기꾼치고 최고 수준의 장기꾼이라고 도 할 수 있겠다.

그러나 휘스트에 능한 사람은, 정신과 정신이 서로 싸우는 보다 중대한 사업에도 성공할 수 있는 능력을 가지고 있다고 하겠다. 내가 능하다는 말을 쓸 때 나는 정당한 이점을 유도 할 수 있는 모든 원천을 파악하는 것을 포함하는, 놀이에 숙 달한 상태를 의미해서 쓴 말이다. 이러한 원천은 그 수가 많 을 뿐더러 형태도 꽤 많고 또 평범한 이해력으로는 도저히 도달할 수 없는 깊은 사상이 심연 속에 들어 있는 수가 많다. 주의 깊게 관찰한다는 것은 명확하게 기억한다는 것이다. 그 래서 그런 정도라면 정신을 집중시키는 장기꾼도 휘스트를 꽤 잘할 것이다. 한편 —— 놀이의 단순한 기교를 밑받침으 로 한 —— 호일(휘스트놀이의 시조라고 불리는 영국인)의 법칙 도 일반인들에게 이해되고 있다. 이렇듯 일반적으로, 좋은 기억력을 가지고서 원칙대로 해나가는 것이 놀이를 잘하는 기술의 전부라고 여겨지고 있는 것이다.

그러나 분석가의 기술이 발휘되는 것은 단순한 법칙의 한 계를 넘어선 곳에 있다. 그는 묵묵히 관찰과 추리를 계속한 다. 아마도 그의 상대방도 이와 똑같은 짓을 할 것이다. 그리 고 얻어지는 지식 정도의 차이는 추리의 타당성에 있는 것이 아니라 관찰이 질적으로 어떠하냐에 달려 있는 것이다. 무엇 을 관찰하느냐가 중요한 점인 것이다.

이러한 노름꾼은 도무지 자신을 어떤 한군데에 가두어두 지는 않는다. 그는 노름이 목적이라 해서, 노름과는 관계없는 외부의 사물로부터 연역된 것을 버리지는 않는다. 그는 자기 편의 눈치를 살피고 그것을 상대방 하나하나의 눈치와 주의 깊게 비교해본다. 그는 각자의 손에 쥐어져 있는 카드들이 어떤 방법으로 배열되는지를 깊이 생각해보고, 가끔 상대방이 쥔 카드에 보내는 눈초리의 도수에 의하여 트럼프(으뜸패)와 오너(으뜸패)를 일일이 세어둔다.

　노름이 진행되어감에 따라 그는 각자의 얼굴이 변하는 것에 주목하여, 자신만만할 때라든지 깜짝 놀랄 때라든지, 의기양양할 때라든지 또는 분해할 때 나타나는 표정의 차이에서 판단 재료를 수집한다. 카드 짝을 모으는 태도에서, 그것을 쓰려는 사람이 슈트(카드의 하트·다이아몬드·클로버·스페이드 등 각기 13장으로 된 한 벌)에서도 똑같은 수를 쓰려는 것인지 아닌지를 판단한다. 카드를 테이블 위에 내던지는 것으로 보아 속임수를 쓸 배짱인 것을 알아차린다. 불쑥 얼떨결에 던진 말이라든지, 카드짝을 우연히 떨어뜨리거나 혹은 젖히면서 그것을 감추려는 생각에서 불안한 표정이나 무관심한 태도를 지어 보이는 것이라든지, 카드짝을 벌여놓은 순서대로 골라잡으며 그것을 세어본다거나, 당황하거나 머뭇거리거나, 핏대를 올리거나 허둥거리는 모양을 보인다거나 ──이러한 짓들이 모두 그의 직관적인 지각에 따라 사건의 진상을 들추어내주는 것이 된다.

　우선 두서너 판 놓고 나면 그는 각자가 손에 들고 있는 패짝의 내용을 환히 알게 되어, 그 다음부터는 다른 사람들이 자기 카드의 앞면을 밖으로 내보이고 있는 거나 다름없이 정확하고도 빈틈없이 거기 맞추어서 자기의 카드짝을 내놓는 것이다.

그런데 이 분석 능력을 발명의 재주와 혼돈해서는 안 된다. 분석가는 필연적으로 발명의 재주가 있지만, 왕왕 보면 발명의 재주가 있는 사람은 놀라울 정도로 분석 능력이 없는 수가 있기 때문이다.

발명의 재주가 나타나는 것은 보통 구성 능력이나 결합 능력에 의해서고, 골상학자들은 이러한 능력 —— 나는 그릇된 생각이라고 생각하는 바이지만 —— 을 원시적 능력이라고 생각하여 하나의 단독 기관으로 치고 있는데, 이 능력은 다른 면으로는 천치에 가까운 지력을 가진 사람에게서 보이는 수가 꽤 많아서 정신과학자들간에 전반적인 주의를 끌어왔다. 발명의 재주와 분석 능력 사이에는 공상과 상상에서보다 더 큰 차이가 있긴 해도, 그 차이점 사이에 아주 많이 흡사한 바가 있다. 발명의 재주가 있는 사람은 언제나 공상력이 풍부하고, 정말로 상상력이 풍부한 사람은 예외없이 분석적이라는 점이 실제로 눈에 띄게 마련이다.

다음의 이야기는 독자에게는 아마 어느 정도까지 지금 바로 제시한 명제에 대한 주석처럼 생각될 것이다.

18××년의 봄과 여름 한동안을 파리에서 보내고 있을 때, 나는 C · 오귀스트 뒤팽 씨와 알게 되었다. 이 젊은 신사는 뼈대가 있고 점잖은 가문 출신이었지만, 여러 가지 곤란한 사건으로 말미암아, 정력적인 성격도 그 빛을 발휘할 수 없을 만큼 가난에 쪼들리고 있었다. 이리하여 그는 세상에 나와 활동해보겠다든지 혹은 재산을 다시 회복해보겠다는 생

각은 아예 단념하고 말았다. 채권자들의 호의에 의하여 세습 재산 부스러기가 다소 그의 소유로 남아 있을 뿐이었다. 여기에서 나오는 수입으로 그는 사치 같은 것은 염두에도 두지 않고 악착스럽게 절약함으로써 겨우 생활 필수품 따위를 사들이곤 했다. 책들이야말로 그의 형편으로는 유일한 사치품이었지만, 책이야 파리에서는 수월하게 구할 수 있다.

우리들이 맨처음 만난 것은 몽마르트르가에 있는 어느 도서관에서였는데, 두 사람이 똑같이 희귀한 진본을 찾고 있었다는 우연한 인연이 우리 두 사람을 좀더 서로 가깝게 하는 결과를 가져다준 것이다.

우리들은 여러 번 서로 만났다. 프랑스 사람이 자기 신상에 관한 일이 화제에 오를 때에는 언제나 빠져들어가는 그 솔직한 태도로 그가 차근차근 들려준 그의 가족사에 나는 깊은 흥미를 느꼈다. 그의 독서 범위가 광대한 데 나는 또한 놀랐다. 그리고 무엇보다도 그의 난폭한 열정과 발랄하고도 생생한 상상력에 의하여 내 체내에서도 나의 영혼이 불붙어올라옴을 느꼈다. 그때 파리에서 아직도 어떤 물건을 찾고 있던 나에게는 이러한 사람과의 교제가 이루 말할 수 없이 귀한 보배가 되리라고 여겨졌던 것이다. 그래서 나는 이러한 감정을 그에게 털어놓고 말았다.

마침내 우리 두 사람은 내가 이 도시에 머무르는 동안 같이 살기로 합의를 보기에 이르렀다. 그리고 내 주머니 사정이 그래도 그보다는 좀 나은 편이어서, 생제르맹 교외의 한적한 구석에다 미신 때문에 —— 그 내력은 우리도 잘 모르지만 —— 오랫동안 비어 있던 다 쓰러져가는, 시대가 좀먹은 해괴한 집을 세낸 다음, 우리의 공통된 기질인 다소 환상적 침울함에 걸맞는 양식의 가구를 장만하는 비용과 집세를 내가 전담하기에 이르렀던 것이다.

이런 우리들의 일상생활의 내용이 세상에 널리 알려졌더라면 마치 미친놈으로 —— 그렇다고 해서 남에게 해를 끼치지는 않는 미친놈으로 —— 간주되었을 것이다. 우리들의 은둔은 그야말로 완전한 것이었다. 우리들은 통 손님을 들이지 않았다. 우리들이 은거하는 장소가 나의 이전 친구들에게조차도 세심하게 비밀에 부쳤던 것이다. 또 뒤팽 역시 파리에서 남을 알려고 한다거나 남에게 알려지거나 하는 것에 관심을 쏟지 않았으므로 우리들은 단둘이서만 벌써 여러 해를 조용히 지내고 있다.

내 친구에게는, 밤 그 자체 때문에 그것에 매혹되어 버리는 공상벽(그 밖에 무어라 불러야 할지?)이 있었다. 나는 이것 이외의 그의 다른 버릇과 마찬가지로 이 괴벽에도 그만 말려들어, 될 대로 되라는 듯이 그의 무궤도한 망상에다 나 자신을 맡겨버리고 말았다. 암흑의 옷을 입은 여신은 늘 우리들과 함께 살지는 않았다. 그러나 우리들은 그 존재를 모조할 수는 있었다. 아침에 먼동이 틀 무렵이면 우리들은 이 낡은 건물의 육중한 덧문을 모두 내리고서, 가장 희미하고도 가장 무시무시한 빛을 던져주며 강한 향기를 발산하는 쌍촛불의 힘을 빌어, 시계가 진정한 암흑의 도래를 알려줄 때까지 우리들의 영혼을 꿈속에 파묻고는 책을 읽거나 글을 쓰거나 이야기를 주고받곤 했다. 그러고 나서 거리로 나가 서로 팔을 끼고 그 날의 화제를 이어나가기도 하고, 늦게까지 거리의 원근을 가릴 것 없이 여러 곳을 쏘다니면서 사람들이 빽빽한 대도시의 거친 광선과 그늘 속에서, 오로지 고요한 관찰만이 줄 수 있는 무한한 정신적 흥분을 찾는 것이었다.

이럴 때 나는 뒤팽의 뛰어난 분석 능력을 주목하고 —— 그의 풍부한 이상주의적인 성질로 보아 그것을 기대할 준비가 되어 있기는 했지만 —— 그것을 감탄하지 않을 수가 없었다. 그도 역시 —— 그 능력을 과시하기 위해서인지는 확실치 않지만 —— 그것에 행사함으로써 큰 기쁨을 느끼는 것만 같았고, 그렇게 함으로써 얻어진 쾌감을 서슴지 않고 고백하는 것이었다. 그는 나직한 목소리로 껄껄 웃으면서 대부분의 사람들이 자기 앞에서는 그들의 깊은 마음의 창문을 열더라고 뽐냈으며, 나 자신의 가슴속까지도 다 알고 있다는 직접적이고도 아주 놀랄 만한 증거를 제시하면서 그의 단정을 한층 더 밀고 나가곤 했다. 이럴 때의 그의 태도란 어딘지 딱딱한 면이 있었고, 얼빠진 듯한 데가 있었다. 두 눈에는 아무런 표정도 없었다. 한편 평소에는 성량이 풍부한 테너의 목소리가, 신중하고 똑똑한 발음이 아니었더라면 성미가 괄괄하다고 들렸을 고음으로 올라갔다. 그가 이러한 기분에 젖어 있는 것을 볼 때, 나는 이중 정신에 관한 고대 철학을 곰곰이 생각해보는 때가 많았다. 그리고 창조자와 해결자로서의 이중의 뒤팽을 즐겨 상상해보는 것이었다.

이제 방금 이런 말을 했다고 해서 내가 무슨 신비를 누구이 설명하려 한다거나 혹은 어떤 로맨스라도 쓸 작정인가보다고 생각해선 안 된다. 내가 이제까지 이 프랑스 사람에 관해서 쓴 것은 다만 흥분되었거나 그렇지 않으면 아마도 병적인 지능의 결과뿐이다. 그러나 지금 이야기한 그러한 때에 그가 한 말이 어떠한 성질의 것이었는지는 하나의 실례가 그 개념을 가장 잘 전해줄 것이다.

어느 날 밤, 우리들은 팔레 르와이얄 근처의 불결하고 길게 뻗은 거리를 어슬렁어슬렁 걷고 있었다. 두 사람 다 무슨 생각에 잠겨 있는 모양으로 적어도 15분 동안은 어느 쪽도 입을 열지 않았다. 그런데 난데없이 뒤팽이 불쑥 다음과 같은 말을 꺼냈다.

"그 작잔 너무 키가 작아. 바리에테 극장 무대에나 어울릴 작자야, 정말이야."

"그야 물론이지"

하고 나는 아무 생각없이 건성으로 대답했다. 처음에는 —— 나도 깊은 생각에 젖어 있었으므로 이런 말을 한 장본인이 바로 명상에 젖어 있는 나 자신이라는 엄청난 사실을 깨닫지 못했다. 불현듯 제정신으로 돌아오자 그때의 나의 놀라움은 이만저만한 것이 아니었다.

"어이 뒤팽"

하고 나는 엄숙한 목소리로 불렀다.

"아니, 이건 도시 영문 모를 소린데. 솔직히 말해서 난 깜짝 놀랐어. 제정신을 믿지 못할 지경이야. 내가 지금 생각하고 있는 걸 자네가 어떻게 알 수가 있느냐 말이야."

내가 생각하고 있던 인물을 그가 정말 아는지 정확히 확인해보려는 생각에서 나는 여기서 잠시 말을 멈추었다.

"—— 샹틸리 말이지"

하고 그는 말했다.

"왜 자넨 말을 중단하는 거지? 그 친구의 왜소한 체구가 비극에는 어울리지 않는다고 자넨 자네 자신에게 이야기하고 있는 중이었을 게야."

이 말이야말로 분명히 내가 지금까지 생각해온 주제를 형성한 생각임에 틀림없었다. 샹틸리는 생드느가의 구두 수선공이었다. 그가 연극에 미쳐서 크레비용(18세기 프랑스의 비극 시인)의 비극 작품에 나오는 크세륵세스(1714년에 발표한 대표작) 역을 맡아보았으나, 수고값 대신 욕만 얻어먹은 위인이었다.

"이번 것에서 무슨 수로 내 뱃속을 들여다볼 수 있었는지 ——방법이 있다면—— 제발 그걸 좀 가르쳐주게"

하고 나는 큰소리로 말했다. 사실은 표현하고 싶지 않을 정도로 나는 놀라고 있었으니까.

"구두창을 대던 작자가 크세륵세스나 그 밖의 다른 비극 배우 역으로서는 충분한 키가 못 된다는 결론을 내리게 한 건 바로 과일 장수였단 말이야"

하고 내 친구는 말했다.

"과일 장수라니! —— 아닌 밤중에 홍두깨격이지, 나와 안면 있는 과일 장수는 한 사람도 없네."

"우리가 이 거리로 들어설 때 자네를 들이받던 그 사람 말이야—— 한 15분쯤 전일 거야."

C가를 지나 우리들이 지금 서 있는 거리로 들어올 때 우연히 과일 장수 하나가 사과를 가득 담은 바구니를 머리에 이고서 나를 들이받아 하마터면 내가 넘어질 뻔했던 일이 그제서야 생각났다. 그러나 이 사건과 샹틸리와 무슨 관계가 있

는지 나로선 도무지 영문을 모를 일이었다.

뒤팽에게는 엉터리 같은 데라곤 조금도 없었다.

"내 설명해보지"

하고 그는 말을 이었다.

"그리고 자네가 자초지종을 분명히 이해할 수 있도록, 내가 자네에게 이야기를 꺼내던 순간부터 자네가 문제의 과일 장수와 우연히 마주치던 그때까지, 자네가 생각해온 경로를 우선 뒤집어 올라가보세. 사슬을 이루고 있는 큼직한 고리들은 대강 다음과 같이 ── 샹틸리, 오리온, 니콜스 박사, 에피쿠로스(향락주의를 제창한 그리스의 철학자), 절석법(截石法), 포석(鋪石), 사과장수."

사람들은 살아나가다가 어느 시기에 가서는 자기 마음속에 도달한 제각기의 결론을 뒤집어 올라가보는 데 흥미를 느끼지 않는 사람이라곤 거의 없다. 그러한 일은 무척 흥미로운 때가 많다. 그럴 때에 사람들은 시발점과 도달점 사이에 무한한 거리와 전후의 모순이 개재해 있는 것 같아 무척 놀라게 된다. 그렇다면 이 프랑스 사람이 바로 앞서와 같은 말을 하는 것을 들었고 또 그가 한 말이 옳다는 것을 인정치 않을 수 없게 되었을 때의 나의 놀라움은 어떠했으랴. 그는 말을 계속했다.

"내 기억이 틀림없다면, C가를 떠나기 바로 전에 우리들은 말[馬]에 관한 이야기를 하고 있었지. 그게 우리가 주고받은 마지막 화제였어. 거리를 가로질러 이 거리로 막 오려는데 과일 장수 한 사람이 머리에 큰 바구니를 이고서 우리 옆을 재빨리 스치면서 마침 그때 개수 중인 인도 한쪽 귀퉁이에 쌓아놓은 포석더미 위로 자넬 떠다밀지 않았나. 그 바람에 자넨 뒹굴고 있는 돌에 걸려 미끄러지면서 발목을 삐었지. 자넨 얼굴에 노기와 무뚝뚝한 기색을 보이더니 두어 마디 뭐라고 투덜거리면서 포석더미를 돌아보고는 그냥 잠자코 걸어가고 말더군그래. 내가 유달리 자네가 하는 짓을 주의해 본 건 아냐. 하지만 관찰을 한다는 것이 최근에 와서는 나에겐 일종의 고질이 되다시피했단 말이야.

자넨 그대로 땅만 보고 있더군 —— 잔뜩 찌푸린 얼굴로 포장도로 위에 생긴 구멍이나 바퀴 자국을 보고 있더군그래(그래서 난 자네가 아직도 그놈의 포석들 생각을 하고 있는 줄로만 알았지). 마침내 우린 라마르틴이라는 좁은 샛길까지 왔는데, 이 길은 시험삼아 돌 끝을 포개 깔고 그 위에다 큰 못을 박아가며 포장한 것이란 말이야. 여기 와서야 자네 표정이 풀리더군. 자네가 입술을 움직이는 것을 보고서야 자네가 '절석법'이라는 말을 중얼거리고 있다는 걸 의심할 여지 없이 알았지. 이런 종류의 포장에 근사하게 적용되는 그런 용어 말이야. 스테레오토미〔截石法〕라고 중얼거리며 아토미〔原子〕라는 생각이 반드시 떠오르게 마련인데, 또 그렇게 되면 자연 에피쿠로스의 학설도 머리에 떠오르게 된단 말이야. 얼마 전에 우리들이 이 문제를 토론했을 때, 내가 자네에게 저 고상한 그리스 사람의 막연한 추측이 최근의 성운우주설(星雲宇宙說)과 기가 막힐 정도로 일치되었는데도 세상에서는 이렇다할 인정을 못 받고 있다고 말한 적이 있었으니까, 난 자네가 오리온 성좌의 대성운 쪽으로 눈을 들어 그쪽을 보지 않을 수 없으리라고 생각했지. 자네가 그렇게 하리라고 꼭 기대했지. 그런데 정말 자넨 하늘을 쳐다보더군. 그래서 난 내가 정확하게 자네 생각의 뒤를 뒤쫓고 있구나, 하고 확신하게 되었다.

그런데 어제 〈뮈제〉신문지상에 게재된 샹틸리에 대한 통렬한 비난문에서 이 풍자가는 구두 수선공이 비극 배우로 되면서 이름을 바꿨다는 불명예스러운 사실을 지적하면서 우리들이 가끔 주고받고 하던 라틴 시(詩)의 한 줄을 인용하지 않았느냐 말이야. 이런 시였지, 아마.

옛날 말은 처음 음향을 잃어버렸다.

이건, 옛날엔 우리온(Urion)이라 쓰고서 오리온(Orion)을 가리켰던 거라고 내가 자네에게 말한 적이 있었지. 이러한 설명 속에는 그 어떤 신랄한 점이 있었던 것으로 보아 난 자네가 그걸 잊을 수가 없었다는 걸 알았단 말일세. 그래서 자네가 필연코 오리온과 샹틸리라는 두 개념을 결합시키리라는 걸 확신했어. 그걸 결합시켰다는 것을 자네 입술에 스친 미소의 성질로 해서 알 수 있었거든. 자넨 그 딱한 구두 수선공이 욕을 본다고 생각한 거야. 그때까지 자네의 걷는 모양은 꾸부정했었네. 그런데 자네가 허리를 완전히 펴더란 말이야. 그래서 난 이제 샹틸리의 그 조그마한 체구가 자네 머리에 떠오른 거로구나 하고 확신했어. 이 순간에 내가 한 말을 그대로 옮겨본다면 그 작잔 너무 키가 작아 —— 샹틸리 말이야 —— 바리에테 극장에나 어울릴 작자야, 하고 말을 꺼내어 자네가 깊이 빠져 있는 그 명상에 종쯔지부를 찍게 했단 말일세."

그 후 얼마 안 가서 우리들이 〈트리뷔노〉지 석간을 보고 있노라니까 다음과 같은 기사가 우리들의 주의를 끌었다.

희대의 살인사건

오늘 아침 3시경, 생로슈 구(區)의 주민들은 계속적으로 들려오는 무서운 비명에 잠을 깼다. 비명은 모르그가에 있는 어떤 집 4층에서 나는 것 같았는데, 그 집은 레스파네 부인과 그 딸 카미유 레스파네 양만이 살고 있는 것으로 알려졌다. 늘 하는 방법으로는 집 안에 들어가려고 해도 소용없는 일이었기 때문에, 얼마 동안 지체된 후에 쇠지레로 대문을 부수고는 여덟 내지 열 명의 동네 사람과 순경 두 명이 집 안으로 들어갔다. 그때에는 이미 비명은 멎어 있었다. 그러나 일행이 층계 첫 계단을 뛰어올라갈 때 성난 목소리로 말다툼을 하고 있는 거친 목소리가 두서너 마디 들려왔는데, 그것은 위층에서 들려온 것만 같았다. 둘째 층계에 다다랐을 때 이 소리마저 멎고는 사방이 쥐죽은 듯이 조용해졌다. 일행은 제각기 흩어져서 이방 저방을 부리나케 뒤졌다. 4층 뒤쪽의 큰방까지 왔을 때 —— 이 방문은 안쪽으로부터 자물쇠가 채워져 있어서 간신히 열었다 —— 눈앞에 벌어진 광경에 그 자리에 있던 사람들은 무서움보다도 놀라움으로 그만 아연실색하고 말았다.

방 안은 극도의 난장판이었다 —— 가구들이 부서져 사면에 온통 널려 있었다. 침대는 하나밖에 없었는데 이 침대로부터 침구가 들리어 나와서 방 맨 가운데에 내던져져 있었다. 의자 위에는 피묻은 면도칼이 있었다. 벽난로 선반 위에는 사람의 흰 머리카락 두서너 줌이 역시 피에 묻어 있었는데 뿌리째 뽑힌 모양이었다. 방바닥에는 나폴레옹 금화가 네 개, 황옥 귀고리가 한 개, 큰 은숟가락이 세 개, 작은 양은숟가락이 세 개, 약 4000프랑이 들어 있는 자루가 두 개 있었다. 방 한편 구석에 서 있는 큰 탁자의 서랍들은 모두 다 열려, 분명히 휘저은 모양이나 그 속에 들어 있는 대부분의 물건들은 그냥 남아 있었다. 조그만 금고가 —— 침대 밑이 아니라 —— 침구 아래에서 발견되었다. 금고문은 열려 있고, 열쇠는 아직도 금고문에 꽂혀 있었다. 금고문 속에는 낡은 편지가 두서너 통, 대수롭지 않은 서류가 몇 통 들어 있을 뿐 그 밖에는 아무것도 들어 있지 않았다.

레스파네 부인의 시체는 이 방에서는 그 흔적도 찾아볼 수 없었다. 그러나 벽난로 속에 많은 그을음이 떨어져 있는 것이 발견되었기 때문에 굴뚝 속을 찾아보았더니(이야기하기에 소름끼치게도!) 딸의 시체가 거꾸로 처박혀 있어서 그것을 끄집어냈다. 시체는 좁은 굴뚝 속으로 상당히 깊이 들어박혀 있었는데 아직도 꽤 많은 온기가 남아 있었다. 시체를 자세히 조사해보니까 여러 군데 살이 벗겨져 있는 것이 눈에 띄었는데, 그것은 시체를 굴뚝 속으로 쓸어넣었다가 다시 잡아뺄 때에 난폭하게 다루었기 때문에 생겨난 것이 분명했다. 얼굴에는 몹시 긁힌 자국이 많이 있었고, 목덜미가 시퍼렇게 멍든 것으로 보아 목을 졸라서 죽인 것 같았다.

집 내부를 철저히 조사해보았지만 그 이상 다른 무엇은 발견되지 않았으므로 일행은 집 뒤에 있는, 포장을 입힌 조그만 안뜰로 나가보았다. 그곳에는 노파의 시체가 쓰러져 있었는데, 목이 완전히 절단되어 있어서 막상 쳐들려고 하니까 머리가 뚝 떨어져나갔다. 머리만이 아니라 동체도 무참하게 난도질을 당해 —— 도시 인간의 몸체인지 무엇인지 분간하기 어려울 정도였다. 이 무시무시한 사건에 대해서는 아직 어떤 사소한 단서도 발견되지 않고 있다.

다음날 신문은 다음과 같은 추가 보도를 실었다.

모르그가의 비극

이 희대의 가공할 사건과 관련되어 많은 사람들이 조사를 받았다(프랑스어 아페르(affaire)는 영어 어페어(affair)보다 무거운 인상을 준다). 그러나 이 사건에 서광을 던져줄 만한 것이라곤 하나도 나타나지 않았다. 지금까지 진술된 주요한 증언 전부를 다음에 게재한다.

세탁부 폴린 뒤부르는 과거 3년 동안 죽은 두 사람의 세탁 일을 맡아왔으니까 두 사람을 다 잘 안다고 증언한다. 노파와 딸은 퍽 사이가 좋아서 서로 사랑하고 있었던 듯하다. 그들은 세탁비 지불이 극히 좋았다. 그들의 생활 양식이라든지 생활 방법에 관해서는 말할 수 없다. 레스파네 부인은 생계를 위하여 점을 쳤다고 믿어진다. 축재(蓄財)가 있었다는 소문이 있었다. 세탁물을 받으러 가거나 돌려주러 갈 때에 그 집에서 다른 사람을 만난 적은 없었다. 하인을 두지 않았던 것이 확실하다. 그 집 4층 외에는 어느 방에도 가구는 없었던 것 같다.

담배가게 주인 피에르 모로는 근 4년 동안이나 레스파네 부인에게 소량의 궐련(卷煙)과 코담배를 내놓고 팔아왔다고 증언한다. 그는 이 부근에서 태어나 줄곧 이곳에서 살아왔다. 사망한 노파와 딸은 시체가 발견된 집에서 4년 이상 살아왔다. 전에는 어떤 보석상인이 살고 있었는데 위층 방들은 여러 사람들에게 세를 주었었다. 가옥은 레스파네 부인의 소유였다. 부인은 세 든 사람들이 집을 막 쓰는 것이 못마땅해서 자기가 직접 살면서 그 후론 세를 놓지 않았다. 노파는 꼭 어린애 같았다. 증인은 6년 동안에 5, 6회 그 딸을 본 일이 있었다. 두 사람은 아주 한적한 생활을 하고 있었는데 돈이 많다는 소문이었다. 레스파네 부인이 점을 친다고 이웃집 사람들이 얘기하는 것을 들은 적은 있지만 증인은 곧이듣지 않았다. 노파와 딸 외에 그 집에 들어가는 사람을 누구도 본 일이 없다. 다만 짐꾼이 한 두어 번, 의사가 8, 9회 드나들었을 뿐이다.

이 밖에도 많은 이웃집 사람들이 똑같은 취지의 증언을 했다. 이 집에 자주 출입하는 사람이 있었다는 말은 한번도 나오지 않았다. 레스파네 부인과 그 딸에게 생존한 친척이 있는지는 알 수 없다. 전면 창 덧문들은 열어놓는 일이 별로 없었다. 후면 창들은 언제나 닫혀 있었다. 다만 4층 후면에 있는 큰 방만은 예외였다. 그 집은 훌륭한 주택이었고 —— 또 그리 오래된 집도 아니었다.

순경 이시도르 뮈제가 새벽 3시경에 그 집에 불려가보았더니 2, 30명 가량의 사람들이 문 앞에 모여서 안으로 들어가려고 애를 쓰고들 있었다고 증언했다. 문을 비틀어 열고 들어갔는데 그때에 사용한 연장은 지레가 아니라 총검이었다. 그 문은 두 짝 문이었고 밑에도 위에도 빗장을 질러 두지 않았었기 때문에 여는 데 별로 힘이 들지 않았다. 비명소리는 문을 열 때까지 계속되었고 문이 열리자 뚝 끊어졌다. 그것은 몹시 고민하는 사람의 —— 혹은 여러 사람인지도 모른다 —— 부르짖는 소리 같았다. 높고 길게 빼는 목소리였고, 짧고 급한 목소리는 아니었다. 증인은 앞장서서 층계를 올라갔다. 첫째 층계참에 이르렀을 때 두 사람이 성이 나서 서로 말다툼하는 소리가 왁자지껄하게 들려왔는데, 하나는 우렁찬 목소리였고 또 하나는 좀더 날카로운, 참으로 이상한 목소리였다. 우렁찬 목소리로는 몇 마디의 말을 알아들을 수가 있었는데 프랑스 사람의 말소리였다. 여자의 목소리가 아니었던 것만은 확실하다. '개새끼(sicre)'니 '뒈져라(diable)'는 말을 알아들을 수 있었다. 날카로운 목소리는 외국사람의 목소리였다. 그러나 그것이 남자의 목소리인지 여자의 목소리인지는 확실치 않았다. 스페인 말이라고 생각되는데 무슨 말인지 알아듣기 어려운 목소리였다.

　이웃이며 은세공사인 앙리 뒤발은 자기가 맨 처음 그 집에 들어간 일행 중의 한 사람이라고 증언했다. 뮈제의 증언과 대체로 일치한다. 문을 뚫고 들어가자마자 그들은 밤이 늦었는데도 자꾸만 사람들이 모여 들었으므로 그것을 막고자 문을 다시 닫아버렸다. 날카로운 목소리의 주인공은 아마 이탈리아 사람일 거라고 한다. 프랑스 사람이 아닌 것만은 확실하다. 남자의 목소리였다고는 단언할 수 없다. 여자의 목소리였을지도 모른다. 이 증인은 이탈리아 말을 모른다. 말은 알아듣지 못했고 그 억양으로 보아 말한 사람이 이탈리아 사람인 것만은 확실하다고 한다. 레스파네 부인과 그 딸은 그 전부터 알고 있었다. 두 사람과 자주 이야기를 주고받은 일이 있다. 날카로운 목소리는 죽은 사람 중 어느 사람의 목소리도 아니었던 것이 확실하다.

요릿집 주인 오덴하이머 —— 이 증인은 증언을 원했다. 프랑스 말을 할 줄 몰랐기 때문에 통역을 통하여 심문을 받았다. 그는 암스테르담 출생으로, 비명 소리가 났을 때 마침 그 집 앞을 지나가고 있었다. 그 비명 소리는 몇 분 동안 —— 한 10분 동안 —— 계속되었다. 길고 높게 —— 아주 무시무시하고도 슬픈 목소리였다. 집 안에 들어간 사람 중의 하나였다. 다만 한 가지 점을 제외하고는 모든 점에서 먼저의 증언과 일치했다. 날카로운 목소리는 남자 프랑스 남자 —— 의 목소리임이 확실하다. 발언된 말들은 알 수가 없었다. 그 말은 높고도 빨랐는데 음성이 고르지가 못하고 —— 성난 목소리인 동시에 분명히 무서워서 지르는 비명 같았다. 그 목소리는 거칠었다 —— 날카롭다기보다는 거칠었다. 날카로운 목소리라고 부를 수는 없었다. 거친 목소리는 연거푸 '개새끼'니 '뒈져라'를 내뱉었고, 또 한번은 '아이구(mon Dieu)'라고도 했다.

들로렌가의 '미뇨 부자(父子) 은행'을 경영하는 은행가 쥘 미뇨의 증언은 이렇다. 레스파네 부인은 얼마간의 재산이 있었다. 8년 전 봄에 그의 은행과 거래를 텄다. 가끔 소액씩 저금을 했다. 죽기 사흘 전까지는 한푼도 예금을 찾아가지 않다가 그 날은 부인이 와서 4000프랑을 찾아갔다. 돈은 금화로 지불되었고 행원이 집까지 배달해주었다.

미뇨 부자 은행의 행원 아돌프 르 봉은 사건 당일 오정 때쯤 해서 4000프랑의 돈을 두 개의 봉투에 넣어가지고 레스파네 부인을 따라 그 집까지 갔었다고 증언했다. 문이 열리자 레스파네 양이 나와 그의 손에서 봉투 하나를 받아들었고, 노파도 그 나머지 하나를 받아들었다. 그는 그 다음에 인사를 하고는 그 집을 나왔다. 한길에서 아무도 만나지 않았다. 샛길이었으며 —— 퍽 한적했다.

양복업자 윌리엄 버도는 자기도 그 집에 들어갔던 일행 중의 한 사람이었다고 증언했다. 영국 사람으로 파리에서는 2년 동안 살아왔다. 층계를 제일 먼저 올라간 사람 중의 하나였다. 언쟁하는 말소리를 들었다. 거센 목소리는 프랑스 사람의 목소리였다. 몇 마디 알아듣기는 했어도 지금은 그 전부를 기억하지 못한다. '개새끼'니 '아이구'니 하는 말을 분명히 들었다. 그 순간에 마치 여러 사람이 치고 받는 것 같은 소리가 —— 할퀴고, 우당탕퉁탕하는 소리가 들렸다. 날카로운 목소리는 퍽 높아서 —— 거센 목소리보다 높았다. 영국인의 말소리가 아니었던 것만은 확실하다. 독일 사람의 말소리 같았다. 여자 목소리였을지도 모른다. 이 증인은 독일어를 모른다.

이상 열거한 4명의 증인은 재소환을 당했을 때에, 레스파네 양의 시체가 발견된 방은 일행이 도착했을 때에는 안으로부터 잠겨져 있었다고 증언했다. 사방이 하도 조용해서 —— 신음 소리나 무슨 잡음 하나 들리지 않았다고 한다. 문을 비틀어 열고 들어갔을 때에는 아무도 눈에 띄지 않았다. 뒤쪽 방과 앞쪽 방의 창들은 모두 내려져 안으로부터 잠겨 있었다. 두 방 사이의 문은 닫혀 있었지만 잠기지는 않았다. 앞방에서 복도로 통하는 문은 잠겨 있었고 열쇠는 안에 꽂힌 채였다. 4층 전면 복도 끝에 있는 조그만 방문이 비스듬히 열려 있었다. 그 방은 낡은 침대니 상자 같은 것들로 가득 차 있었다. 그 물건들을 조심조심 옮겨놓고 조사해보았다. 집 안의 어느 부분 치고 세밀히 조사해보지 않은 데가 없었다. 굴뚝솔로 굴뚝 속을 몇 번이고 위아래로 쑤셔보았다. 그 집은 4층으로 되어 있고 다락들이 있었다. 지붕으로 통하는 뚜껑문은 꽤 단단히 못이 박혀져 —— 여러 해 동안 열어본 일이 없는 듯싶었다. 언쟁하는 소리를 듣던 때로부터 방문을 부수고 들어갔을 때까지의 경과된 시간에 대해서는 증인들의 증언이 구구했다. 3분이라고 짧게 잡는가 하면 —— 5분이라고 길게 잡는 사람도 있었다. 문은 간신히 열렸다.

청부업자 알폰소 가르시오는 자기가 모르그가에 살고 있다고 증언했다. 스페인 출생으로 그 집에 들어갔던 일행 중의 한 사람이었다. 층계는 올라가지 않았다. 신경질이나 흥분의 결과를 염려해서였다. 말다툼하는 소리를 들었다. 거센 목소리는 프랑스 사람의 소리였다. 무슨 말인지는 알아들을 수 없었다. 날카로운 목소리는 영국 사람의 목소리였다 —— 이점은 확신한다. 영어는 모르지만 그 억양으로 영국 사람이라고 판단한다.

과자상 알베르토 몬타니는 자기가 제일 먼저 층계를 올라간 사람들 중 한 사람이었다고 한다. 언쟁하는 소리를 들었다. 거센 목소리는 프랑스 사람의 목소리였다. 몇 마디는 알아들었다. 말하고 있는 사람은 무엇인가 타이르고 있는 것 같았다. 날카로운 목소리로 떠들어대는 말은 알아들을 수 없었다. 빠르고도 거친 말투였다. 러시아 사람의 말소리였다고 생각한다. 전반적인 증언과 일치. 본인은 이탈리아 사람이며 러시아 사람과 이야기해 본 일은 없다.

소환된 몇 명의 증인들은 4층 방의 굴뚝은 너무 좁아서 사람 하나가 빠져나가기에는 어렵다고 증언했다. 먼저 '쑤셔 보았다'는 말은 굴뚝 청소부들이 흔히 쓰는 원통소제솔을 사용했다는 뜻이다. 이 솔로 집 안의 굴뚝이란 굴뚝은 모두 위아래로 훑어보았다. 일행이 층계를 올라가는 동안 사람이 내려갈 수 있을 만한 뒷길이라곤 전혀 없었다. 레스파네 양의 시체는 굴뚝 속에 어찌나 단단히 틀어박혀 있었던지 일행 중 네댓 명이 힘을 합치기 전에는 끌어낼 수가 없었다.

의사인 폴 뒤마는 새벽녘에 시체 검사를 하기 위하여 불려 갔었다고 했다. 시체는 둘 다 레스파네 양이 발견된 방안에 있는 침대 포대기 위에 뉘여 있었다. 딸의 시체에는 타박상과 찰상(擦傷)이 심했다. 시체가 굴뚝 속에 처박혀 있었다는 사실은 이러한 외관으로 충분히 설명될 것이다. 목의 살이 몹시 벗겨져 있었다. 턱 바로 밑에는 깊이 긁힌 자리가 몇 군데 있었고, 그 밖에도 분명히 손톱 자국 같은 시퍼런 반점이 있었다. 얼굴은 무참히도 변색되어 있었고, 안구(眼球)가 돌출해 있었다. 혀는 일부가 끊어져 있었다. 커다란 타박상이 명치 위에서 발견되었는데 분명히 무릎의 압박으로 해서 생긴 것이었다. 뒤마 씨의 의견에 의하면 레스파네 양은 미지의 어떤 한 사람 또는 여러 사람의 손으로 교살당했다. 어머니의 시체는 처참하게 절단되어 있었다. 오른쪽 팔다리의 뼈가 모두 조금씩은 상처를 입었다. 왼쪽 경골(脛骨)도 왼쪽 늑골과 마찬가지로 몹시 골절이 되어 있었다. 전신이 처참하게 타박상으로 변색되어 있었다. 이러한 상해가 어떠한 수단에 의하여 입혀졌는지는 말할 수 없다. 무거운 곤봉이나 굵직한 철봉이나 의자 같은 —— 어쨌든 크고 무겁고 힘센 남자가 휘둘렀다면 능히 그런 결과를 낼 수 있었을 것이다. 여자라면 어떠한 무기를 가지고도 이만한 상처를 내지는 못할 것이다. 증인이 검사해보았을 때, 사망자의 머리는 동체로부터 완전히 분리되어 있었고 또 심하게 상처를 입고 있었다. 목은 분명히 아주 예리한 도구 —— 아마도 면도칼 같은 것 —— 로 절단되어 있었다.

외과의사 알렉산드르 에티엔은 뒤마 씨와 함께 시체 검사에 호출되어 갔다. 그는 뒤마 씨의 증언을 확증했다.

그 밖에 몇 사람이 심문을 받았지만 이 이상 중요한 사실은 하나도 색출되지 않았다. 비록 이번 사건이 살인사건이라 할지라도 이렇게 기괴하고 모든 점에 있어 착잡한 살인사건은 파리에서 이전엔 발생한 일이 없었다. 경찰은 철저히 오리무중에 빠졌다 —— 그만큼 이것은 이러한 성질의 사건 중에서도 희유(稀有)한 사건이다. 어쨌든 단서라곤 전혀 보이지 않았다.

석간은, 생 로슈 구에는 아직도 흥분이 계속되고 있다는 것 —— 또 문제의 주택이 면밀하게 재조사를 받았고, 새로 증언 심문을 시작해보았지만 모두 다 허사였다는 것을 보도했다. 이에 덧붙여서 신문은 아돌프 르 봉을 체포하여 구금하였으나 —— 이미 보도된 사실 이외의, 그를 유죄로 볼 만한 사실은 아무것도 나타나지 않았다고 보도했다.

뒤팽은 이 사건의 진전에 대하여 특별한 흥미를 가지고 있는 것만 같았다 —— 그가 그것에 대해 아무런 의견도 말하지 않았기 때문에, 적어도 그 태도로 미루어보아 나는 그렇게 판단을 내렸던 것이다. 르 봉이 수감되었다는 발표가 있은 뒤에 비로소 그는 이 살인사건에 관해서 나의 의견을 물었다.

나는 이 살인 사건이 해결 불가능한 괴사건이라고 생각하는 점에서 파리 전시민의 의견과 일치할 수밖에 없었다. 나로서는 살인범의 종적을 알아낼 수 있는 방법이 없었다.

"이러한 피상적인 수사만으로 그 방법을 이러쿵저러쿵 해서는 안 되지"

하고 뒤팽은 말했다.

"파리 경찰은 예민하다고 세상에서 몹시 칭찬을 받고 있지만 사실은 잔꾀뿐으로, 방책은 굉장히 늘어놓지만 그 방책이라는 것이 제기된 목적에는 잘 맞지 않는 것들뿐이어서 우리들로 하여금, 음악을 더 잘 듣겠다고 실내의(室內衣)를 가져오라고 명령한 주르댕 씨(몰리에르의 희곡 《너절한 귀하신 몸》의 주인공)를 연상하게 하지. 그들이 도달하는 결과가 놀라운 것도 곧잘 있지만, 대부분은 그저 근면과 활동에서 얻어지는 결과일세. 이러한 근면과 활동만 가지고 안 될 때에는 그들의 계획은 실패로 돌아가고 마는 거야. 이를테면 비도크는 짐작을 잘하고 또 참을성이 많은 사람이었지만 교육을 받은 두뇌가 없기 때문에 맹렬한 조사가 힘에 부쳐서 번번이 일을 망쳐놓기만 했거든, 너무 사건을 가깝게 잡는 바람에 도리어 자기의 시야를 좁혔어. 한두어 가지 점은 비상한 형안(炯眼)으로 볼 수도 있었겠지만 그렇게 함으로써 필연적으로 사건 전모를 잃고 말았거든. 그래서 지나치게 심오해서도 안 되는 거야. 진리는 우물 속에만 있는 것이 아니거든. 사실상 좀더 중요한 지식에 관해서는 진리가 으레 표면에 있다고 나는 생각해. 우리가 진리를 찾아 헤매는 골짜기에는 깊이가 있지만 진리가 존재하는 산꼭대기에는 깊이라는 건 없거든.

이런 종류의 오류의 근원과 양식은 천체를 관찰할 때에도 잘 나타나지. 별을 슬쩍 쳐다보는 것 —— 즉 약한 광선의 인상을 내부보다 더 잘 받는 망막의 그 외연부(外延部)를 돌려대고 곁눈질로 보는 것이 별을 더 똑똑히 볼 수 있는 거야 —— 다시 말하면 그 광채를 가장 잘 이해할 수 있다는 거지. 우리의 시야를 정면으로 돌려 놓는 데 정비례하여 광채란 것은 흩어지게 마련이야. 똑바로 보면 실제로 많은 광선이 눈 속으로 들어오지만, 곁눈으로 볼 때에는 좀더 섬세한 이해 능력이 생기거든. 지나치게 심오하면 우리는 사고를 혼란케 하여 약화시키지, 따라서 금성일지라도 오랫동안 정신을 집중하여 똑바로 지켜보고 있으면 하늘에서 사라지게 할 수가 있지. 이번 살인사건에 관해서도 어떤 의견을 내세우기 전에 우리들 자신이 조사를 좀 개시해보세. 조사해보면 재미나는 일거리가 될걸세('재미나는'이라는 말을 이렇게 쓰고 보니 좀 야릇하게 느껴졌지만 나는 아무 말도 하지 않았다). 그뿐만 아니라 르 봉은 과거에 나에게 어떤 친절한 일을 해주었는데 그 점에 관하여 나는 고맙게 생각하고 있기도 하네. 우리 가서 우리 눈으로 직접 그 집을 좀 살펴보세. 나는 경찰국장 G씨를 잘 알아. 그러니까 뭐 필요한 허가를 얻는 덴 별반 시끄러운 일이 없을 거야."

허가를 얻어가지고 우리는 곧 모르그가로 갔다. 이 거리는 리셜리외가와 생로슈가 사이에 있는 초라한 거리 중의 하나다. 이 구역은 우리가 살고 있는 곳으로부터 퍽 먼 거리에 있었기 때문에 우리는 오후 늦게야 그곳에 도착했다. 집은 쉽게 발견되었다. 아직도 많은 사람들이 공연한 호기심에서 길 맞은편으로부터 닫혀 있는 덧창문 쪽을 쳐다보고들 있었기 때문이다. 그 집은 보통 파리식 주택으로, 문의 한쪽에 유리창을 단 감시소가 있었고 유리창에는 '감시원 숙소'라고 써 붙인 미닫이 유리가 끼워 있었다. 집 안으로 들어가기 전에 우리들은 거리를 한참 걸어올라가 골목길로 꼬부라져 내려가다가 다시 한번 꼬부라져 집 후면으로 나왔다. 그 동안에 뒤팽은 그 집과 부근 일대를 세밀히 살펴보고 있었는데 도무지 무슨 목적에서 그러는지 알 수 없었다.

갔던 길을 되돌아와서 다시 집 앞으로 나왔다. 초인종을 누른 다음 증명서를 보였더니 책임자가 우리들의 입실을 허가하여주었다. 우리들은 층계를 올라가 —— 레스파네 양의 시체가 발견되었고 아직도 두 사람의 시체가 그대로 놓여 있는 방으로 들어갔다. 방 안의 난잡한 상태는 관례대로 그대로 내버려두고 있었다. 나는 〈트리뷔노〉지에 보도된 이외의 것은 아무것도 보지 못했다. 뒤팽은 모든 것을 —— 희생자들의 시체까지도 빼놓지 않고 —— 면밀히 조사해보는 것이었다. 우리들은 다른 여러 방에도 들어갔다가 안마당으로 나가보았다. 순경은 줄곧 우리들을 따라다녔다. 조사는 어두울 때까지 계속됐는데, 조사가 끝나자 곧 우리들은 그 집을 떠났다. 돌아오는 길에 내 친구는 잠깐 어떤 신문사에 들렀다.

내 친구의 일시적 기분은 가지 각색이라는 말을 앞서 한 적이 있다. 이번에는 무슨 기분에서인지 살인 사건에 관해선 시종 한마디도 말이 없다가 다음날 오정때가 되어서야 불쑥 나에게 범행 현장에서 무슨 색다른 것이라도 보지 못했느냐고 물었다.

그가 '색다르다' 는 말을 강조하는 그 말씨 속에는 심상치 않은 그 무엇이 있어 왜 그런지 나는 전율을 느꼈다.

"아아니, 색다른 거라곤 아무것도 없던데"

하고 나는 말했다.

"적어도 신문에 보도된 것 외에는 아무것도 발견할 수 없었다."

"그 신문이라는 게"

하고 뒤팽은 말을 이었다.

"이 사건의 비상한 공포성을 전혀 알아차리지 못한 듯싶어. 그렇지만 그따위 신문의 하찮은 논평 따위는 아무래도 좋아. 이 수수께끼 같은 사건은 당연히 그 해결이 용이하다고 여길 만한 정당한 이유가 있는데, 도리어 그 이유 때문에 —— 다시 말해서 이 사건에는 참으로 여러 가지 특징이 있기 때문에 말일세 —— 내게는 그들이 해결 불가능하다고 여기는 것처럼 보인단 말이야.

경찰은 아무리 보아도 동기를 알 수 없어 당황한 모양이야
—— 살인 그 자체의 동기가 아니라 그렇게까지 잔인한 살
인을 한 데 대한 동기말일세. 그리고 또 말다툼하는 소리가
들렸다는 것과 위층에서는 살해된 레스파네 양밖에는 아무
도 발견되지 않았다는 사실, 또 올라가는 일행에게 발견되지
않고서 빠져나갈 길은 도저히 없었다는 사실과를 일치시키
기가 불가능한 것 같다는 데서도 그들은 당황하고 있어. 방
안이 극도로 난장판이었다는 것, 시체가 거꾸로 굴뚝 속에
틀어박혀 있다는 것, 노파의 시체가 무참하게 절단되어 있었
다는 것, 앞서 말한 이유가 있는 데다가 이러한 사실들에 대
한 제반 사정이 엎치고 덮치고 또 그 밖에도 여기서 일일이
지적할 필요조차 없는 여러 가지 이유가 뒤얽혀 민완을 자랑
하는 국립경찰 형사들을 완전히 혼란에 빠지게 하여 그들의
능력을 마비시키고 만 것이지.

그들은 비상한 일을 심오한 일과 혼동하는, 대단한 오류에
빠지고 말았단 말이야. 그러나 적어도 이성이 진리를 찾아
길을 더듬어나가는 방법이란 보통 수준과는 멀리 떨어진 방
법이지. 우리들이 지금 추구하고 있는 것과 같은 조사에서
우리가 마땅히 물어야 할 일은 '무슨 일이 발생했느냐?' 가
아니라 '이전에 발생하지 않았던 어떤 일이 발생했느냐?' 하
는 것일세. 사실 내가 앞으로 이 수수께끼 같은 사건의 해결
에 도달하게 되는, 혹은 이미 도달했을지도 모르는 그 용이
성(容易性)은 경찰의 눈으로 볼 때에는 전혀 해결 불가능한
것 같은 곤란성에 정비례하는 것일세."

나는 놀라서, 말하는 사람의 얼굴만 물끄러미 쳐다보고 있

었다.

"나는 지금 어떤 사람을 기다리고 있는 중인데"
하고 그는 방문 쪽을 보며 말을 이었다.

"그 사람은 이 학살을 저지른 범인은 아닐지 몰라도 이 범행에 어느 정도 관련되어 있을 것이 분명한 사람이네. 그는 이 범죄의 가장 심한 부분에 대해서는 아마도 관계가 없을 걸세. 나는 나의 이러한 가정이 맞기를 바라고 있네. 내가 이 모든 수수께끼를 풀 수 있으리라는 기대는 이러한 가정을 바탕으로 하고 있으니 말일세. 지금이라도 그자가 이리로 —— 이 방으로 —— 올 것이라는 기대는 하지. 그자가 안 올지도 모른다는 것도 사실이야. 그러나 십중 팔구는 꼭 올걸세. 만약 올 경우에는 그자를 붙잡아둘 필요가 있어. 여기 피스톨 두 자루가 있네. 필요한 경우에 쓰는 방법은 우리가 다 잘 알고 있잖나."

나는 영문도 모르고, 그렇다고 그 말을 곧이듣지도 않으면서 피스톨을 손에 쥐었다. 그러는 동안에도 뒤팽은 독백이라도 하는 것처럼 혼자서 그냥 말을 계속하였다. 이럴 때에 그는 정신나간 사람처럼 되어버렸다는 것을 나는 전에도 말한 적이 있다. 그가 하는 말은 나에 대해서 하는 말이었다. 그러나 그 말은, 목소리는 결코 높지 않았지만 마치 먼 곳에 있는 사람에게 이야기할 때와 마찬가지의 말투였다. 무표정한 그의 두 눈은 그저 벽만 응시하고 있을 뿐이었다.

"일행이 층계 위에서 들었다는 언쟁 소리가"
하고 그는 말했다.

"죽은 여자들의 소리가 아니었다는 것은 증언으로 충분히 증명되었네. 이 사실은 노파가 자기 딸을 먼저 죽이고 자신도 자살을 할 수도 있다는 것에 관한 우리의 의문을 일소해 주었지. 나는 주로 살해 방법을 말하기 위하여 이 점을 지적하는 걸세. 레스파네 부인의 힘으로는 딸의 시체를 도저히 굴뚝 속에 틀어박는 일을 감당하지 못했을 게고, 또 노파 자신의 몸에 나타나 있는 상처의 성질로 보아 자살했으리라는 생각도 전혀 용납할 여지가 없네. 그렇다면 살해는 제삼자가 행한 것인데, 언쟁 속에 들려온 목소리가 바로 그 제삼자의 음성일세. 이것이 —— 이들 목소리에 관한 증언 전부에 대해서가 아니라 —— 그 증언 중에 나타나 있는 특이한 점일세. 자넨 그 증언들 속에서 어떤 특이한 점을 발견하지 못했나?"

거센 목소리가 프랑스 사람의 목소리라고 생각하는 점에서는 모든 증인의 증언이 일치하면서도, 날카로운 목소리 —— 어떤 증인은 그것을 거친 목소리라고 말했지만 —— 에 관해서는 모두 의견이 각양 각색이었다는 점을 나는 지적했다.

"그건 증언 그 자체지 증언의 특이한 점은 아닐세"
하고 뒤팽은 말했다.

"자넨 특이한 점을 전혀 발견하지 못했나보군. 그러나 거기에는 눈에 띌 만한 점이 있었어. 자네가 말하다시피 모든 증인이 거센 목소리에 관해서는 의견이 일치했어. 이구동성일세. 그러나 날카로운 목소리에 관하여 특이한 점이 나타났는데 —— 증인들 의견이 일치하지 않았다는 게 아니라 —— 이탈리아 사람, 영국 사람, 스페인 사람, 네덜란드 사람,

프랑스 사람 등이 증언할 때 저마다 그 목소리가 다른 나라 사람 목소리라고 말했다는 점일세. 모두 자기 제 나라 사람의 목소리는 아니었다고 확신하고들 있거든, 각 증인은 그 목소리를 자기가 알고 있는 어떤 나라 말로 보지 않고 그 반대로 보고 있네.

프랑스 사람은 스페인 말소리라고 추측했는데, 만일 그가 스페인 말에 능통했더라면 몇 마디 쯤은 알아들을 수 있었을 것이네. 네덜란드 사람은 그것이 프랑스 말이었다고 주장하지만, '그 증인은 프랑스 말을 몰랐기 때문에 통역을 통하여 심문되었다'는 보도를 우리는 알고 있네. 영국 사람은 그것이 독일 말이었다고 생각했지만, 그는 독일 말을 전혀 모르고 있네. 스페인 사람은 그것이 영어였다고 확신하지만, 그는 영어에 대한 지식이 없기 때문에 순전히 억양만 가지고 판단하고 있거든. 이탈리아 사람은 그것이 러시아 말이었다고 생각하고 있지만 그는 러시아 사람과 만나 얘기해본 일이 한번도 없다는 거야. 두 번째 프랑스 사람은 첫번째 프랑스 사람과는 달리 그것이 이탈리아 말이었다고 단언하네. 그러나 그 역시 이탈리아 말은 모르기 때문에 스페인 사람과 마찬가지로 억양을 가지고 확신한다는 거야.

그러면 자, 거기에 대하여 이러한 증언들이 나올 수 있는 목소리라면 그거야말로 참말로 특이한 목소리가 아니겠는가 말이야! 유럽 다섯 나라 사람이 그 말의 음조에서 귀에 익은 것 하나 가려내지 못했다니? 혹 자네는 그것이 아시아 사람의 —— 그렇지 않으면 아프리카 사람의 —— 목소리일지도 모른다고 그럴 테지. 아시아 사람이나 아프리카 사람은 파리에는 많지 않아. 그러나 구태여 그러한 추측을 부인하느니보다 나는 다만 세 가지 점에 자네 주의를 환기시키려 하네. 어떤 증인은 그 목소리가 '날카롭다기보다는 오히려 거칠다'는 말을 했네. 또 다른 두 증인은 그것이 '빠르고 거칠었다'고 했네. 어떤 증인도 그것이 알아들을 수 있는 어떤 말이라고 —— 말 비슷한 무슨 소리라고 —— 증언하진 못했단 말이네."

"지금까지 내가 한 말이 자네의 이해력에다 어떤 영향을 주었는지 모르겠네만"
하고 뒤팽은 계속 말을 이었다.

"나는 서슴지 않고 다음과 같이 말하겠네. 증언 중의 이 부분 —— 다시 말하면 거센 목소리와 날카로운 목소리에 관한 부분 —— 에서 연역(演繹)되는 정당한 결론은 그것만으로써 우리의 의혹을 일으키기에 충분한데, 수수께끼인 이 사건의 해결을 앞으로 진행시키는 데 있어 이 의혹이 방향을 결정해야만 한단 말일세. 내가 정당한 연역이라고 했지만 내 뜻이 그 말로써 충분히 표시된 건 아냐. 내가 말하고 싶었던 것은 그러한 연역이 차제에 유일하게 정당한 연역이라는 것이며 거기에서 하나의 결과로서 필연적으로 의혹이 일어난다는 것이네. 그러나 그 의혹이 무엇인지 지금은 말하지 않겠네. 단지 나는, 자네가 명심해주기를 바라는 것은 그 의혹이 내게는 상당히 강하기 때문에, 그 방 안에서 조사할 때에 그것이 이미 명확한 형태와 일정한 방향을 가리켜주었다는 점이네

자, 이번에는, 이건 상상이네만 우리가 그 방으로 옮아갔

다고 하세. 우선 우리가 거기서 찾을 것은 무엇이겠나? 범인들이 사용한 방법일세. 자네나 내가 초자연적 사건을 믿지 않는다는 것은 다시 말할 나위도 없네. 레스파네 모녀는 허깨비에게 살해당한 건 아냐. 범행을 한 자들은 육신을 가진 자들이고 그 육신으로 도망을 친 거란 말이야. 그러면 무슨 방법으로? 다행히도 이 점에 관해서는 꼭 한 가지 추리 방법밖에는 없는데 그건 영락없이 일정한 결론으로 우릴 이끌고 나갈 걸세. 그러면 가능한 탈출 방법을 하나하나 검토해보세.

일행이 층계를 올라갈 때 살인범들은 레스파네 양이 발견된 방이 아니면 그 옆방에 있었던 것이 뻔해. 그렇다면 우리가 출구를 찾아보는 것은 이 두 방만으로 충분해. 경찰은 사방의 마룻바닥과 천장 그리고 돌담 등을 일일이 조사해보았으니까 비밀 출구가 있었다면 그들 눈에 벗어날 리가 없어. 그래도 그들의 눈을 믿지 않고 난 내 눈으로 직접 조사해보았지. 과연 비밀 출구라고는 전혀 없더군. 방에서 복도로 통하는 문은 둘 다 안으로부터 자물쇠로 단단히 잠겨 있더군. 이번에는 굴뚝으로 가보세. 벽난로 위 8,9피트까지는 보통의 너비였지만 그 위로 올라가면서는 큰 고양이 몸뚱이 하나도 제대로 들어가지 못할 정도가 아니던가.

지금까지 말한 방법으로 탈출한다는 것은 이와 같이 절대로 불가능하니까 이제는 창문들을 조사해볼 수밖에 딴 도리가 없네. 앞방 들창으로부터는 거리에 모여 있는 사람들에게 들키지 않고서 도망쳤을 리가 만무하지. 그렇다면 범인들은 뒷방 창문으로 나간 것이 틀림없어. 자, 이제 명백하게 결론에 도달한 이상 그것이 표면상 불가능하다고 해서 그 결론을 물리친다는 것은, 추리하는 우리들이 할 바가 아냐. 우리에게는 이 표면상으로 해결하기 불가능하다는 것이 사실은 그렇지 않다는 것을 우리가 증명하는 일만 남아 있을 뿐일세. 그 방에는 창문이 둘 있었네. 그 중 하나는 가구에 가려져 있지 않았기 때문에 환히 보였고, 다른 창문의 하부는 거기에 바싹 붙여놓은 거추장스러운 침대머리 때문에 가리워져 있더군. 먼저 말한 창문은 안으로부터 단단히 잠겨 있었네. 그 창은 사람들이 아무리 밀어올리려고 애를 써도 꿈쩍도 안 했지. 왼편 창틀에는 나사 송곳으로 뚫은 커다란 구멍이 있었고 그 구멍에다 아주 튼튼한 못을 거의 못대가리까지 박아놓은 것이 눈에 띄었네. 또다른 쪽 창을 조사해보니 거기에도 같은 못을 같은 방식으로 박아놓았었네. 이 창문을 힘껏 밀어올려보았지만 역시 허사였지. 그래서 경찰들도 탈출이 이 방향으로는 전혀 불가능했다고 철석같이 믿어버렸단 말일세. 그래서 그 못을 빼고 창문들을 한번 열어보는 것은 아무래도 직책을 넘어선 일이라고 생각했던 것일세.

내가 한 조사는 좀 특이했네. 그것은 이제 방금 내가 말한 이유 때문에 그랬다는 거야 —— 표면상 불가능한 것이 실제에 있어서는 그렇지 않은 것임을 증명해야 할 곳은 바로 여기라고 생각했기 때문이야.

나는 이렇게 —— 귀납적으로 —— 생각해나갔지. 살인범들은 이 창문 중 그 어느 창문으로 도망쳤음에 틀림없다. 그렇다면 그들은 어떻게 안에서 다시 창문을 잠글 수가 있었을 것인가 —— 이러한 생각은 지극히 명백하리만큼 경찰이 그 이상의 방면을 조사해보는 것을 단념케 하고 말았지. 하지만 창문은 꽉 잠겨 있었거든. 그렇다면 이 창문들은 저절로 잠겨지는 능력을 가지고 있다고 생각할 수밖에 없네. 이 결론을 회피할 도리가 없었지. 나는 가려져 있지 않은 창틀 앞으로 가서 간신히 못을 빼고 창문을 열어보았네. 예상한 대로 아무리 애를 써도 끄떡도 하지 않더군. 그제야 나는, 반드시 내부에 숨겨놓은 스프링 장치가 있으리라는 것을 알았지. 그리고 나의 이 생각에 대한 확증은, 비록 두 개의 못에 관한 사실이 여전히 수수께끼였지만, 적어도 나의 전제가 정확했다는 것을 확신케 했지. 주의해서 찾아보았더니 숨은 스프링이 대번에 드러나더군. 나는 그것을 눌러보고 그 발견에 마음이 흡족해졌네. 그 창문을 열어보는 것은 그만두었네만.

  이번엔 못을 도로 꽂고 주의해서 그것을 보았지. 이 창문으로 나간 자는 창문을 도로 닫을 수 있고 또 스프링도 걸려질 수 있지 —— 하지만 못을 도로 꽂아놓을 수는 없지 않은가. 결론은 명백해. 그래서 내 조사 범위는 또다시 좁혀졌네. 범인들은 다른 창문으로 도망친 것이 분명해. 각 창문에 장치한 스프링이 동일한 것이라면 —— 그럴 수도 있지 —— 두 못 사이에, 그렇지 않으면 적어도 못을 박는 방식 사이에서 차이가 발견되어야 하지 않겠나. 침대 위의 침구에 올라가서 침대 머리맡을 가린 판자 위로 창문을 넘겨다보았지. 판자 뒤로 손을 디밀어보았더니 쉽게 스프링이 손에 잡히는 게 아닌가? 그래서 눌러보았더니 예상했던 대로 옆 것과 성질이 똑같았네. 이번엔 못을 보았지. 다른 못처럼 튼튼한 못이었는데 같은 양식으로 거의 못대가리까지 박혀 있는 ——

박힌 —— 것 같더군.

자네는 아마 내가 이때 당황했을 거라고 말할 테지. 만일 자네가 그렇게 생각한다면 자네가 귀납법의 성격을 이해하지 못하고 있는 것이 되지. 사냥할 때 쓰는 말을 빌린다면 나는 한번도 '냄새를 잘못 맡은' 적이 없네. 짐승 냄새를 잠시라도 잃어버린 일이 없거든. 나의 관념 연쇄의 어느 고리에서건 결점은 없었어. 최종 결말까지 비밀을 뒤밟아 갔었단 말이네 —— 즉 그 결말은 그 못이었네. 어딜 보나 그 못은 다른 창에 박혀 있는 못과 다를 것이 없었어. 그러나 이 사실이 비록 아무리 결정적인 요소처럼 보였다 할지라도 내가 풀어오던 실톳이 못에서 끝났다는 신념과 비교할 때에 그것은 아주 무가치한 것이었지. '필연코 이 못에 무슨 곡절이 있을 거다'라고 나는 혼자 중얼거렸네. 그것을 만져보았더니 4분의 1인치 가량의 못몸뚱이가 못대가리에 붙어나와 손끝에 잡히더군. 못몸뚱이의 나머지 부분은 나사 송곳으로 뚫은 구멍 속에 그대로 들어 있었는데, 그것이 그 속에서 부러져 있었어. 끝에 녹이 슨 걸 보면 오래 전에 부러졌고, 못대가리의 일부분이 아래쪽 창틀 꼭대기 속에 묻혀 있는 것으로 보아 장도리로 박다가 그렇게 된 것이 분명해. 이제 못대가리 부분을 뽑아낸 바로 그 자리에 조심해서 도로 꽂아보니 흡사 완전한 못처럼, 부러진 자국은 전혀 알 수 없이 되고 말더군. 스프링 장치를 눌러 창문을 2,3인치 가량 올려보니 못대가리가 틀 속에 꽉 묻힌 채 따라올라가더군. 창문을 닫으니 다시 못 전체가 완전히 들어가 맞는 게 아니겠나.

이 수수께끼는 여기까지 풀렸네. 범인은 침대 맞은편 창으로 해서 도망을 친 거야. 사람이 나가자 창문이 저절로 내려와 —— 혹은 일부러 내렸는지도 모르지 —— 스프링 장치로 잠겨졌던 걸세. 이렇게 스프링 장치로 잠겨진 것을 경찰은 못 때문이라고 오인했던 것일세. 그래서 그 이상의 조사는 불필요하다고 생각했던 거야.

다음 문제는 내려오는 방법이지. 이 점에 관해서 나는 이미 자네와 함께 집을 돌아볼 때에 확신을 얻었던 거야. 문제의 창틀에서 5피트 반쯤 떨어져 피뢰침에서 연결된 줄이 지나고 있네. 이 줄을 타고서 창 안으로 들어간다는 것은 말할 것도 없고, 창문에 손을 댄다는 것도 누가 보더라도 불가능한 일로 여길 걸세. 그러나 4층 창문들이, 파리의 목수들이 페라드라고 부르는, 요새는 잘 쓰지 않는 식이지만 리용이나 보르도에 가면 옛날 집에서 자주 볼 수 있는 독특한 종류의 것이라는 데 내 눈이 간 것일세. 보통 문 —— 두 짝 문이 아니라 외짝 문 —— 모양으로 되어 있는데 다만 그 하반부에만 창살이 있네 —— 그러니 손으로 잡기에 안성맞춤이지. 이 집 덧창문들은 폭이 3피트 반은 족히 되네. 집 후면에서 볼 때는 두 짝이 다 반쯤 열려 있었네. 다시 말하면 벽과 직각으로 서 있었단 말이야. 경관들도 나와 마찬가지로 집 후면을 조사해 보았을 테지. 그러나 보았다 치더라도 이 가로지른 페라드가 있는 걸 보았을 테니까 그 문짝들이 퍽 넓다는 것을 못 보았거나 —— 보나마나 그랬을 테지 —— 설사 보았다 치더라도 그 점을 충분히 고려하지 않았을 걸세. 사실 이 방향으로는 탈주가 전혀 불가능하리라고 확신하고 있었으니까 자연히 이 방면에 대해서는 그저 형식적인 조사밖에는 하려 들지 않았을 수밖에.

그러나 내가 보기에는 침대 머리맡에 있는 덧창문을 활짝 열어젖뜨리면, 피뢰선에서 2피트 이내까지 올 수 있다는 것이 명백했어. 또 비상한 힘으로 용기를 낸다면 피뢰선에서 창문으로 뛰어들어온다는 것이 이렇게 하여 실현될 수가 있었으리라는 것은 명약관화한 일이란 말이야. 2피트 반 거리까지 ── 그때에 덧창문이 활짝 열렸다 치고 ── 범인은 손을 내밀어 덧문의 창살을 꽉 붙잡을 수가 있었을 거야. 그 다음에는 피뢰선을 쥐었던 손을 놓고 두 발로 벽을 꽉 디디면서 용감하게 밀면 덧창문이 꼭 닫혀질 게 아닌가. 또 그때에 창문도 열려 있었다고 가정하면 범인은 넉넉히 방 안으로 뛰어들 수 있었겠지.

자네에게 특별히 명심해달라는 것은 이렇듯 위험하고도 곤란한 곡예를 부리는 데에는 참으로 비상한 용기가 꼭 필요한 거란 말일세. 이렇게 말하는 나의 의도는 우선 그 일이 실현가능했다는 것을 자네에게 증명하자는 데 있네. 그 다음으로는 이것이 나의 주된 의도인데, 이 일을 성취할 수 있었던, 참으로 비상한 ── 아니, 거의 초인간적으로 행동이 민첩했다는 것을 자네에게 똑똑히 이해시키려는걸세.

틀림없이 자네는 변호사들의 말대로 이렇게 말할 테지 ── '자기의 주장을 입증하려면 이 범행에 소요되는 활약의 정도를 충분히 평가해주기보다는 도리어 과소평가해야 한다'고 말이지. 이것은 법률에서는 관례일지 몰라도, 이성(理性)의 상례(常例)는 아니거든. 나의 궁극적 목표는 오직 진리뿐이네. 그리고 나의 당면 목표는 자네로 하여금 내가 방금 말한 '비상한' 활약이라는 것과, '아주 특이하게' 날카롭고 —— 혹은 거칠고 —— '고르지 못한' 목소리를 결부시키도록 하자는 걸세 —— 어느 나라 말인지를 밝혀줄 만한 일치된 증언자들도 없고 게다가 그 말에서 음절 구분조차도 할 수 없었다는 그 목소리를 말이네."

이런 말들을 들을 때, 뒤팽이 말하는 의미에 대하여 막연하나마 반쯤은 알 듯한 개념이 내 머리 속을 자꾸만 스쳐지나갔다. 나는 이해할 능력은 없으면서도 어쩌면 가물가물 이해가 갈 듯도 싶다는 생각이 들었다 —— 마치 사람들이 종종 결국은 생각해낼 수 없으면서도 기억의 가장자리를 맴돌 듯이 말이다. 나의 친구는 다시 말을 이어나갔다.

"나는 어느덧 문제를 탈출 방법으로부터 침입 방법으로 옮기고 있다는 걸 자네도 알 테지"
하고 그는 말했다.

"내 의도는 두 가지가 다 똑같은 장소에서 똑같은 방법으로 실행되었다는 것을 자네에게 말해주자는 걸세. 자, 이번엔 실내로 돌아가보세. 우선 방 안 모양부터 살펴보기로 하세. 큰 탁자 서랍들 속에는 아직 많은 옷가지들이 그대로 남아 있기는 하지만 그것들이 모두 뒤죽박죽이 되어 있었다고 하지 않았나? 이런 결론은 불합리한 것이야. 그것은 단순한 억측에 불과해 —— 지극히 어리석은 억측에 지나지 않아. 서랍 속에서 발견된 물건들이 최초에 들어 있던 물건들의 전부가 아니었다는 것을 어떻게 알 수가 있겠는가?

레스파네 부인과 딸은 너무 적적한 생활을 하여서 —— 손님 하나 맞는 일이 없었고 —— 별반 외출하는 일도 없어서 자주 옷을 갈아입을 필요가 없었거든. 발견된 옷가지들은 적어도 이 두 여자가 고작 가지고 있을 만한 정도에 알맞는 품질들이었네. 만일에 도적이 일부를 가져갔다고 한다면, 왜 그 중 좋은 것을 가져가지 않았겠나? 또 어째서 전부를 가져가지 않았단 말인가? 한마디로 말해서 어째서 한 꾸러미의 베옷을 갖기 위하여 4,000프랑의 금화를 버리고 갔단 말인가? 금화를 놔두고 갔다는 거야. 은행가인 미뇨 씨가 말한 금액의 거의 전부가 봉투에 넣어진 채 마룻바닥 위에서 발견되지 않았나. 그러니까 자네도 경관의 머리 속에 생긴 범행 동기에 관한 덜된 생각을 —— 이런 생각은 집 앞에서 은행원이 돈을 내주었다는 증언에서 생긴 모양인데 —— 머리 속에서 깨끗이 씻어버리기를 바라네. 이보다 열 배나 더 현저한 우연의 일치 ——돈이 전해지고, 그런 지 사흘 만에 그 받은 사람이 살해를 당했다는 따위 —— 가 우리의 일생 중 시간마다 우리들 신상에 나타나지만 일순간의 주목도 끌지 못하거든.

대체로 우연의 일치는 확률론(確率論)을 모르고 교육을 받은 그러한 종류의 사상가들에게는 큰 장애물이 되네. 인간의 가장 찬란한 탐구 대상이 가장 찬란한 증명을 얻게 되는 것은 단순히 이 확률론의 덕택이라네. 이번 경우만 하더라도 금화가 없어졌더라면 사흘 전에 돈을 전했다는 사실이 단순한 우연의 일치만이 아닌 어떤 근거를 만들었을 테지. 그것은 이러한 동기론에 관하여 확증 자료가 되었을 거야. 그러나 이 사건이 실제로 금화가 범행의 동기였다고 가정한다면 또한 범인은 참으로 의지력이 박약한 천치 바보여서 자기의 돈과 아울러 자기의 범행 동기까지도 포기했다고 상상해야 되겠지.

내가 자네 주의를 끌게 한 몇 가지 점을 —— 그 특이한 목소리, 그 비상하게 민첩한 동작, 그처럼 잔인 무도한 살인사건에 놀랍게도 동기가 없다는 사실은 —— 단단히 머리 속에 넣어두고 그 학살 자체를 잠깐 살펴보세. 보통 살인범들은 이 같은 살인 방법을 쓰지는 않아. 더구나 시체를 이런 방법으로 처치하지는 않아. 시체를 굴뚝 속에 처넣는 짓을 보면 너무나도 상례를 벗어난 그 무엇이 —— 설혹 그 범행자들이 인간 중에서 가장 타락한 인간들이었다고 가정한다 할지라도 인간의 행위에 대하여 가지는 우리의 개념과는 전혀 용납될 수 없는, 너무나도 상도를 벗어난 그 무엇이 —— 있었다는 것을 자네도 인정할 걸세. 또 남자 대여섯이 힘을 합해야만 겨우 끌어낼 수 있을 만큼 우악스럽게 시체를 그 좁은 굴뚝 속으로 처넣어버렸을 때엔 그 힘이 얼마나 세었겠느냐 말이야!

이번에는 그야말로 굉장한 힘을 썼다는 또 하나의 흔적을 보기로 할까. 벽로 위 선반에는 사람의 흰 머리카락이 수북이 —— 아주 수북이 —— 있었지 않나. 뿌리째 뽑힌 머리카락이었지. 자네는 스물이나 서른 오라기의 머리카락일망정 그렇게 뽑아내는 데에는 얼마나 큰 힘이 필요한지 그쯤이야 잘 알테지. 나만이 아니라 자네도 그 문제의 머리카락을 보았겠지. 머리카락 뿌리에는 —— 보기에도 끔찍하게 살덩이가 엉겨붙어 있었는데—— 이것은 그가 단번에 수십만 오라기의 머리카락을 잡아뽑을 수 있을 경이적인 괴력의 소유자였다는 것을 증명하네.

노파는 단지 목을 잘렸을 뿐만 아니라 머리통과 몸뚱이가 전연 따로 나 있었네. 흉기라고는 고작 면도칼뿐이었는데. 자네도 이 범행의 야수 같은 잔인성에 좀 주목해주었으면 하네. 레스파네 부인의 시체에 나 있는 타박상에 대해서는 난 말하지 않아. 뒤마 씨와 에티엔 씨 같은 유능한 그의 조수도 그 상처들은 무슨 뭉툭한 연장 같은 것에 맞은 것이라고 언명했지. 그 정도까지는 두 사람의 말이 옳아. 그 뭉툭한 도구라는 것은 분명히 침대 맞은편의 창문으로부터 시체가 떨어져내려온 안마당에 깔아놓은 포석(鋪石)이었네. 경찰에서는 덧창문의 폭을 미처 생각지 못했던 것과 똑같은 이유에서 그런 생각이 떠오르지 않았던 거지 ── 다시 말하면 그들은 그 못 바람에 창문이 열릴 수도 있었다는 가능성과는 영 담을 싸놓고 생각했었기 때문이야. 이런 모든 것들에 덧붙여 방안이 난장판이었다는 것을 자네가 올바르게 숙고해보았다면 우리는 이미 그 터무니없는 날쌘 동작과 초인간적인 괴력, 야수적인 잔인성, 동기 없는 살육, 인간성을 전혀 떠난 무시무시하고 기괴한 참상 그리고 여러 나라 사람들 귀에 전연 생소하여 한마디로 알아들을 수 없었던 목소리 등을 한데 모아 생각해보는 데까지 갔을 걸세. 그러면 거기에서 어떤 결과가 일어날까? 자네 상상에다 내 설명이 무슨 인상을 주었지?"

뒤팽이 이렇게 물었을 때 나는 온몸이 근질근질했다.

"미친놈의 짓이군"

하고 나는 말했다.

"이 근처의 정신병원을 탈출한 어떤 미친놈의 수작이야."

"어떤 점에선 자네 생각이 틀린 건 아냐"

하고 그는 대답했다.

"그러나 정신병자가 가장 격심한 발작을 일으킬 때에도 그 목소리는 사람들이 층계에서 듣던 그 특이한 목소리와 일치하지는 않아. 미친놈이라도 어느 나라든 국적을 가진 사람이야. 그러니까 그 말소리가 제아무리 종잡을 수 없다고 할지라도 말이란 언제나 전후 연결을 가지는 법이야. 뿐만 아니라 미친놈의 머리카락은 내가 지금 손에 쥐고 있는 것같지는 않아. 나는 레스파네 부인의 꽉 움켜쥔 손아귀에서 이 머리카락을 빼온 거야. 자넨 이걸 뭐라고 생각하는지 말좀 해보게."

"뒤팽!"

하고 나는 완전히 맥을 못 추며 말했다.

"이건 보통 머리카락이 아냐 —— '사람'의 머리카락이 아냐."

"내가 언제 그렇다고 했나?"

하고 그는 말했다. 그러나 이 점을 결정하기 전에 내가 종이 위에다 약도를 그려놓은 것이 있으니 잠깐 보아주게. 이건 레스파네 부인의 목덜미에 있는 상처들을 그대로 묘사한 것인데 어떤 증인은 이 부분을 '암흑색 타박상과 깊게 팬 손톱자국'이라 했고, 또 어떤 증인 —— 뒤마 씨와 에티엔 씨 —— 은 '손 자국이 분명한 일련의 검푸른 반점'이라고 설명했네."

"이 그림을 보면"

하고 우리들 앞 테이블 위에다 종이를 펴놓으면서 내 친구는 말을 이었다.

"얼마나 힘있게 꽉 쥐고 있었던가를 알 수 있을 걸세. 어디 힘이 빠졌던 자취라곤 전혀 찾아볼 수도 없어. 손가락 하나하나 처음부터 준 힘 그대로, 필경 피해자가 절망할 때까지 그 무섭게 꽉 찍어누르는 힘으로 그냥 쭉 쥐고 있었던 거야. 시험삼아 이 그림에 나타난 손가락 자리 하나하나에 자네 손가락들을 한꺼번에 대어보게."

나는 해보았지만 되지 않았다.

"우리의 시험은 아직도 제대로 하는 시험이 아닐 거야"
하고 그는 말을 이었다.

"이 종이는 평면 위에 펼쳐져 있어. 그러나 사람의 목은 둥그렇거든. 여기 나무 몽둥이가 있는데 둘레가 사람 목만 해. 이 몽둥이를 종이로 싸서 다시 한번 시험해보세."

나는 시키는 대로 해보았다. 그러나 아까보다 더 어려웠다.

"이건 사람 손자국이 아닌데"
하고 나는 말했다.

"자 읽어보게"
하고 뒤팽은 말했다.

"퀴비에(프랑스의 비교 해부학의 창시자. 동물학에 관한 저서가 있음)의 일절일세."

그것은 동인도 제도에 사는 암갈색의 큰 성성이에 관한 해부학적인 동시에 일반 기술적인 설명이었다. 이 포유동물의 거대한 체구와 헤아릴 수 없는 체력과 활동력, 광적인 잔인

성, 또 그 모방적 경향은 세상이 다 아는 바다. 나는 이 살인 사건의 무서움을 완전히 직감했다.

"손가락에 대한 이 설명은 자네 그림과 정확하게 일치하는군"

하고 나는 다 읽고 나서 말했다.

"이 책에서 지적된 동물들 중에서 자네가 베긴 것과 같은 손자국을 낼 수 있었던 것은 성성이 말고는 통 없어. 이 암갈색 터럭 역시 퀴비에가 말하는 짐승의 그것과 성질이 똑같아. 그렇지만 이 무서운 사건의 내용을 나는 도저히 이해할 수 없어. 그뿐만 아니라 언쟁 속에는 두 목소리가 들렸는데 그 중 하나는 틀림없이 프랑스 사람 목소리였잖나."

"과연 그렇네. 그렇다면 자넨 이런 소리를 —— '아이구!' 하는 소리 말일세 —— 증인들이 거의 이구동성으로 말했던 걸 잘 기억하고 있을 테지. 증인의 한 사람 —— 과자상인 몬타니 —— 은 그것이 나무라고 타이르는 말씨였다고 설명했는데, 그때 사정에 비추어보아 그럴 법한 일일세. 그래서 나는 이 한마디 말에 이 수수께끼를 깨끗이 풀어버리려는 희망을 걸게 되었네.

한 프랑스 사람은 이 살인 사건을 알고 있단 말이야. 이 사람이, 발생한 유혈극에 전혀 가담하지 않고 무죄라는 것은 충분히 있을 법한 —— 그렇지 단순한 추측의 정도가 아니지 —— 일일세. 성성이는 프랑스 사람으로부터 도망을 쳤는지도 몰라. 그래서 그자가 성성이 뒤를 쫓아 그 방까지 왔었는지도 모르지. 그러나 그 후에 일어난 여러 가지 흥분된 사정 때문에 그놈을 다시 붙잡을 수는 없었을 걸세. 그놈은 아직도 잡히지 않고 있어. 난 이러한 억측을 이 이상 더 계속하지 않으려네 —— 그것이 억측 이상의 것이라고 말할 권리는 나에겐 없으니까 —— 내 억측의 기초가 되는 사색의 그림자는 지극히 빈약해서 나 자신의 이지(理智)로도 이해하기 곤란할 정도이고, 또 남에게 이해시키기엔 엄두도 못 낼 형편이니까. 그렇다면 그것을 억측이라 해두세. 억측이라 치고 이야기하세. 문제의 프랑스 사람이 내 상상대로 이 사건에 무관하다면, 어젯밤 우리가 집에 오다가 르 몽드 신문사 —— 이 신문은 주로 해운계를 상대로 하는 신문이라 선원들이 많이 사보는 신문이네 —— 에 기탁한 이 광고를 보고 우리 집으로 찾아올 걸세."

그가 나에게 신문 한 장을 주었는데 받아보니 다음과 같은 사연이 적혀 있었다.

포획

불로뉴 숲속에서 이달 ××일 새벽 —— 살인 사건이 발생한 날 아침 —— 에 암갈색 보르네오 종(種) 큰 성성이 한 마리가 잡혔다. 소유자 —— 말타 섬 선박의 선원임이 확실시된다 —— 가 자기의 소유임을 충분히 입증하고, 포획과 사육에서 발생한 약간의 비용을 지불할 때에는 반환함. 생제르맹 교외 ×가 ××번지로 내방하시기 바람.

"그자가 선원이고 또 말타 섬 선박의 소속이라는 것을 자넨 어떻게 알았나?"
하고 나는 물었다.

"그건 나도 몰라"

하고 뒤팽은 대답했다.

"확신이 없어. 하지만 여기 조그만 리본 하나가 있네. 그 모양이라든지 기름때가 묻은 것으로 보아 선원들이 무척 즐기는 길다란 변발의 댕기로 사용한 게 분명해. 뿐만 아니라 이 매듭은 선원 외에는 거의 맬 줄 모르는 방식이고 또 말타 섬 사람에게 특이한 것일세. 나는 이 리본을 피뢰선 밑에서 주웠네. 죽은 사람들의 소유일 리는 만무하고……. 이제 이 리본으로 해서 짐작된 사람이 프랑스 말타 섬 선박의 선원이라는 내 연역이 결국은 틀린다 할지라도 광고에다 그런 말을 한 것이 해 될 건 없지. 만약 내 말이 틀렸다면 그 사람은 다만 내가 어떤 사정으로 말미암아 착각을 일으켰다고 생각하고 그런 걸 일부러 캐묻지는 않을 걸세. 그러나 내 추측이 맞기만 하면 정말 기분 좋은 일이지.

살인과는 무관하지만 그 사실을 알고는 있으니까 이 프랑스 사람은 광고에 응하기를 —— 즉 성성이를 요구하기를 —— 자연 주저할 걸세. 그 사람은 이렇게 생각할 테지 —— '나는 죄가 없다. 나는 가난하다. 내 성성이는 상당히 값이 나가는 물건이다 —— 나 같은 처지의 사람에게는 그것만으로도 큰 밑천이다 —— 공연히 위험을 두려워하여 그것을 잃을 이유는 조금도 없지 않은가? 그놈은 손만 내밀면 닿을 곳에 있다. 그놈은 불로뉴 숲속 —— 그 학살 장소와는 멀리 떨어져 있는 —— 에서 발견되었다. 이 짐승이 그런 행동을 했다고야 누가 의심인들 할 수 있으랴? 경찰은 오리무중으로 아직 털끝만한 단서 하나도 잡지 못했다. 설혹 그들이 성성이를 진범으로 잡는다 할지라도 그 살인을 알고 있다는 걸 증명하거나 또는 그 알고 있다는 것으로써 유죄라고 몰지는 못할 게다. 무엇보다도 나라는 존재는 알려져 있다. 광고를 낸 사람은 나를 이 짐승의 소유주로 인정하고 있다. 그가 나를 아는 정도가 어느 정도인지 나는 모른다. 만일 그렇게 가치있는 재산―― 그 재산이 나의 소유라는 것은 벌써 알려져 있다―― 에 대한 청구를 회피해버린다면 그 결과, 적어도 그 짐승이 혐의를 받게 될 것이다. 나 자신에 대해서나 짐승에 대해서나 세인(世人)의 주목을 끈다는 것은 취할 바가 아니다. 광고에 응해서 성성이를 받아다가 이 사건이 잠잠해질 때까지 숨겨두자……."

바로 이때 우리는 층계를 올라오는 발소리를 들었다.

"권총을 준비해"

하고 뒤팽은 말했다.

"그러나 내가 신호할 때까진 쏘지도 보이지도 말게."

앞문을 열어놓았으므로 손님은 초인종을 누르지 않고 들어와 층계를 대여섯 계단 올라왔다. 그러나 여기까지 와서는 머뭇거리는 모양이었다. 그리고 우리는 그가 도로 내려가는 소리를 들었다. 뒤팽이 문께로 급히 달려갔다. 그때 다시 올라오는 소리가 들렸다. 그리곤 다시 되돌아서지 않고 결심한 듯이 걸어올라와 우리들 방 문을 두드렸다.

"들어오십시오"

하고 뒤팽은 쾌활하고 원기있는 목소리로 말했다.

한 사나이가 들어왔다. 그는 영락없이 ―― 키가 크고 우락부락한, 어딘지 거칠어 보이지만 아주 무뚝뚝하게 생각되지는 않는 용모의 —— 선원이었다. 햇볕에 몹시 그을은 얼굴의 반 이상은 구레나룻과 윗수염에 가려 있었다. 그는 무지무지한 참나무 몽둥이를 들고 있었을 뿐 그 밖에는 아무 무기도 지니고 있는 것 같지 않았다. 그는 어색하게 머리를 굽신하더니 프랑스 말로 우리들에게,

"안녕하십니까?"

하고 인사를 했다. 그 말씨는 어딘지 좀 사투리를 풍기긴 하였지만 그래도 그가 파리 태생임을 여실히 나타내고 있었다.

"어서 앉으십시오"

하고 뒤팽은 말했다.

"성성이 일로 오신 것 같은데 그런 걸 가지셨다니 좀 부럽습니다. 희한합니다. 물론 값도 상당할 테죠. 몇 살이나 됐다고 생각하십니까?"

선원은 무슨 괴로운 짐이라도 벗은 사람처럼 한숨을 휘이 내쉬더니 마음이 놓인다는 말투로 이렇게 대답하는 것이었다.

"어떻게 말씀드려야 할지 모르겠습니다만 —— 네 살이나 다섯 살에서 더야 될라구요? 여기 가지고 계십니까, 지금?"

"아아뇨. 여기는 둬둘 만한 설비가 있어야죠. 바로 요 옆 뒤부르가에 있는 삯말집에다 맡겨두었습니다. 내일 아침이라도 가져가실 수 있죠. 물론 소유를 증명할 만한 준비는 되셨을 테죠?"

"틀림없습니다, 선생님."

"내놓기가 아까운데요"

하고 뒤팽은 말했다.

"저로선 선생님의 수고에 대하여 그냥 있겠다는 뜻은 아닙니다. 선생님"

하고 그 사나이는 말했다.

"다시 찾으리라고는 꿈에도 생각을 못 했습죠. 그 짐승을 발견하신 데 대해서는 기꺼이 사례하겠습니다 ──물론 적당한 것이라면 말씀이죠."

"아, 그래요?"

하고 내 친구가 대답했다.

"과연 좋은 말씀인데, 글쎄올시다, 무얼 청구한다? 옳지! 말씀드리죠. 보수는 이렇게 합시다. 모르그가의 살인사건에 관해서 당신이 아는 범위의 모든 정보를 제공해주십시오."

뒤팽은 지극히 나직하고 조용한 목소리로 이 마지막 말을 했다. 그는 말도 조용하지만 걸음걸이도 조용히 문쪽으로 가서 문을 잠근 다음 열쇠를 자기 주머니에 넣었다. 그리고 품속에서 권총을 꺼내 조금도 서두르는 기색이 없이 테이블 위에다 놓았다.

선원은 숨이 막혀 안타까운 듯 얼굴이 벌개져 있었다. 그는 펄쩍 뛰면서 몽둥이를 움켜쥐었다. 그러나 다음 순간에는 제자리에 털썩 주저앉더니 몸을 와들와들 떨며 죽은 사람 같은 안색을 지었다. 그는 한마디의 말도 못했다. 나는 충심으로 그를 가엾게 생각했다.

"노형"

하고 뒤팽은 친절한 목소리로 말했다.

"노형은 공연히 겁을 내는구려 ──참말이오. 우리는 노형을 해칠 생각은 추호도 없소. 신사로서, 프랑스 국민으로서

명예를 걸고 맹세하오. 모르그가의 흉행(凶行)에 대하여 노
형이 무죄라는 것은 잘 알고 있소. 그렇지만 노형이 이 사건
에 어느 정도 관계가 있다는 것을 부인해서는 안 되겠지요.
지금까지 내가 말한 것으로 미루어 노형은 내가 이 사건에
관한 정보 수집 수단을 가졌다는 것을 확실히 짐작했을 거
요. 그 수단이 어떤 것인지 노형은 꿈도 못 꿀 것이오. 지금
사태는 이렇소. 노형이 저지른 일은 전부가 노형으로서는 피
치 못할 일들이었소. 노형이 죄를 지은 일이라곤 확실히 아
무것도 없소. 노형은 그때에 돈을 훔쳤어도 감쪽같이 할 수
도 있었는데 그런 죄를 저지르지는 않았던 것이오. 아무것도
숨길 건 없소. 숨길 까닭이 하나도 없소. 한편 노형은 노형이
아는 일을 모두 명예를 걸고 자백해야 할 의무가 있는 거요.
무고한 사람 하나가 지금 노형에게 능히 그 범행자의 이름을
댈 수 있는 범죄의 혐의를 받고서 감옥에 갇혀 있단 말이
오."

　뒤팽이 이런 말을 하고 있는 동안에 선원은 상당히 제정신
으로 돌아온 것 같았다. 그러나 처음의 그 뻣뻣하던 태도는
싹 가셔버렸다.

　"이젠 살았습니다"

하고 선원은 한참 말이 없다가 입을 열었다.

　"이 사건에 관하여 제가 아는 것을 전부 털어놓지요. 그러
나 제 말씀의 반이나마 믿어주시리라고는 생각지도 않습니
다. 그렇다면 저야말로 미친놈이죠. 그렇지만 저는 죄가 없
어요. 죽는 한이 있더라도 제 비밀을 모두 털어놓겠습니다."

　그의 진술은 대개 다음과 같았다.

그는 최근 동인도 제도로 항해를 하였었다. 그의 일행은 보르네오에 상륙한 다음 소풍삼아 섬 깊숙이 들어갔다. 거기서 그와 그의 동료 한 사람은 성성이를 잡았다. 그 후 그 동료가 죽었기 때문에 그 짐승은 그의 단독 소유가 되고 말았다. 귀향 중 이 야생동물의 포학성 때문에 무진 고생을 겪은 끝에 그는 마침내 파리의 자기 집으로 안전하게 짐승을 끌고 오는 데 성공했다. 집에서는 이웃 사람들의 귀찮은 호기심을 끌지 않으려고 주의해서 감추어두었다. 그놈이 배 안에서 가시에 찔려 입은 발의 상처가 아물 때까지 두었다가 결국은 팔아버릴 생각이었다.

바로 살인 사건이 발생하던 날 밤, 아니 밤이라기보다 새벽에 선원 몇 사람과 술을 마시며 떠들고 놀다 돌아와보니 단단히 갇혀 있을 줄로만 여겼던 짐승이 옆 골방에서 뛰쳐나와 그의 침실을 점령하고 있는 게 아닌가. 얼굴은 비누투성이를 해가지고 면도칼을 손에 쥐고 경대 앞에 앉아서 면도질 흉내를 내는 판이었다. 필시 주인이 면도질하는 것을 이전에 골방 자물쇠 구멍으로 엿보았던 모양이다. 그렇게도 무서운 흉기가 그렇게도 횡포한 동물의 손아귀에 있는 데다가, 너무도 그것을 잘 쓸 줄 아는 것을 보고 주인은 잠시 동안 어쩔 줄을 몰랐다. 주인은 이 동물이 무섭게 날뛰며 화를 낼 때에도 채찍만 쓰면 진정되는 것을 과거에 여러 번 경험하여 잘 알고 있었기 때문에 이번에도 그 방법을 써보려고 했다. 이것을 보더니 성성이는 후닥닥 방문을 뛰쳐나가 층계를 뛰어 내리더니 거기 마침 열어놓았던 창문으로 해서 거리로 나가 버렸다.

선원은 기가 막혀 그 뒤를 따랐다. 성성이는 여전히 면도칼을 손에 쥔 채 간간이 발을 멈추고는 뒤를 돌아다보며, 쫓아오는 사람이 거의 다가올 때까지 손짓을 해보이는 것이었다. 이런 모양으로 추적은 오랫동안 계속되었다. 새벽 3시가량이었으니까 길거리는 죽은 듯이 고요했다. 모르그가의 뒷길을 내려가다가 레스파네 부인의 집 4층에 열어놓은 창문으로 희미하게 새어나오는 불빛에 도망꾼의 주의가 끌렸다. 집 안으로 달려가서 피뢰선이 있는 것을 보고는 눈깜짝할 사이에 번개같이 타고 올라가 덧창문을 휘어잡았다. 이 덧창문은 활짝 열려 담벼락에 붙어 있었는데 이 문짝을 타고 바로 침대 머리맡 판자 위로 뛰어들었다. 이 곡예 전부는 채 1분도 걸리지 않았다. 방 안으로 뛰어들어가면서 성성이는 발로 덧창문을 걸어찼기 때문에 덧창문은 다시 열렸다.

이것을 보고 있노라니 선원은 한편 기쁘기도 하고 또 한편 당황하기도 했다. 그놈은 스스로 함정에 뛰어들어간 셈인데, 피뢰선을 타고 내려오는 길밖에는 도망칠 길이 없고 내려올 때에는 아래에서 지켜 서 있다가 가로채어 붙잡을 수가 있었으므로 그는 이제 짐승을 되잡을 수 있다는 확고한 희망을 갖게 되었다. 그 반면에 저놈이 집 안에서 무슨 짓을 저지를지 몰라 무척 걱정이 되었다. 이렇게 염려되자 그는 또다시 짐승의 뒤를 따르지 않을 수가 없었다. 피뢰선을 타고 올라가기란 그리 어렵지 않은 일이었고 더욱이 선원으로는 쉬운 일이었다. 그러나 그가 창 높이에까지 이르러 보니 창문이 그의 왼쪽 저 멀리로 열려 있어서 갈 길이 막혀버리고 말았다. 그는 간신히 몸을 내밀고서 방 안을 넘겨다보는 일이 고작이었다. 흘끔 넘겨다보았을 때 그는 너무도 놀라서 줄을 잡았던 손을 놓고 떨어질 뻔했다.

　무서운 비명 소리가 밤공기를 깨뜨리고 모르그가 사람들의 잠을 깨운 것은 바로 그때였다. 레스파네 부인과 딸은 잠옷을 걸친 채 앞서 말한 금고를 방 가운데로 끌어다놓고 그 속에 든 서류를 정리하고 있었던 모양이었다. 금고는 열려 있었고 속에 들어 있던 물건들은 방바닥에 널려 있었다. 두 희생자는 창에 등을 대고 앉아 있었던 모양이라, 짐승이 뛰어들고 비명이 일어난 사이에 경과한 시간으로 미루어보아, 아마 곧장 알아차리진 못했던 것으로 보인다. 덧창문이 열어젖혀진 것은 바람 때문에 저절로 그리 되었을 것이다.

　선원이 방 안을 엿보았을 때 그 거대한 동물은 레스파네 부인의 머리카락을 움켜잡고 —— 머리를 빗고 있어서 풀려 있었다 —— 이발사의 손짓을 흉내내어 부인 얼굴 가까이에서 면도칼을 휘두르고 있었다. 딸은 땅바닥에 엎어져 꼼짝도 못하고 있었다. 이미 기절한 것이었다. 추측컨대 성성이는 처음엔 그저 장난 기분이었는데 노부인이 비명을 올리며 몸부림치는 통에 —— 이 바람에 머리카락이 뽑혀나왔다 —— 그만 격노로 변하여 불끈 무쇠 같은 팔뚝을 휘둘러 노파의 머리를 몸체로부터 거의 절단하다시피 하고 말았다. 피를 보자 격노는 불길처럼 광증으로 타올라 두 눈에 횃불을 켜가지고서 딸의 몸으로 달려들어 그 무서운 발톱을 목에다 꽂고 절명할 때까지 놓지 않았다.

　미친 듯이 두리번거리던 짐승의 시선이 이 순간 침대맡으로 가자, 그 너머 창 밖으로 공포에 얼어붙은 주인의 얼굴이 보였다. 틀림없이 아직도 혹독한 채찍 맛을 기억하고 있는지라 이 짐승의 광분은 당장 공포로 변했다. 당연히 벌을 받을 만한 짓을 했다는 것을 자각한 짐승은 그 잔인한 행동을 감출 생각에서인지 흥분에 못 이겨 방 안을 이리저리 뛰어다녔다. 뛰어다니면서 가구를 던져 부수기도 하고 또 침대에서 이부자리를 끌어내리기도 했다. 그리고 나서 그놈은 우선 딸의 사체를 움켜잡아 들고 발견 당시의 모양대로 굴뚝 속에 처박아버리더니 다음엔 노파의 시체를 들어 창 밖으로 거꾸로 내던졌다.

성성이가, 머리가 떨어진 시체를 들고 창 앞으로 가까이 오자 선원은 아찔해서 피뢰선 쪽으로 물러가 줄을 타고 미끄러져 떨어지다시피하며 내려갔다. 이 학살의 결과가 무서워 그 공포 때문에 그는 곧장 집으로 줄행랑을 쳤다. 무서운 생각에 성성이의 운명을 돌볼 생각은 아주 포기하고 만 것이다. 일행이 층계에서 들은 말소리란 그 짐승이 악마처럼 지껄여대는 소리에 뒤섞여 나온, 프랑스 사람이 공포의 전율 속에서 지르는 고함 소리였던 것이다.

나는 이 이상 더 덧붙일 것이 거의 없다. 필경 성성이는 일행이 문을 부수고 들어가기 바로 전에 피뢰선을 타고 도망쳤을 것임에 틀림없다. 그리고 창 밖으로 나올 때 분명히 문을 닫았을 것이다.

그 후에 성성이는 주인에게 붙잡혔는데 그는 그놈을 식물원에다 팔아서 큰 돈을 벌었다. 우리들이 경찰국장실을 찾아가서 일장 설명을 하자 —— 뒤팽의 주석을 단—— 르 봉 씨는 즉석에서 석방되었다. 국장은 평소에 나의 친구에 대하여

호의를 품고 있긴 했어도 사태가 이렇게 된 데 대하여서는 분한 생각을 완전히 감추지 못하여, 사람은 저마다 할 일이나 하면 된다고 한두 마디 악담을 늘어놓으려 했다.

"내버려두게"

하고 이 말에 대하여 답변할 필요조차 없다고 생각한 뒤팽이 말했다.

"지껄여보라지. 그래야 마음이 시원할 테니까. 그자를 자기 진중에서 거꾸러뜨려놓았으니 나는 대만족이야. 그러나 그자가 이 괴상한 사건의 해결에 실패했다는 것은 결코 그가 생각하는 것처럼 놀랄 일은 아닐세. 사실상 우리들의 친구인 국장은 잔꾀만 많아서 심오한 맛은 없거든. 그 친구의 지혜 속에는 전혀 깊은 데가 없네. 라베르나 여신처럼 머리뿐이고 몸뚱이는 없어 —— 아니 고작해야 대구처럼 머리와 어깨뿐이야. 그렇지만 뭐니뭐니 해도 사람은 좋거든. 특히 이따금씩 그럴 듯한 명언을 한마디씩 해대는 것이 좋아. 그래서 재주꾼이라는 평판을 얻었다니까. '있는 것을 부인하고 없는 것을 증명하는 것(루소의 《신엘로이즈》에 나오는 말)'이 그의 좌우명이란 말일세."

마리 로제의 비밀

—— 〈모르그 가의 살인사건〉의 속편

지성이 받아들일 수 없을 정도로 우연의 일치에 깜짝 놀라서 초자연물에 대하여 막연한 그러나 반신반의하는 태도를 느끼지 않는 사람은 아마 가장 냉정한 사상가 중에도 드물 것이다. 이러한 감정 —— 내가 말하는 반신반의란 사상치고 완전한 힘을 발휘할 수 있는 것은 없기 때문에 —— 은 기회의 원리, 다시 말해 학문적 용어로 말한다면 개연성(蓋然性)의 계산법에 의하지 않고선 철저하게 진정시킬 수는 없다. 그리고 그 계산법이란 순전히 수학적이다. 이렇듯 우리는 과학에 있어서 가장 정확한 것의 변칙을 사색에 있어 가장 모호한 것의 그림자와 영성(靈性)에다 적용하였다.

내가 이제 공표하려는 뛰어나게 이상한 사건은 시간의 순서로 봐서 거의 불가능한 일련의 우연 일치의 주요한 최초의 예이고, 그 제2의 그리고 마지막 예는 최근 뉴욕에서 일어난 '메리 세실리아 로저스 사건'에서 볼 수 있을 것이다. '모르그 가의 살인사건'이라는 제목의 이야기에서 나는 거의 1년

전, 나의 친구 C. 오귀스트 뒤팽의 뛰어난 성격적 특징을 묘사하려고 했을 때, 다시 이런 일을 반복하리라고는 꿈에도 생각하지 않았던 것이다. 이러한 성격의 묘사가 내 의도였으며, 이 의도는 뒤팽의 특성을 예증(例證)하는 여러 사건들의 기묘한 연속으로 충분히 달성되었다. 다른 예증을 들어본대도 이 이상의 예증을 들 수는 없었을 것이다. 그러나 나는 최근에 발생된 사건들이 경이적으로 발전된 데 놀라서, 다소 무리한 고백일지는 모르지만 그 사건들을 좀더 자세하게 이야기하고 싶은 충동을 받게 되었다.

최근 발생된 사건에 대한 이야기를 듣고서도 내가 오래 전에 듣고 본 사건에 대하여 침묵을 지킨다면 그야말로 이상한 일이라고 하지 않을 수 없을 것이다.

레스파네 부인과 그 딸의 죽음에 얽힌 비극이 끝나자마자 뒤팽은 그 즉시 그 사건으로부터 주의를 돌려 예의 그 독특하고 우울한 명상에 빠지고 말았다. 언제나 방심 상태에 있는 나는 대번에 그의 기분에 동화되었다. 그리고는 생제르맹 교외의 우리 방에 틀어박혀서 미래를 바람에 맡기고는, 현재 속에서 조용히 자면서 주위의 단조로운 세계를 꿈으로 엮어 나갔던 것이다.

그러나 그 꿈이 전혀 방해를 안 받은 것은 아니었다. '모르그가의 살인사건'이라는 연극에서 나의 친구가 연출한 역할이 파리 경찰관의 마음속에 틀림없이 깊은 인상을 주었으리라는 것은 쉽게 상상할 수 있다. 탐정들 사이에서도 뒤팽의 이름 두 자가 오르내리게 되었다. 그가 수수께끼를 풀 때에 쓴 추리의 단순한 성격은 나 이외의 누구에게도, 경찰국장에게조차도 설명되지 않았으므로 그 사건이 기적적인 것으로 생각되고, 혹은 뒤팽의 분석 능력에 대하여 직각(直覺)이라는 이름이 붙은 것도 별로 놀랄 만한 일이 못 된다. 그의 솔직성은 이러한 편견을 가진 모든 탐정들의 잘못을 깨우쳐 주었을 것이지만, 그의 게으름은 자신에게 있어서 흥미가 없어진 지 이미 오래된 화제에 대하여 그 이상 떠들어대는 것을 금하고 말았다.

이렇듯 그는 경찰의 주목의 대상이 되었으며, 경찰국에서 그의 힘을 빌려고 한 사건도 그 수가 적잖았다. 그 가장 뛰어난 예가 '마리 로제'라고 불리는 한 처녀의 살해 사건이었다.

이 사건은 모르그가의 그 흉악한 사건이 벌어진 지 2년 후에 발생하였다. 성과 이름이, 불운한 '담배장수 계집애'의 그것과 같았으므로 즉시 세상 사람의 주의를 끌게 된 마리는 미망인 에스텔 로제의 외딸이었다. 아버지는 마리가 어릴 때에 죽었고, 그가 죽은 그때부터 이 이야기의 주제를 이루는 살해 사건이 일어나기 1년 반 전까지 마리는 어머니와 둘이서 파베 생 앙드레가(街)에서 살고 있었다. 어머니는 딸의 조력으로 하숙을 치고 있었다. 이렇듯 이럭저럭 딸이 스물두 살이 될 때까지 세월은 흘러갔고, 그때 딸의 미모는 향료상(香料商)의 주목을 끌게 되었다. 그 향료상은 팔레 르와얄의 1층에서 가게 하나를 경영하면서, 동네를 좀먹는 불량배들 사이에 끼여 어울려 다녔다. 향료상 —— 이름은 르 블랑 —— 은 향료 가게에 아름다운 마리를 채용함으로써 얻을 이득을 놓치지 않았다. 어머니는 그의 후한 보수를 다소 꺼린 편이었지만 딸은 기꺼이 받아들였다.

가게 주인의 기대는 그대로 실현되어 명랑한 처녀의 매력 덕택으로 이 가게는 얼마 안 되어서 유명해졌다.

그녀의 고용이 약 1년쯤 지난 어느 날, 별안간 그녀가 사라진 것을 알게 된 그녀의 숭배자들 사이에선 동요가 일기 시작했다. 르 블랑은 실종된 이유를 설명할 수 없었고, 어머니는 불안과 공포로 미칠 것만 같았다. 신문들은 그 즉시 그 사건을 대서특필했으며 경찰은 본격적으로 수사에 나섰다.

사건이 발생한 지 1주일이 지난 어느 갠 날 아침, 마리는 좀 여위긴 했으나 그래도 건강한 모습으로 향료 가게의 카운터에 여느 때와 다름없이 나타났다. 당사자들을 빼놓고 모든 조사는 그 즉시로 뚝 그쳤다. 르 블랑은 전과 다름없이 모른다고 딱 잡아떼었다. 마리와 어머니는 묻는 사람들에게 지난 주일을 시골 친척집에서 보냈다고 대답했다. 이렇듯 이 사건은 그만 일단락을 지었으며 일반 사람의 뇌리에서도 사라지고 말았다. 그것은 마리가 짓궂은 말썽꾸러기들의 호기심을 피하기 위하여 외면상 향료 가게를 그만두고는 파베 생 앙드레의 어머니 집에 숨어 있었기 때문이다.

마리의 친구들이 다시 그녀의 돌발적인 제2차 실종에 놀란 것은 그녀가 집에 돌아온 지 약 다섯 달이 지난 후의 일이었다. 사흘이 지났지만 아무 소식도 없었다. 나흘째 되는 날, 생 앙드레가의 맞은편 둑 근처이자 룰르 근처의 한적한 곳으로부터 그리 멀지 않은 곳인 센 강 위에 떠 있는 마리의 시체가 발견되었다.

그 살해 —— 얼른 보아도 타살임이 분명하였다 —— 방법의 흉악성, 희생자가 젊다는 점과 아름답다는 점, 그리고 무엇보다도 그녀의 생전의 평판 때문에 이 사건은 감정이 예민한 파리 시민들의 가슴속에 열렬한 흥분의 불길을 지르기에 충분했다. 이런 종류의 사건이 그토록 깊은 감명을 준 것은 이번이 처음이었다. 이 흥미진진한 사건 한 건을 논의하느라고 당시의 중요한 정치 문제까지도 몇 주일씩이나 망각되었다. 경찰국장은 전례가 없을 만큼 발분했고, 파리의 전 경찰력이 총동원된 것은 물론이다.

시체가 발견된 그 처음에는 살인자가 얼마 안 가서 체포될 것으로 예상되어 즉시 수사에 착수했다. 1주일이 지날 때까지는 현상금을 내걸 필요도 없었다. 1주일 후에도 현상금이 겨우 1,000프랑 정도밖에 안 되었다. 그 동안, 항상 확실한 판단하에 이루어진 것은 아니지만 눈부신 수사가 진행되었고 많은 사람들이 조사를 받았지만 별 소득은 없었다.

한편 여전히 이 수수께끼 같은 사건에 대한 단서가 나타나지 않았기 때문에 세상 사람들의 흥분은 점점 더해갔다. 열흘째가 되면서는 현상금을 최초의 곱절로 올리는 것이 좋으리라고 생각되었다. 그러나 아무것도 발견되지 않고 또다시 1주일이 지나자 파리 경찰에 대한 시민들의 평소부터의 반감은 더욱 커져서 몇 건의 폭동 사건이 발생했고, 마침내 경찰국장은 '살해자를 단정(斷定)하거나', 연루자가 있을 경우에 '살해자 중 한 사람만이라도 단정하는 사람'에게는 2만 프랑의 현상금을 주기로 했다. 이러한 현상금을 포고함에 있어 공모자로서 자진하여 공범자를 밀고하는 자는 무죄 선고를 받게 된다는 것이 약속되었다. 그리고 이 포고문이 나올 때마다 1만 프랑을 제공한다는 시민위원회의 첨지(籤紙)도 붙여져서 경찰국이 건 현상금에 그 액수가 덧붙여지게 되었다. 이리하여 전액은 3만 프랑으로 올랐다. 이 처녀의 보잘것없는 처지와, 이런 종류의 참극이란 대도시에서는 흔히 일어날 수 있다는 것을 생각할 때에, 이번 현상금은 막대한 금액이라 할 수 있었다.

이제 이 살인사건의 비밀이 곧 풀리리라고 생각지 않은 사람은 하나도 없었다. 그러나 한두 가지 해결될 것 같은 근거는 있었지만 그 혐의자들을 연루자라고 생각할 수 있는 증거는 아무것도 없었으므로 그들은 곧 석방되었다.

이상하게 생각될지 모르지만, 시체가 발견된 지 3주일이 지나고 또 아무런 해결의 실마리도 보이지 않은 채 그 시일이 경과하기까지, 나와 뒤팽의 귀에는 그토록 대중의 귀를 놀라게 했던 이 사건의 풍문조차 들려오지 않았다. 온갖 주의를 집중해야 할 조사에 몰두하고 있었으므로 우리들은 거의 한 달 가깝게 외출도 안 하고 방문객을 받아들이지도 않았을 뿐더러, 겨우 일간 신문의 정치기사를 흘끗 훑어볼 정도였다. 우리가 비로소 이 살인 사건을 알게 된 것은 경찰국장 G씨 자신의 입으로부터였다.

그는 18××년 7월 13일 오후에 우리를 찾아와서 밤늦게까지 있었다. 가해자를 색출하는 그의 모든 노력이 실패로 돌아갔으므로 그는 초조해 있었다. 그의 명성은 —— 그는 파리 사람 특유의 태도로 말했다 —— 지금 위태로운 지경에 있다. 명예조차 관련되어 있다. 사회의 이목이 그에게 집중되어 있다. 이 사건의 해결을 위해서는 어떠한 희생도 달게 받을 각오가 되어 있다. 그는 이 같은 웃음나는 이야기의 결론으로, 그 자신이 이렇게 부르기를 꺼리지 않은 이른바 뒤팽의 수완이라는 것을 크게 칭찬함과 동시에 너그러운 보수를 직접 제의했다. 그 내용을 여기서 폭로할 자유도 없지만 그것은 이 이야기의 주제와는 아무런 관계도 없는 일이다.

내 친구는 칭찬은 되도록 사양했지만 그 청만은 곧 받아들였다. 그러나 그 이익은 전혀 일시적인 것이었다. 이 점이 일단 결정되자 경찰국장은 즉시 자기의 견해를 진술하고는 우리들이 모르는 증거에 대하여 긴 주석을 붙였다. 그의 이야기는 지나칠 정도로 길었고, 모든 것을 다 아는 체했다. 한편 나는 밤이 늦었다고 때때로 알렸다. 뒤팽은 언제나처럼 안락의자에 앉은 채 경청하는 듯한 태도를 하고 있었다. 그는 이 회견 중 죽 안경을 쓰고 있었는데, 그 초록색 안경 너머로 이따금씩 홀낏 쳐다볼 뿐, 경찰국장이 떠날 때까지 납으로 내리누르는 듯한 그 무거운 7, 8시간 동안 줄곧 잠잠했으므로, 실은 그가 깊은 잠에 빠져 있었음을 나는 알고 있었다.

다음날 아침, 나는 경찰국에 가서 이미 적발된 모든 증거에 대한 완전한 보고를 듣고, 또 신문사에 가서 이 슬픈 사건에 대한 결정적인 보고를 처음부터 끝까지 신문에 실린 대로 한 부씩 얻어 왔다. 반증이 확실한 것을 빼놓으면 종합적으로 나타난 보고는 대강 다음과 같은 것이었다.

마리 로제는 18××년 6월 22일 일요일 아침 아홉시에 파베 생 앙드레 가에 있는 그녀의 어머니 집을 떠났다. 떠날 때 자크 생 외스타슈라는 청년에게만 드로메가(街)에서 살고 있는 그의 숙모네 집에서 그 날을 보낼 작정이라고 알렸다. 드로메가는 짧고 좁은 거리였지만 번화한 곳이었으며 강 언덕으로부터 그리 멀지 않고, 어머니의 하숙으로부터는 가장 가까운 지름길로도 2마일이나 되는 거리에 있었다. 외스타슈는 마리의 약혼자로서 그 집에서 침식을 하는 하숙인이었다. 그는 저녁때 마리를 데리고 함께 돌아올 작정이었으나, 오후부터 비가 억수로 퍼붓기 시작하여 마리가 숙모네 집에서 잘 줄 알고 —— 그 전에도 그런 일이 있었으므로 —— 그는 약속을 안 지켜도 괜찮으리라 생각했다. 밤이 되자 로제 부인 —— 70이나 된 병약한 노파 —— 이 걱정이 되어서,

"이젠 그애를 다시는 보지 못할 거야"
라는 말을 했지만 이 말이 당시에는 그다지 주의를 끌지 못했다.

월요일이 되어서야 마리가 숙모댁에 가지 않은 것이 드러났다. 그녀에 대한 아무런 소식도 없이 그 하루가 지난 후에 시내와 시외의 몇 곳에서 뒤늦게 수사가 이루어졌다. 그러나 실종된 지 나흘이 지나도록 아무런 만족할 만한 정보가 없었다. 그 날 —— 6월 25일, 수요일 —— 파베 생 앙드레가 맞은 편 센 강둑에 있는 룰르 근처에서 친구와 함께 수색을 하고 있던 보베라는 사람이, 강에 떠 있는 시체를 어부들이 발견하여 지금 막 강둑으로 끌어올렸다고 하는 보고를 들었다. 그 시체를 보고 얼마 동안 망설이던 보베는 마침내 그것이 마리라고 증언했다. 그의 친구는 이 사실을 그보다 먼저 인정했다.

얼굴에는 시꺼먼 피가 묻어 있었는데, 그 중 일부는 입에

서 나온 것이었다. 단순한 익사의 경우 생기는 그러한 거품은 눈에 띄지 않았다. 세포 조직에도 변색됨이 없었다. 목 근처에는 상처 자리와 손톱 자국이 있었다. 두 팔은 가슴 위로 구부러져 놓인 채 굳어져 있었다. 오른손은 꽉 쥐고 왼손은 얼마간 펼쳐져 있었다. 왼쪽 손목에는 두 줄의 둥근 스친 상처가 있었는데, 그것은 분명히 몇 줄의 혹은 두 번 이상 묶은 밧줄의 자국이었다. 오른편 손목에도 잔등과 마찬가지 크기의 스친 상처가 있었는데, 견갑골(肩胛骨) 근처가 더욱 심했다. 시체를 강둑으로 끌어올 때에 어부들이 시체에 밧줄을 걸기는 했지만 그 때문에 생긴 상처는 아니었다. 목덜미의 살은 몹시 부어 있었다. 칼에 찔린 듯한 상처나 타박상은 분명히 없었다. 오라기 하나가 목줄기에 파묻혀서 눈에 띄지 않을 정도로 몹시 졸라매어져 있었는데, 그것은 완전히 살속에 파묻힌 채 왼쪽 귀 바로 밑에서 매듭지어져 있었다. 이것만으로도 죽게 하기에 충분했다.

피살자의 정조에 관해 확실히 내려진 의학상의 증거에 의하면 피해자는 야수와 같은 폭행을 당했다는 것이었다. 시체가 발견되었을 때 그 얼굴은 친구들이 본인인 것을 인정하기에 별로 어렵지 않은 상태였다.

옷은 몹시 찢기고 엉망이었다. 윗옷은 아래 단으로부터 허리 쪽으로 1피트 너비로 찢겼지만 아주 떨어져나가지는 않았다. 그것은 허리 둘레에 세 번 감겨져 있었고 등 뒤에서 새끼매듭을 짓듯이 매어져 있었다. 윗옷 바로 밑에 받쳐 입은 옷은 얇은 모슬린으로 된 옷이었는데 너비 8인치 정도로 찢겨져 있었다. 그리고 그것이 목 둘레에 감겨서 단단한 매듭으로 해서 목에 붙어 있었다. 이 모슬린 헝겊과 레이스 헝겊 위에 다시 모자의 끈이 모자에 붙은 채 매어져 있었다. 그 매듭은 여자의 솜씨가 아니라 어부의 솜씨로 된 것이었다.

시체의 신원이 밝혀진 후, 관례대로 시체는 시체 유치소에 운반되지 않고 ── 그러한 수속이 필요없었으므로 ── 시체가 끌어올려진 강가에서 그리 멀지 않은 곳에 급히 매장되었다. 보베의 활동으로 사건은 되도록 비밀에 부쳐졌고, 며칠 동안 사회의 어떠한 주목도 끌지 않았다. 그러나 마침내 어떤 주간 신문이 이것을 끄집어내고야 말았다. 시체는 다시 발굴되었고 재수사가 이루어졌지만, 이미 알려진 것 이상으로 사건이 진전되지는 않았다. 그러나 고인의 어머니와 친구들에게 시체에 입혀졌던 옷을 보이자, 그들은 그 옷이 마리가 집을 나갈 때에 입었던 옷이라고 입증했다.

이러는 동안 소동은 시시각각으로 커져서 몇 사람이 체포되기도 하고 석방되기도 했다. 그 중에서도 외스타슈는 각별히 혐의를 받았다. 그는 마리가 집을 나간 후 일요일의 알리바이를 명확하게 증명할 수가 없었다. 그러나 나중에 그는 경찰국장에게 문서를 제출함으로써 그 날 아침부터 밤까지의 일을 만족스럽게 설명했다. 시간이 흘러가도 사건 해명의 가망이 없자 무수히 많은, 이치에도 닿지 않은 유언비어가 떠돌았고 신문기자들은 제멋대로의 억측을 남발했다. 이러한 것들 중에서 가장 주목을 끈 것은, 마리 로제는 아직도 살아 있다 ── 센 강에서 발견된 것은 다른 어떤 불행한 사람의 시체다 ── 하는 의견이었다. 당연히 난 이러한 억설에 대하여 독자에게 이야기해주어야 한다.

다음 글은 대체로 유능하게 경영되고 있는 〈레트왈르〉 신문에 난 기사를 정확하게 번역한 것이다.

로제 양은 18××년 6월 22일 일요일 아침 드로메가에 있는 숙모인지 혹은 다른 친척인지를 만나러 간다는 외면적인 목적으로 집을 나갔다. 그 후 그녀를 본 사람은 아무도 없고 그녀에 관한 종적도, 소식도 전혀 없다. 그런데 우리는 6월 22일의 아홉시 이후에 마리 로제가 이 세상에 있었다는 증거는 찾지 못했지만 그녀가 그 시각까지 살아 있었다는 증거는 가지고 있다. 수요일 정오에 룰르의 강가에 어떤 부인의 시체가 떠 있는 것이 발견되었다. 비록 그녀가 집을 나온 지 3시간 이내에 강에 내던져졌다고 가정해도 그것은 그녀가 집을 나간 후 겨우 사흘 —— 만 사흘밖에 안 된다. 그러나 그녀가 살해되었다고 하여도 가해자가 야밤이 되기 전에 시체를 강 속에 던질 수 있도록 신속히 죽였으리라고 생각하는 것은 어리석은 일이다. 이러한 무서운 죄를 저지르는 사람은 낮보다는 밤을 택하는 법이다. 그러므로 강 속에서 발견된 시체가 마리 로제의 그것이라고 할지라도 그 시체가 겨우 이틀 반, 길게 잡아 3일밖에 물 속에 들어 있지 않았다는 것을 알 수 있다.

모든 경험으로 보아 익사체 혹은 폭력으로 죽여서 즉시 물속에 처넣은 시체가 물 위로 떠오르기에 충분한 분해작용을 일으키려면 보통 6일에서 10일 정도 걸리는 법이다. 대포가 시체 위에서 발사되어, 그 때문에 5, 6일 동안 물 속으로 가라앉지 못하고 물 위에 떠 있을 때에도 그냥 내버려두면 대번에 가라앉는 법이다. 자, 그러면 이 사건이 통례적인 자연 법칙에서 이탈된 원인이 어디 있는가를 물어보자 —— 만일 시체가 갈기갈기 찢겨진 상태로 그곳 강가에 방치되어 있었 다면 가해자의 어떤 흔적이라도 강가에 남아 있을 것이다. 죽은 지 이틀 후에 던져졌다고 하더라도 시체가 그렇게 빨리 떠오르리라고는 역시 생각되지 않는다. 더구나 지금 여기서 추측한 대로 그러한 살인을 저지를 만한 악한이라면 무서운 추를 달 만한 생각도 들텐데, 그것을 달지 않고 시체를 그냥 던졌다고는 도저히 믿어지지 않는다.

편집자는 여기서 시체는 겨우 '사흘뿐만이 아니라 적어도 그 다섯 곱절의 기간'이나 물 속에 잠겨 있었음에 틀림없었 다는 논리를 계속 전개시켰다. 그 까닭은 보베가 알아보기에 도 꽤 곤란할 정도로 살이 많이 부패되어 있었기 때문이다. 다시 그 번역을 계속한다.

그렇다면 보베가 그것이 마리 로제의 시체라고 단정하는 건 어떠한 사실에 입각해서 하는 말일까? 그는 저고리의 소 매를 찢고서 그 시체가 로제임에 틀림없는 증거를 발견했다 고 말한다. 그 증거는 무슨 상처일 것이라고 세상 사람들은 상상하였다. 그는 시체의 팔을 비벼서 그 위에서 털을 발견 했다 —— 이것은 막연한 것이다 —— 소매 속에서 팔을 발견 하는 것과 마찬가지로 이것은 요령없는 일이다. 보베는 그 날 밤에 돌아가지 않고, 마리에 관한 조사가 아직도 진행중 에 있다고 하는 전갈을 수요일 밤 일곱시에 로제 부인에게 보냈다. 고령의 로제 부인이 비애에 사로잡혀 현장엘 갈 수 없었다고 짐작할지라도 —— 그것은 이치에 닿지 않는 짐작이지만 —— 누군가 하나쯤은 현장에 가서 조사에 입회할 필요가 있다고 생각한 사람이 있어야 할 것이 아닌가. 그런데 아무도 현장에 간 사람이 없었다. 그러나 같은 집에 살고 있는 사람들에게는 그 소문이 전달되었다. 고인의 집에 하숙하고 있고, 고인의 애인이자 약혼자인 외스타슈는 마리 로제의 시체가 발견된 것을 이튿날 아침 보베가 그의 방에 와서 말해서 비로소 알았다고 한다. 이러한 종류의 뉴스가 아주 냉담하게 다루어졌다는 점에 우리는 놀라지 않을 수 없다.

이처럼 이 신문은 마리의 친척들이 시체를 마리라고 생각하고 있다는 추측과 부합되지 않는 그 냉담한 태도에 대하여 독자들에게 영향을 주려고 애썼다. 그 신문의 의도는 다음과 같다. 즉, 마리는 친지들의 묵인을 얻고 자기의 정조에 대한 공격을 피하기 위하여 파리를 떠난 것이다. 그리고 그녀의 친지들은 그녀와 어느 정도 비슷한 시체를 발견했으므로 그것을 이용하여 세상 사람에게 마리의 죽음을 믿게 하려고 했다고 말하는 것이다.

그러나 〈레트왈르〉 신문의 주장은 지나친 느낌이 없지 않다. 상상했던 냉담한 태도는 없었다는 것이 명백히 입증되었다. 노파는 신체가 몹시 허약하고 또 정신이 혼미해서 무슨 일도 할 수가 없다는 것이 알려지게 되었다. 외스타슈는 이 소식을 냉담하게 듣기는커녕 너무 슬퍼하여 미칠 지경이었으므로 보베가 친구와 친척들에게 말하여 그를 돌보게 하고 또 시체를 발굴할 때의 조사에도 입회하지 못하도록 했다는 것이다. 더욱이 두 번째 매장은 공금으로 했고, 특히 마리를 위하여 묘지를 알선해주겠다고 하는 신청이 가족들에 의해 거절되었다. 집안 식구 중 누구 하나 장례식에 참가하지 않았다는 사실을 〈레트왈르〉 신문은 보도했지만 —— 〈레트왈르〉 신문은 동지가 보도하려고 의도한 인상을 깊게 하기 위하여 이 모든 사실을 주장했지만 —— 그러나 이 모든 것은 충분히 반증되었다. 신문의 다음 호는 보베에게 혐의를 걸려고 노력하는 기사를 다음과 같이 게재하고 있다.

자, 여기서 사건은 일변한다. 탐문한 바에 의하면 어느 날 B부인이 로제 부인네 집에 있을 때였는데, 외출하려던 보베가 부인을 향하여, 이제 곧 헌병이 올 텐데 자기가 돌아올 때까지 헌병에게 아무 말도 해서는 안 되고 모든 걸 자기에게 맡기라고 말했다는 것이다. 지금 상태 같아서는 보베는 모든 사건을 자기 머리 속에 간직해두고 있었던 것처럼 보인다. 보베 없이는 단 한 걸음도 전진할 수 없다. 어느 쪽으로 가든 그와 부딪치기 때문이다. 무슨 까닭에서인지 그는 자기 한 사람 이외엔 이번 사건에 아무도 간섭하지 못하도록 하고는 참으로 이상한 태도로 남성 친척들을 경원했다. 그는 친척들에게 시체를 보이기를 무척 싫어하는 것 같은 눈치였다.

이렇게 하여 보베에게 씌워진 혐의는 다음과 같은 사실에 의하여 한층 더 농후해졌다. 이 처녀가 실종되기 며칠 전, 보베가 외출하고 없을 때 그의 사무소를 찾았던 어떤 손님의 말에 의하면, 도어 열쇠 구멍에는 장미꽃이 한 떨기 꽂혀 있었고 석판에는 마리라는 이름이 적혀 있었던 것을 보았다는 것이다. 신문에서 얻을 수 있는 일반적인 인상은 마리가 무뢰한 한 떼에 의해 희생자가 되었다 —— 그놈들에게 강제로 강 건너로 끌려가서 폭행을 당하고 살해되었다 —— 는 것이었다.

그러나 광범위한 세력을 가진 〈르 코메르시엘〉 신문은 이러한 여론에 반대한다. 〈르 코메르시엘〉 신문에서 두어 절 인용해보기로 한다.

수사가 룰르 근처로 향해지는 한 그것은 이제까지 방향을 잘못 잡았다고 하지 않을 수 없다. 이 젊은 여자처럼 무수히 많은 사람들에게 알려진 인물이 누구의 눈에도 띄지 않고 그 거리를 3블록씩이나 지날 수 있었다는 것은 있을 수 없는 일이다. 그녀를 본 사람이라면 누구든지 기억했을 것이다. 그녀를 아는 사람이라면 누구든지 그녀에게 관심을 가지고 있었기 때문이다. 더구나 그녀는 거리에 사람이 많을 때 외출했기 때문이다. 룰르에 갔건, 드로메에 갔건 그녀는 몇 사람의 눈에 띄지 않았을 리가 없다. 그런데 그녀를 밖에서 보았다는 사람은 하나도 없다. 더구나 그녀가 이야기했다는 의도에 관한 증언 이외에는 그녀가 외출한 증거조차 없다. 그녀의 윗옷은 찢기고 온몸이 묶여져 있었으며, 그런 모양으로 감쪽같이 운반되었다. 만일 룰르 근처에서 살해되었다면 이와 같은 수단은 불필요했을 것이다. 시체가 룰르의 강가에 떠 있는 것이 발견되었다는 사실은 거기서 물 속에 던져졌다는 증거가 되지는 않는다. 이 불행한 처녀의 속치마 일부에서 길이 2피트, 너비 1피트의 헝겊이 찢기어 머리 뒤를 돌아 턱 아래쪽에 묶여 있었는데 이것은 아마 비명을 못 지르게 하기 위해서였을 것이다. 이것은 손수건을 안 가진 사람이 한 짓임에 분명하다.

그러나 경찰국장이 우리를 방문하기 하루이틀 전에 적어도 〈르 코메르시엘〉 신문의 그 주요 기사를 뒤엎는 것이 아닌가 싶을 정도로 중요한 어떤 정보가 경찰에 들어왔다. 들뤼크 부인의 두 아들이 룰르 근처의 숲속을 거닐다가 우연히 깊숙한 곳으로 들어가게 되었다. 거기에 서너너덧 개의 돌이 있었는데 그 돌은 등과 발판이 달린 일종의 걸상과 비슷했다. 윗 돌에는 흰 속치마, 다음 돌에는 비단 스카프가 놓여 있었다. 우산, 장갑, 손수건도 발견되었다. 손수건에는 마리 로제라는 이름이 있었다. 옷 나부랭이가 가시덤불에 걸려 있었다. 땅에는 발자국이 난잡하고 가시덤불은 꺾여 있어 격투한 흔적이 역력했다. 수풀과 강가와의 사이에 있는 목책이 없어지고, 땅에는 무거운 짐을 끌고 간 흔적이 있었다.

주간지 〈르 솔레이유〉는 이 발견에 대하여 다음과 같은 논평 —— 파리 전체 신문의 감정을 반영했음에 지나지 않는 논평 —— 을 실었다.

이 물건들은 분명히 적어도 3, 4주일 동안은 거기 있었다. 모두 비를 맞아 몹시 곰팡이가 끼고 젖어 있었다. 풀이 그 주위와 위에까지 자랐다. 파라솔의 비단천은 튼튼했었지만 그

실밥은 파라솔 안으로 축 늘어져 있었다. 두 겹으로 주름잡힌 위쪽에는 모두 곰팡이가 끼고 썩어 있어 파라솔을 펴자 갈래갈래 힘없이 찢어졌다. 가시덤불에 찢긴 윗옷의 조각은 너비 세 치, 길이 여섯 치였다. 하나는 수선을 한 윗옷 단이었고 또 하나는 단이 아닌 치마의 일부분이었다. 그것들은 찢어진 헝겊 조각처럼 보였고, 지면으로부터 약 한 자 높이의 갈대 위에 걸려 있었다. 이것으로서 이 가공할 만한 폭행의 현장이 발견된 것임에는 의심할 여지가 없다.

이러한 발견에 뒤따라 새로운 증거가 나타났다. 들뤼크 부인의 증언에 의하면 부인은 룰르 맞은편 강가의 그리 멀지 않은 길가에서 여관을 경영하고 있었다. 그 근처는 외딴 곳이었고 —— 그곳은 특히 그랬었다 —— 일요일이면 도회지에서 불량배들이 보트로 강을 건너 몰려드는 상례적인 휴양처였다. 문제의 일요일 오후 세 시쯤 젊은 처녀 하나가 얼굴색이 가무잡잡한 남자와 함께 여관에 왔다. 두 사람은 얼마동안 이 여관에 있다가, 돌아갈 때에는 근처의 깊은 숲으로 들어가는 길을 택했다. 처녀가 입었던 옷이 들뤼크 부인의 죽은 친척의 옷과 똑같았으므로 특히 부인의 주목을 끌었던 것이다. 스카프가 유난히 주목을 끌었다. 두 사람이 떠난 바로 뒤에 한 패의 불량배들이 나타나서 한바탕 법석을 부리고 돈도 안 내고 먹고 마시고 한 다음, 그 젊은 남녀가 간 길로 갔다가 저녁때 다시 돌아와서 허둥지둥 강을 다시 건너갔다는 것이다.

들뤼크 부인과 그의 큰아들이 여관 근처에서 여자의 비명

소리를 들은 것은 그 날 저녁 어두워진 직후의 일이라고 했다. 비명소리는 컸지만 짧았다. 들뤼크 부인은 숲속에서 발견된 스카프뿐만 아니라 시체에서 발견된 옷도 기억하고 있었다. 합승마차의 마부인 발랑스도 같은 일요일에 마리 로제가 얼굴이 가무잡잡한 청년과 함께 센 강을 건너는 것을 보았다고 증언했다. 발랑스는 마리를 알고 있었으므로 그녀를 잘못 볼 리가 없었다. 숲속에서 발견된 물건들은 마리의 친척들에 의하여 본인의 물건이라는 것이 판명되었다.

뒤팽의 암시에 따라 신문으로부터 나 자신이 이처럼 수집한 증거와 정보 속에는 또 하나의 요점이 포함되어 있었다 —— 그러나 그것은 얼른 보기에도 퍽 중요한 것이었다. 앞에서 말한 옷들이 발견된 직후에 마리의 약혼자인 외스타슈의 시체가, 아니 다 죽게 된 외스타슈가 모든 사람이 이제 범행의 현장이라고 생각한 장소 근처에서 발견되었다. 아편 정기(丁幾)라는 딱지가 붙은 빈 병이 그의 옆에서 발견되었다. 그의 호흡이 그 독약을 먹은 것을 입증해주었다. 말 한마디 없이 죽고 만 것이다. 몸에서 유서 한 장이 나왔는데, 내용인즉 간단하게 마리에 대한 사랑과 자살의 계획을 적어놓은 것이었다.

"두말할 것도 없이"

하고 내 비망록을 다 읽고 난 뒤팽은 입을 열기 시작했다.

"이 사건은 모르그가의 사건보다 훨씬 복잡하군. 그런데 한 가지 중요한 점에 있어 그것과는 달라. 이 사건은 흉악하기는 하지만 극히 흔해빠진 범죄의 일례야. 이렇다할 기괴한 점은 없어. 자네도 눈치는 챘을 테지만, 이러한 까닭으로 문제없이 해결될 사건으로 생각했을 걸세. 그러나 실은 그런 이유 때문에 한층 더 해결이 곤란하다고 생각해야 해. 그래서 처음엔 현상금을 거는 일이 필요치 않다고 생각한 거야. 경찰국장의 부하님들께선 이 사건이 어떻게 또는 왜 생겼는지를 즉시 이해할 수 있었지. 그들은 공상 속에서 한 개의 방법, 또는 여러 개의 방법을 그릴 수 있었단 말일세. 그리고 이러한 동기나 방법이 실제의 방법이나 동기가 될 수 있었으므로, 그들은 의당 이 중의 하나가 그것이라고 생각한 것일세. 그러나 이렇게 여러 가지로 공상을 달릴 수 있다는 사실과 그 공상의 하나하나가 그럴 듯하게 생각되는 것은 해결이 쉬운 것보다도 어려운 것임을 나타내는 것으로 알아야 할 걸세. 그래서 나는 이성(理性)이 진리를 찾아서 전진하는 것은 흔해빠진 사물보다 탁월한 것에 의존하는 수가 많다는 것과, 그리고 이러한 경우에 당연한 문제는 '무엇이 생겼느냐'가 아니라 '일찍이 생긴 적이 없던 무슨 일이 생겼느냐' 하는 것이라는 것을 이제까지 보아온 것일세.

레스파네 부인의 집을 조사할 때에 경찰국장의 부하들은 보통 정당하게 조절된 이지력에 있어서는 성공할 것에 틀림없다고 하는 예감을 줄 수 있는 그 비정상적인 점에 도리어 낙담하고 당황하였던 것일세. 그리고 한편 이 똑같은 이지력이 이 사건에서도 발견되었는데, 모든 것이 흔히 있을 수 있는 일이므로 그 이지력이 도리어 실망을 주었는지도 모를 일일세. 경찰국의 관리들은 그곳에서 안이한 승리 이외에는 아무것도 알아낼 수 없었던 것일세.

레스파네 부인과 그 딸의 사건에 있어서는 우리들이 조사에 착수한 그 시초부터 벌써 살인이란 것이 분명하지 않았느냐 말이네. 자살이란 생각은 애당초부터 없었고, 이번에도 애당초부터 자살이라고 추측할 필요는 없네. 룰르에서 발견된 시체는 이 중대한 점에 있어서 우리들을 어리둥절케 할 여지가 없는 상태로 발견되었단 말일세. 그런데 발견된 시체가 마리 로제가 아니라고 하는 억측이 떠돌기도 했거든. 한 사람 또는 두어 사람의 살해자를 단정하기 위하여 현상금이 붙었고, 또 그녀 때문에 오로지 나와 경찰국장 사이에 협정이 맺어졌단 말일세. 우리 두 사람은 경찰국장을 잘 알지. 그를 너무 믿는 것도 좋지 못한 일이야.

만일 우리의 수색을, 발견된 시체로부터 시작해서 가해자를 추적할 경우 그 시체가 마리가 아니거나, 혹은 마리가 살아 있다고 가정하고 출발해서 살해되지 않은 마리를 발견해낼 경우, 우리의 수고는 허사로 돌아가는 것일세. 그것은 상대가 경찰국장이기 때문이야. 그러므로 우리들의 목적을 위해서는 —— 정의를 위해서만은 아니지만 —— 반드시 그 시체가 행방불명이 된 마리 로제의 시체에 틀림없다는 것을 결정하는 일부터 착수하지 않으면 안 되겠단 말일세.

〈레트왈르〉지의 기사는 대중에게 비중이 크지. 그 신문 자체가 자기 기사의 중요성을 믿고 있는 것은 그 제목에 대한 첫머리 글을 보아도 능히 알 수 있는 일일세 —— '당일의 조간 신문 중 몇은 월요일의 〈레트왈르〉지의 단정적 기사에 관하여 이야기하고 있다'고 그 신문은 뽐내고 있거든. 그러나 이 기사는 나에겐 필자의 열중(熱中) 이외엔 아무것도 단정한 것이 아니라고 생각되네. 신문의 목적이란 일반적으로 진

리의 탐구에 있다기보다 센세이션을 불러일으키는 일 ──
주장하는 일 ── 에 있다는 것을 명심해야 해. 후자의 목적
은 전자의 목적과 일치될 때에만 추구되는 법일세. 흔해빠진
의견 ── 그것이 제아무리 근거 있는 것이라고 할지라도
── 에 동의하는 신문은 군중의 신용을 한몸에 모을 수는
없지. 일반 대중들은 통념(通念)에 신랄하게 반대하는 사람
만을 심오한 사상가라고 간주하고 있거든. 추리에 있어서도
문학에 있어서와 마찬가지로, 가장 빨리 그리고 가장 널리
이해되는 것은 경구(警句)야. 그러나 어떤 경우든간에 그것
은 가장 가치가 낮은 것일세.

내가 말하고자 하는 본의는, 마리 로제가 아직 살아 있다
는 생각을 〈레트왈르〉 지에서 암시하고 있고, 그것이 또 대
중의 호평을 받고 있는 것은 그 생각이 그럴 듯하다는 것보
다는 차라리 경구가 섞인 연극 같은 곳에 있다고 생각하는
데 있네. 그 신문의 기사는 원래 많은 모순을 내포하고 있지
만 그것을 피해가면서 그 내용을 검토해보세.

그 기사의 첫째 목적은 마리의 실종과 표류한 시체의 발견
사이의 기간이 너무도 짧아서 그것이 마리의 시체가 될 수
없다는 것을 증명하려는 데 있네. 있을 수 있는 최소한도로
그 기간을 축소하려는 것이 그 기사의 속셈이더군. 이 목적
을 추구하는 데 급급한 나머지 그는 처음부터 모든 것을 가
정으로 몰아넣었을 뿐이야. 그의 기사를 보면 다음과 같아.

'만일 그 여자가 살해되었다고 하더라도 가해자가 밤이
깊어지기 전에 시체를 강 속에 던질 수 있을 만큼 빨리 살해
했다고 상상하는 것은 참으로 어리석은 일이야.'

이 기사에 대하여 대번에 우리가 어째서 그러냐고 반문하는 것은 극히 이치에 맞는 일이야. 처녀가 어머니의 집을 나가서 5분 이내에 살해되었다고 가정해보는 것이 어째서 어리석단 말인가? 살해된 시각을 가정해보는 것이 어째서 어리석단 말인가? 아무 때나 살해할 수 있는 것이 아닌가? 일요일 아침 아홉 시부터 밤 열두시 십오분 전까지의 사이에 살해되었다면, '밤이 깊어지기 전에 시체를 강 속에 던질' 시간은 충분히 있었을 게 아닌가?

그러므로 이 가정은 정확히 말해서 다음과 같은 결과가 되고 마네 —— 살해는 절대로 일요일에 이루어지지 않았다고. 그리고 만일 이런 가정을 〈레트왈르〉 지에 허용한다면 우리는 그 신문이 어떠한 가정을 해도 좋다는 자유를 인정할 수도 있네. '만일 그 여자가 살해되었다고 하더라도 ……했다고 상상하는 것은 참으로 어리석은 일이다'라고 시작되는 그 기사의 일절은, 그것이 〈레트왈르〉 지면에 나타난 것으로 보아 암만 해도 그 기자의 머리 속에서는 그렇게 생각하고 있는 것으로 상상할 수밖에 없네. '만일 그 여자가 살해되었다고 하더라도, 가해자가 밤이 깊어지기 전에 시체를 강 속에 던질 수 있을 만큼 빨리 살해했다고 상상하는 것은 참으로 어리석은 일'이라고 생각하는 것은 바보 같은 일이지만, 동시에 또 자정이 지날 때까지 물 속에 던져지지 않았다고 상상하는 것도 논리에 맞지 않는 생각이거든 —— 우리들이 감히 이렇게 생각하려는 것과 같이 —— '어리석은 일'이라는 기사는 그 자체에 있어 충분히 모순에 빠진 내용이야. 그러나 앞서 인쇄한 글처럼 불합리하지는 않아."

"만일 내 목적이"

하고 뒤팽은 다시 말을 이었다.

"다만 〈레트왈르〉 지의 이와 같은 논리를 반박하는 일에만 그친다면 나는 전혀 이 문제에 간섭할 생각이 없네. 그러나 우리의 관심사는 〈레트왈르〉 지가 아니라 진실이란 말일세. 문제의 글이 그대로라면 한 개의 의미밖에 없네. 그리고 그 의미라는 걸 난 분명히 설명해 왔네. 그러나 단순한 말의 이면을 파고들어가서 이 말이 분명히 전달하려고 의도하면서도 끝내 전달하지 못한 생각을 탐지해내는 것이 중요하지. 그 기사가 말하고자 했던 것은, 일요일의 낮이나 혹은 밤의 어느 시각에 살인 행위가 이루어졌다 하더라도 가해자가 자정 이전에 시체를 강으로 옮기는 위험을 감행했다고는 생각할 수 없다는 것일세. 그리고 내가 정말로 시인할 수 없는 가정은 바로 이거야.

살인은 시체를 강으로 옮기는 것이 필요한 지점에서, 또는 그러한 상황하에서 이루어졌을 거라고 추측되고 있네. 그러나 살인이 강 언덕이나 혹은 강 위에서 이루어졌는지도 모를 일이 아닌가? 그렇다면 시체를 물 속에 던지는 일만이, 낮이든 밤이든 가장 명확하고도 가장 즉각적인 처리 방법으로 쓰여졌을 거란 말일세. 자네에게 말해두지만, 내가 여기서 무엇이 확실하다거나 혹은 내 의견과 우연히 일치한다고 설명하려는 건 아냐. 내 의도는 아직까지의 형편으로 보아 이 사건의 사실과는 아무런 관계도 없네. 나는 다만 〈레트왈르〉 지의 논설이 그 시발점부터 감행한 그 편파적 태도에 대하여 자네 주의를 환기시킴으로써 그 신문의 전체 논조에 대하여 자네를 경계시키는 것뿐일세.

　이처럼 전부터 가지고 있던 생각에 알맞는 한계를 정해놓고서, 즉 이것이 마리의 시체라고 하면 그것이 물 속에 아주 짧은 시간밖에는 잠겨 있을 수 없으리라고 가정해놓고서, 이 신문은 다시 다음과 같은 말을 하고 있는 것일세.

　모든 경험에서 보건대 익사체 또는 폭력으로 살해되어서 물 속에 던져진 시체가 물 위로 떠오를 정도의 충분한 분해 작용을 일으키려면 적어도 6일 내지 10일이 걸린다. 가스가 시체 위에 발사되어, 그 때문에 5, 6일 동안 물 속에 잠겨 있던 시체가 떠올랐을 때에도 그대로 놔두면 다시 가라앉는 법이다.

　이같은 주장은 〈르 모니퇴르〉 지 이외의 파리의 모든 신문이 묵인하였네. 〈르 모니퇴르〉 지는 기사의 일부분인 익사체에 관해서만 항의를 하고, 익사했다고 알려진 시체가 〈레트 왈르〉 지가 주장한 것보다 짧은 시간에 떠오른 것이 발견된 약 5, 6개의 예를 들었네. 그런데 〈레트왈르〉 지의 일반론을 반박하는 데 있어 그 주장의 반대를 입증하는 특수한 예를 인용한 〈르 모니퇴르〉 지 측의 시도에는 극히 이론적인 점이 있네. 2, 3일만에 떠오른 시체의 예를 다섯 개뿐만 아니라 50개도 들 수 있다고 한들, 〈레트왈르〉 지의 방법 그 자체가 파괴되기 전까지는 이 50개의 예는 여전히 이 방법의 예외라고 생각될 것일세. 이 방법을 인정한다면 —— 그리고 〈르 모니퇴르〉 지는 그것을 부정하지 않고 다만 그 예외를 주장할 뿐이다 ── 〈레트왈르〉지의 논지는 조금도 그 힘을 잃지 않네. 왜냐하면 이 논지는 3일 이내에 물 위에 떠오르는 시체의 개연성(蓋然性)에 대한 의문밖에는 주장하지 않기 때문일세. 그리고 이러한 개연성은 이렇게 유치하게 유도된 예가 반대의 법칙을 세울 수 있을 만큼 다수가 될 때까진 여전히 〈레트왈르〉지에 유리할 걸세.

적어도 이 점에 관한 모든 논의는 법칙 그 자체를 반박하는 것이 되어야 한다는 것을 자네는 대번에 알 수 있을 걸세. 그리고 이 목적을 위해 우리는 법칙의 원리를 검토하지 않으면 안 되네. 그런데 인체는 일반적으로 센 강의 강물보다 가볍지도 무겁지도 않아. 다시 말하면 인체의 비중은 자연 상태에 있어서는 그것이 배수(排水)하는 신선한 물의 양과 대체로 같아. 일반적으로 뼈대가 가늘고 살찐 몸이나 마르고 뼈대가 굵은 여자의 몸은 보통 남자의 몸에 비해서 가벼운 법이야. 또 강물의 비중은 바다에서 올라오는 조수 때문에 영향을 받는 거야. 그러나 이 조수를 문제 밖으로 친다 하더라도 자기 자신의 무게로 가라앉는 사람의 몸은 퍽 드물다고 하지 않을 수 없네.

어느 누구든 강에 빠졌을 때 자기 자신의 비중이 잘 균형을 이루게 된다면 ── 즉 될 수 있는 대로 온몸을 전부 물속에 잠근다면 ── 거의 누구나 다 물 위에 뜰 수 있을 걸세. 헤엄칠 줄 모르는 사람을 위한 최적의 자세는 땅 위를 걸을 때처럼 물 속에 꼿꼿이 서서 머리를 뒤로 젖히어 물 속에 잠그고, 입과 콧구멍만 물 위로 내놓는 것일세. 이런 상태로 있으면 별로 큰 곤란을 느끼는 일 없이 힘 안 들이고 물 위에 뜰 수 있네. 그러나 몸의 비중과 배수된 물의 비중은 미묘한 평형을 유지하고 있어서 조금만 움직여도 이 평형은 파괴되고 마는 법일세. 가령 예를 들어, 팔 하나를 물에서 쳐들어 평형을 잃게 되면 머리 전체가 물 속에 가라앉을 만큼 여분의 무게가 생기게 되고, 또 가장 보잘것없는 나무 토막의 힘만 빌려도 주위를 돌아볼 수 있을 정도로 머리를 치켜올릴 수 있는 법이야.

그런데 말일세. 헤엄칠 줄 모르는 사람이 버둥거릴 때에는 반드시 팔을 위로 올리고 머리를 늘 꼿꼿이 세우려고 하거든, 그 결과 입과 콧구멍에 물이 들어가고 그리고 물 속에서 숨을 쉬려고 하는 까닭으로 폐 속으로도 물이 들어가게 돼. 위장 속으로도 꽤 많은 물이 들어가는 것은 말할 것도 없고. 그래서 본시 이들 공동(空洞)을 채웠던 공기와 이제 그것들을 채우고 있는 물의 중량과의 차이 때문에 온몸이 훨씬 무거워진단 말일세. 이러한 차이가 일반 법칙으로서 인체를 가라앉게 하기에 족하다네. 그러나 뼈대가 가늘고 약질인 사람이나 지방질이 많은 사람의 경우에는 이러한 차이는 불충분해. 이런 사람들은 익사한 후에도 물 위에 떠 있다네.

강바닥에 가라앉아 있다고 생각되는 시체는 어떤 방법에서인지 모르나 그 비중이 같은 분량의 물의 비중보다 가벼워질 때까지는 물 밑에 그대로 가라앉아 있다네. 이 결과는 분해 작용이나 그런 등속의 작용에 의하여 생기는 거지. 분해 작용을 일으킨 결과 가스가 발생하게 되어 세포 조직과 그밖의 모든 공동을 팽창시켜 그 보기 흉하게 부은 모양이 나타나게 된다네. 이 팽창이 극도로 진행되어도 그에 따른 시체의 질량 혹은 중량이 증가됨이 없이 실제적으로 시체의 부피만 커지면 그 비중은 시체의 부피와 물의 비중보다는 작아지므로 시체가 물 표면에 떠오르게 되는 거라네.

그러나 분해 작용은 무수히 많은 사정 때문에 영향을 받게 되며 —— 무수히 많은 작용에 의하여 그 분해 작용이 빨라지기도 하고 늦어지기도 한다네. 예를 들어 계절의 더위와 추위, 물의 청탁, 깊이와 얕음, 물의 흐름과 정체, 인체의 체질, 생전의 병의 유무 등에 따라서 말이야. 그러므로 시체가 분해 작용을 통하여 물 위에 떠오르는 날짜를 정확하게 결정할 수 없음은 물론일세. 어떤 조건하에선 채 한 시간도 못 되어서 이런 결과를 나타내기도 하고 다른 경우엔 전혀 그 결과가 나타나지 않는 수도 있다네.

동물을 영원히 부패시키지 않는 화학적 침제(浸劑)가 있다네. 수은(水銀)의 이염화물(二鹽化物)이 바로 그 예일세. 그러나 분해 작용 이외에 식물성 물질의 초산 발효(醋酸醱酵)에 의하여 위 속에 —— 혹은 다른 원인에 의하여 다른 공동 속에 —— 가스가 발생하여 인체를 수면 위로 떠오르게 할 정도의 팽창을 발생시킬 때도 있네. 그런 예는 퍽 많다네. 가스가 발생하여 생기는 결과는 단순한 진동의 결과인데, 이 때문에 시체는 묻혀 있던 부드러운 진흙 속에서 떨어지거나 빠져나올 수 있게 된다네. 그렇게 되면, 시체는 안 그래도 이미 다른 원인으로 떠오르려던 참이라 수면 위로 떠오르게 되는 거네. 그렇지 않으면 이것 때문에 세포 조직의 부패한 부분의 점착성(粘着性)이 압도되어 가스의 힘을 받고서 공동이 팽창하는 것이라네.

이렇게 하여 이 문제에 관한 모든 이론이 우리 앞에 정돈되면 그것에 의하여 쉽사리 〈레트왈르〉지의 주장을 검토할 수 있네. 그 신문은 말하기를, '모든 경험으로 보아서 익사체 혹은 폭력으로 살해된 직후 물 속에 던져진 시체가 물 위로 떠오를 정도로 충분한 분해 작용을 일으키려면 6일 내지 10일 정도가 걸린다. 가스가 시체 위에서 발사되어 그 때문에 5,6일이나 물 속에 잠겨 있던 시체가 떠오를 경우에도 그냥 내버려두면 또다시 가라앉는 법이다'라고 하지 않았나.

이 일절은 그 전체가 모순과 당착에 가득 차 있는 것만 같네. 모든 경험으로 보아서 익사체가 물 위에 떠오를 정도로 충분한 분해 작용을 일으키려면 6일 내지 10일이 걸린다고 되어 있지 않나. 과학이나 경험이나 다 같이 익사체가 떠오르는 기간은 일정치 않고, 또 필연적으로 일정치 않아야 한다는 것을 보여주고 있네. 만약 더욱이 시체가 가스 발사 때문에 물 위에 떠 있다고 하면 분해 작용이 그때까지 진행중이어서, 발생된 가스의 방출을 다 할 때까지는 그냥 내버려두어도 가라앉지 않는다네.

그러나 여기서 주의해야 할 것은, 익사체와 폭력으로 살해된 직후 물 속에 던져진 시체와의 구별일세. 기자는 이 구별을 인정은 하지만 양자를 동일한 범주 속에 넣고 있네. 나는 앞서 익사체가 동량의 물보다 비중이 무거워지는 까닭과, 만약 버둥대면서 팔을 물 위로 쳐든다거나 물 속에서 숨을 쉬려고 허덕인다 —— 그 때문에 본시 공기가 들어 있던 폐 속으로 물이 들어가네 —— 는 등, 그렇지 않으면 그자는 절대로 물 속으로 가라앉지 않는다는 등의 이야기를 한 적이 있네. 그러나 폭력으로 살해된 직후 물 속에 던져진 시체는 이렇게 버둥거린다거나 허덕이진 않아. 이렇듯 이 후자의 경우엔 일반적 법칙으로 보아 시체는 전혀 가라앉지 않을 거란 말이야 ─ 이 사실을 〈레트왈르〉 지는 명확히 알지 못했단 말일세. 분해 작용이 크게 진행되어 살이 뼈에서 많이 떨어지면 ─ 이때가 되면 우리는 시체를 잃게 되지만 그 전까지에는 절대로 잃는 법이 없네.

겨우 3일이 경과된 후에 이 시체가 떠오른 것이 발견되었으므로 이것은 마리 로제의 시체일 수 없다는 의견을 우리는 어떻게 생각하여야 할 것인가? 만일 익사하였다 하더라도 여자였으므로 가라앉지 않았을지도 모르지. 혹은 가라앉았더라도 24시간 후나 또는 그보다 짧은 시간 내에 떠올랐을지도 모르는 일이란 말이네. 그러나 그녀가 익사했다고 생각하는 사람은 아무도 없어. 강 속에 던져지기 전에 죽었으므로 그 뒤 몇 시간 지난 뒤에 떠 있는 것이 발견되었을지도 모르는 일이야.

그러나 〈레트왈르〉 지는 다음과 같이 말하고 있네. '만일 시체가 목요일 밤까지 엉망진창인 상태로 강가에 놓여 있었다면 가해자의 어떤 흔적이 강가 주변에서 발견되었을 것이다'라고. 여기서 그 추리자의 최초의 의도를 알기가 힘들어지네. 그 친구의 생각은 자기 상상이 자기 이론과는 다르다는 것을 예상하려고 하는 것만 같네. 즉 시체가 강가에 이틀 동안 놓여 있어서 신속한 분해 작용 ─ 물 속에 잠겼을 경우보다도 더 빠른 분해 작용 ─ 을 일으켰다고 예상하려는 것만 같네. 이것이 사실이었다면 시체가 수요일에 물 위에 나타났을지도 모른다고 가정하고, 이와 같은 상태에서만 시체는 그렇게 나타날 수 있다고 생각한 것일세. 그래서 그 친구는 시체가 강가에 놓여 있지 않았다는 것을 보이려고 서두른 것일세. 왜 그런고 하니, 만일 강가에 시체가 놓였다면 가해자의 어떤 흔적이라도 강가에서 발견되었을 것일세. 아마도 자네는 이 논거를 비웃을지도 몰라. 다만 강가에다 시체를 놓는다는 것이 어떻게 해서 가해자의 흔적을 배가(倍加)시킬 수 있는지 자네는 도저히 알 수 없을 것일세. 그건 나도 모르네.

그 신문은 계속해서 다음과 같이 말하고 있네. '여기서 추측되는 것 같은 살인행위를 감행할 악한이라면 무거운 추(錘)를 준비할 법한 일인데, 그것을 달지 않고 시체를 물 속에 던졌다는 것은 참으로 믿을 수 없는 일이다.'

이 우스운 생각의 혼란을 보란 말일세. 아무도 —— 〈레트왈르〉까지도 —— 발견된 시체에 가해진 살해에 대해선 언급이 없지 않느냐 말이야. 폭력을 쓴 흔적은 너무나도 명확해. 이 기사를 쓴 기자의 목적은 다만 이 시체가 마리의 시체가 아니라는 것을 보이려는 데 있네. 그가 증명하려는 것은 마리가 살해되지 않았다는 것이지 —— 이 시체가 타살되지 않았다는 것은 아닐세. 더구나 그의 설명은 후자의 경우만을 설명하고 있네. 여기 추를 달지 않은 시체가 있다. 가해자는 그것을 던질 때에 추를 달지 않았을 리가 없다. 그러므로 그것은 살해자가 던진 것이 아니다. 설명된 것은, 만일 어떠한 것이 있다면, 고작해야 이 정도의 것이란 말일세. 신원을 가리는 문제는 풀려고조차도 하지 않았단 말일세. 그리고 〈레트왈르〉지는 불과 조금 전에 자기가 승인한 것을 이제 와서는 부정하려고 애를 쓰고 있단 말일세. 그 신문은 '우리들은 발견된 것이 여자의 타살 시체인 것을 확신하고 있다'라고 말하고 있는 것일세.

우리의 추리자가 자가당착(自家撞着)에 빠진 예는 그가 취급한 이 방면만으로도 이것 하나뿐이 아닐세. 내가 이미 말한 것처럼 그의 목적은 분명히 마리의 실종으로부터 시체의 발견까지의 기간을 될 수 있는 데까지 단축시키는 데 있네. 더구나 그는 마리가 어머니의 집을 나간 뒤에 아무도 마리를 본 사람이 없다는 것을 지적하고 있네. '우리는 6월 22일(일요일)의 아홉시 이후에 마리 로제가 이 세상에 있었다는 아무런 증거도 가지지 않았다'라고 말하고 있지 않느냐 말이야. 그의 이 말은 편파적인 것이 분명하므로 그는 적어도 이 점을 지적하지 않는 게 좋았을 것일세. 왜냐하면 말일세. 그건 만일 누가 월요일이나 화요일에 마리를 보았다는 사실이 알려졌다면 문제의 기간이 퍽 단축되고, 그리고 또 그의 이론에 의하면 시체가 마리의 그것일 거라는 개연성(蓋然性)이 퍽 감소될 것이기 때문일세. 그런데도 불구하고 〈레트왈르〉지는 가소롭게도 이 점을 강조하여 전체의 논지를 추진시키려고 하고 있네.

다음은 이 기사 중에서 보베에 의하여 이루어진 시체의 신원 판명에 관한 부분을 검토해보세. '팔의 털'에 관해서 〈레트왈르〉지가 내린 그 단정은 분명히 공평치가 못해. 보베가 바보가 아닌 이상 팔의 털만 가지고 시체의 신원을 확인하려고 했을 리가 없지 않느냐 말이야. 팔에는 반드시 털이 있게 마련일세. 〈레트왈르〉 지의 표현의 일반성은 증인의 말을 곡해한 것에 지나지 않네. 그는 필경 이 털의 어떤 특수성에 관하여 말했을 것일세. 그것은 필경 빛깔, 분량, 길이 혹은 장소 같은 것에 대한 특수성일 것에 틀림없네.

그 신문의 기사는 다음과 같이 계속되네. '그 여자의 발은 작았다 —— 그러나 몇천 개의 발도 그렇다. 그녀의 양말대님은 전혀 증거가 되지 않는다. 구두도 그렇다. 왜냐하면 이 두 가지는 한데 묶여서 팔리기 때문이다. 똑같은 이야기는 꽃과 모자에 대해서도 말할 수 있다. 보베가 강력하게 주장하는 점은 발견된 양말대님이 졸라매어졌기 때문에 그 쇠장식을 꽉 죄었다는 것인데, 그것은 문제될 것이 못 된다. 왜 그런고 하니, 대체로 부인들은 자기들이 그것을 산 가게에서 양말대님을 매지 않고 집에 가지고 와서 종아리의 크기에 따라 적당히 조절하는 것을 상례로 삼기 때문이다.

이 점, 추리자의 사고를 성실하다고 생각하기가 곤란해. 보베가 마리의 몸을 수색할 때에 이 실종된 처녀의 몸의 크기와 외모에 대체로 부합되는 시체를 발견했다면 —— 옷은 문제시하지 않고 —— 자기네 목적을 달했다고 생각해도 당연할 것일세. 만일 대체로 크기와 외형이 같은 데다가 그것에 덧붙여서 그가 생전의 마리에게서 늘 보아온 털 많은 팔을 발견했다면 그의 생각은 굳어지고, 그 확실성은 털 많은 특성, 또는 그 특이성에 비례해서 증가되었을 것에 틀림없네. 마리의 발이 작다. 그리고 시체의 발도 역시 작다면 그것이 마리의 시체가 될 개연성이 또한 산술적 비례로가 아니라 기하학적인 비례로 증가할 것일세.

모든 이러한 이야기에다 그녀가 실종되던 날 신은 것과 비슷한 구두를 신었다는 것을 덧붙여보세. 그 구두는 짝으로 팔리고 있다고 하더라도 그는 개연성을 확실성에까지 확장할 것일세. 그것 자체만으로는 신원 증명의 증거가 될 수 없는 것이라도 확정적인 지위에 놓이면 훌륭한 증거가 되는 법이라네. 다시 거기에다가 실종된 처녀가 달 만한 모자의 꽃이 나온다면 우리는 그 이상 더 찾을 것이 없네. 다만 한 개의 꽃이 나왔더라도 우리는 더 이상은 아무것도 찾을 필요가 없네. 하물며 2개 혹은 3개가 나왔다면야. 이런 것들은 그 증거 치고 곱절의 가치가 있는 것들일세 —— 증거에 더한 증거가 아니라 수백 배, 수천 배 되는 증거란 말일세.

또 생전에 매었던 양말대님을 죽은 사람한테서 발견했다면 이 이상 수사를 계속한다는 것은 어리석은 일일세. 더구나 그 양말대님은 마리가 집을 나가기 조금 전에 맸던 것과 흡사한 방법으로 뒤로 졸라매어져 있었다지 않나. 이것을 의심한다는 것은 미치광이가 아니면 거짓말쟁이일 것일세. 양말대님을 이렇게 졸라매는 것은 좀처럼 없는 일이라고 〈레트 왈르〉 지가 말하는 것은 그 신문이 완고한 탓일세. 쇠장식이 붙은 양말대님은 신축성이 있어서 좀처럼 졸아들지 않아. 저절로 조종되게 만들어진 물건은 외부에서 조정되는 경우가 극히 드문 법이야. 마리의 양말대님이 앞에서 말한 것처럼 좀더 졸라맬 필요가 있었다는 것은 엄밀한 의미에서 우연에 의해서 그렇게 되었음이 틀림없네.

이것들만으로도 그녀의 신원을 확정하기에 족했을 것일세. 그러나 시체가, 실종된 이 처녀의 양말대님을 맨 채 발견되었거나, 그녀의 구두나 그녀의 모자, 모자의 꽃을 착용한 채 발견되었거나, 그녀의 발이나 그녀의 팔의 특색이나 그녀와 비슷한 모습과 체격을 갖춘 채 발견된 것이 아니라 —— 시체는 이 모든 것의 한 가지 한 가지를, 그리고 이것들을 모두 합해서 지닌 채 발견된 것일세. 〈레트왈르〉지의 편집자가 이러한 발견이 있었는데도 의심을 품는다면 그의 병증세야말로 마땅히 정신 감정에 부쳐져야 할 것일세. 그는 대체로 법정의 네모꼴 영장을 만드는 것에 만족하는 변호사들의 잔소리를 흉내내기를 능사로 삼는 사람이야.

나는 여기서 감히 말하거니와, 법정에서 증거가 안 된다고 거절된 것의 대부분이 도리어 지혜 있는 사람들에게는 가장 좋은 증거물이 되는 법일세. 왜냐하면 법정은 증거에 대한 일반적 원칙 —— 승인되고 등록된 원칙 —— 으로 움직이고, 특수한 경우에 있어서도 이 원칙에서 이탈되기를 싫어한다네. 그리고 이 원칙에 고착되어 이에 모순되는 예외를 용감하게 무시하는 것이 장기간에 걸쳐서 최대한의 진실을 얻는 가장 확실한 방법일세. 그러므로 이러한 방법은 대체로 보아 이론적일세. 그러나 역시 개개의 잘못이 생기는 것도 또한 확실하네.

보베에게 던져진 혐의에 관해선 자네도 곧 일소에 부치게 될 것일세. 자네는 이미 이 선량한 신사의 본성을 잘 알았겠지. 그는 로맨틱한 기질이 다분히 있지만 재치가 부족한 호사가(好事家)야. 이런 성질의 사람은 흥분했을 때에는 지나치게 예민한 사람 또는 악의를 가진 사람으로 혐의를 받기 쉬운 행동을 하기 쉽지. 보베 —— 자네 노트에 적힌 것으로 보아서 —— 는 〈레트왈르〉지의 편집자와 직접 만나서 그의 의견이 어떻든간에, 시체의 주인공은 사실에 있어 마리라는 의견을 감히 토로함으로써 그를 노하게 한 것일세. '보베는 그 시체가 마리라고 주장하지만, 우리가 이미 말한 것 이외에 다른 사람을 믿게 만들 사실을 그는 아무것도 들 수 없다'고 그 신문은 말하고 있네. 근데 자, '다른 사람을 믿게 만들 수 있는' 유력한 증거를 들지 못한 사실은 차치하고라도, 이런 종류의 사건에 있어서도 제삼자를 믿게 하기 위한 사실을 무엇 하나 둘 만한 능력이 없을지라도, 당사자 자신이 믿고 있다는 것은 충분히 이해할 수 있네.

사람의 신원보증처럼 막연한 것도 없지. 사람은 각자가 다 이웃집 사람을 알고 있지만, 그 아는 까닭을 명시할 수 있는 사람은 극히 드물다네. 〈레트왈르〉지의 편집자는 보베의 비논리적인 확신에 화낼 권리는 없는 거야.

보베를 에워싼 수상한 여러 환경은 그에게 죄가 있다고 하는 그 기자의 암시보다도 차라리 그를 낭만적인 호사가라고 하는 나의 억측이 한층 더 어울릴 것일세. 더욱 더 동정적인 해석을 한다면 열쇠 구멍 옆에 있는 장미꽃도, 석판에 씌어진 '마리'라는 글씨도, '남자 친척들을 경원했다는' 사실도, '시체를 그들에게 보이기를 기피했다는' 사실도, B부인에게 자기가 돌아올 때까지 헌병과 이야기하지 말라고 주의시킨 것도, 또 맨 마지막에 자기 이외에는 아무도 이 일에 관련을 짓게 하지 않겠다고 그가 결심한 것도 모두 우리는 쉽사리 이해할 수 있을 것일세. 보베가 마리의 구혼자 중의 하나였다는 것도, 그녀가 그에게 호의를 보였다는 것도, 또 그가 마리에게 가장 친밀하게 신임을 받고 싶다는 야심을 가지고 있었던 것도, 나에겐 의심할 여지도 없다고 생각되네. 난 이 점에 관해선 이 이상 더 이야기하지 않겠네.

그리고 마리의 어머니와 그 밖의 친척들의 냉담한 태도 —— 그들이 시체를 마리라고 믿었다는 사실과 모순되는 그 냉담한 태도 —— 에 관한 〈레트왈르〉 지의 주장은 증거에 의하여 완전히 격퇴되었으므로, 우리들은 이젠 신원보증에 관한 문제는 충분히 만족스럽게 결정된 것으로 치고서 다른 문제로 나가기로 하세."

"그럼 자넨 〈르 코메르시엘〉 지의 주장을 어떻게 생각하지?"

하고 내가 물었다.

"그 신문의 주장은 그 정신에 있어 이 문제에 관해서 발표된 어떠한 주장보다도 훨씬 더 주목해야 할 만한 가치가 있네. 전제로부터의 연역(演繹)이란 이론적이고 날카로운 법이야. 그러나 그 전제는 적어도 두 가지 점에 있어 불완전한 관찰에 기초를 두고 있네. 그 신문의 생각은 마리가 자기 어머니네 집에서 그리 멀지 않은 지점에서 어떤 일당의 깡패들에게 붙잡혔다고 암시하고 싶은가 봐. 그 신문은, 이 젊은 처녀처럼, 무수히 많은 사람에게 그 얼굴이 알려진 사람이 누구의 눈에도 띄지 않고 거리를 3블록이나 지나쳤다는 것은 있을 수 없는 일이다' 라고 하네.

이 생각은 파리에서 오래 살아온 사람 —— 관공리 —— 그리고 시중(市中)을 이리저리 왕래하는 범위가 주로 관공서 근처에만 한정된 사람을 염두에 둔 생각이야. 이런 사람은 자기 사무실로부터 한 10블록만 걸어도 반드시 남에게 들키거나 인사를 받게 마련이라는 것을 알고 있네. 그리고 자기가 남을 알고 있는 범위와 다른 사람들이 자기를 알고 있는 범위를 깨닫고 있는지라, 그는 자기의 명성을 마리의 그것과 비교하여 양자 간에는 큰 차이를 인정하지 않고서, 그녀도 거리를 걸을 때 자기와 마찬가지로 남의 눈에 띄기 쉬우리라는 결론에 대번에 도달한 것일세. 이것은 그녀가 거리를 걷는 것도 자기처럼 일정 불변한 규칙적인 성격의 것이고 또 한정된 장소일 거라고 생각했기 때문이네. 그는 자기 직업과 비슷한 직업 관계로 관심을 갖고서 자기를 주목하게 되는 사람들이 많이 있는 그런 한정된 범위를 일정한 시간을 두고 왕래하는 것일세.

그러나 마리는 대체로 막연히 거리를 걸었을 것으로 생각되네. 특히 이번 경우엔 그녀가 늘 다니던 길보다는 다른 길을 택했을 것이 가장 그럴 법한 일이라고 이해될 것일세. 〈르 코메르시엘〉 지가 생각했다고 상상되는 두 개의 유사점은 파리 전 시내를 왕래하는 두 사람의 경우에만 생각될 수 있어. 이 경우에 사적으로 아는 사람의 수가 같다고 치면 같은 수의 만날 기회가 있을 거란 말이네. 나로선 마리가 어떤 일정한 시각에 자기 집 사이의 많은 길 중의 하나를, 자기가 아는 사람 또는 자기를 아는 사람에게 한번도 들키는 일 없이 통과할 수 있었다는 것이 가능할 뿐더러 가능성 이상이라고 생각하네. 이 문제를 완전하고도 정당하게 판단하려면, 파리에서 가장 유명한 사람일지라도 그가 아는 사람의 수와 파리 그 자체의 전체 인구 사이에는 큰 차이가 있다는 것을 늘 염두에 두지 않으면 안 되네.

　　그러나 〈르 코메르시엘〉지의 기사 속에 아직도 얼마만한 힘이 있는지 모를 일이지만, 그 처녀가 외출한 시간을 고려했을 때 그 힘이 크게 감소될 것일세. '그 처녀가 외출한 것은 거리에 사람들이 꽉 차 있을 때였다'라고 그 신문은 말하지만, 사실은 그렇지가 않아. 그것은 아침 아홉시였네. 그런데 말일세. 1주일 중에서 '일요일을 빼놓고선' 날마다 아홉시면 사실 거리에 사람이 많지만, 일요일 아홉시면 주로 사람들이 집에 있으면서 교회에 나갈 준비를 하고 있을 때란 말일세. 일요일마다 아침 여덟시경부터 열시까지는 특히 한적하다는 것은 주의 깊은 사람이라면 누구나 느낄 수 있네. 열시와 열한시 사이에는 거리엔 사람들이 북적거리지만 문제의 시간만큼 일찍부터 북적거리지는 않거든.

　　〈르 코메르시엘〉지 측에는 미흡하게 생각되는 점이 또 하나 있네. 신문은 '이 불쌍한 처녀의 속치마의 일부에서 길이 2피트, 너비 1피트의 천이 찢겨져서 머리 뒤를 휘감아 턱 아래에서 꽉 묶이었는데, 이것은 아마 비명을 못 지르게 하기 위한 조치일 것이다. 이것은 손수건을 안 가진 사람들이 하는 짓이다'라고 말하네. 이 생각의 근거가 확실한지의 여부는 나중에 고찰하겠지만, 기자는 손수건을 안 가진 사람들이라고 하여 깡패 중에서도 가장 비열한 계층을 가리키고 있네. 그러나 이자들이야말로 비록 셔츠는 안 입을망정 손수건만은 꼭 가지고 다니는 그런 종류의 인간들일세. 요즘의 철저한 깡패들에게는 손수건은 없어서는 안 될 필수품이라는 것을 자네도 알 수 있는 기회가 있었을 것일세."

"그러면 〈르 솔레이유〉 지의 기사는 어떻게 생각해야 하지?"

하고 나는 물었다.

"그 신문의 기자가 앵무새로 태어나지 않은 것이 유감이야 —— 그럴 경우 그는 가장 유명한 앵무새가 되었을 것일세. 그는 이미 발표된 기사의 하나하나를 그저 재록했을 뿐이네. 이 신문 저 신문에서 놀랄 만큼 열심히 긁어모았단 말이네. 즉 그는 '이 물건들은 적어도 3,4주일 동안은 모두 분명히 그곳에 있었던 것이어서 이 천인 공노할 범행이 행해진 장소가 발견된 것임은 의심할 여지가 없다' 라고 말했지. 여기서 〈르 솔레이유〉 지가 재록한 여러 사실들은 이 문제에 관한 내 의심을 정말로 풀어주진 못했네. 우리들은 금후 그것을 다른 부분의 문제와 관련지어서 좀더 자세히 고찰하기로 하세.

지금은 우선 다른 조사에만 골몰하지 않으면 안 되겠다는 걸세. 자네는 시체 검사가 극히 태만했다는 사실에 반드시 관심이 쏠릴 것일세. 물론 신원을 밝히는 문제는 쉽게 낙착되었지. 또 의당 그래야 했을 것일세. 그러나 그 밖에 또 확인해야 할 점이 몇 가지 있었네. 시체에서 무엇이 약탈되지 않았나? 피해자가 집을 나올 때에 무슨 보석 같은 것을 몸에 지니지 않았던가? 그렇다면 시체가 발견되었을 때 아직도 그 어떤 것을 그대로 가지고 있던가? 이런 중요한 문제에 관해선 아직 확증이 없네.

그 밖에도 아무런 주의를 끌지 못한, 이것들과 똑같이 중요한 다른 것들이 있네. 우리들은 우리들이 손수 조사해서 가슴속의 갑갑증을 풀어야만 할 것일세. 외스탸슈의 일도 재검토할 필요가 있고, 나는 그 사람을 조금도 의심하지 않지만 체계를 세워서 좀 해보도록 하세. 우리는 그가 일요일에 어디 있었던가에 대한 진술서를 정확하게 조사해야만 하네. 이런 성격의 진술서가 사건을 오리무중에 빠뜨리게 하는 수가 있으니까. 그러나 여기 잘못이 없다면 우린 외스탸슈를 수사에서 제외해도 좋아. 그의 자살은, 만일 진술서에 거짓이 있다면 협의를 짙게 하는 것이지만, 그런 거짓이 없다면 자살은 설명할 수 없는 사건도 아닐 뿐더러 보통 해석 밖으로 우리를 끌고 나가는 사건도 아니네.

내가 이제 제안하는 방법은 이 사건의 내용을 버리고 우리들의 주의력을 사건의 외부에 집중시켜보자는 것일세. 이런 종류의 사건의 수사에서 늘 당하는 과오는 조사를 직접 그 사건에만 한정하고 그것에 부수된 또는 그 방계의 사건은 전혀 무시한다는 것일세. 관계 있는 범위에만 증거와 토의를 한정시킨다는 것은 분명히 법정의 나쁜 버릇이야. 그러나 경험이 이제까지 보여준 바와 같이 또는 참된 이론이 항상 앞으로도 보여 주듯이, 광대한 대부분의 진리는 외견상 전혀 관계없는 것에서 발생하는 수가 있다는 걸세.

근대과학이 예기하지 않았던 것을 계산해야겠다고 결심하게 된 것은, 정확히 말해서 그 지엽적인 정신이 아니라 이 원리의 정신을 본뜨려고 했기 때문일세. 하지만 자네는 아마 내 말뜻을 못 알아들을는지도 모르네. 인간의 지혜의 역사는, 우리들의 많은 가치 있는 발견은 방계적이거나 부수적이거나 우발적이거나간에 한 사건에 힘입고 있다는 것을 오늘

날까지 꾸준히 보여주고 있네. 그렇기 때문에 장래의 진보를 결정할 때에는, 우연히 생기고 그리고 평범한 기대 밖에서 생기는 발견을 많이, 아니 가장 많이 고려할 필요가 있다는 것일세. 마땅히 있어야만 한다는 것의 환상에만 기초를 두는 것은 이 이상 더 이론적일 수는 없네. 우연성이 기본 구조의 일부로 인정되는 거야. 우리는 우연성을 절대적인 예산의 한 사실로 보아도 좋아. 우리는 예기할 수 없으며 공상할 수 없는 것을 수학적 공식에 맞추는 것일세.

반복해서 말하는 것이지만 모든 진리의 대부분이 방계적인 것으로부터 생긴다는 것은 속일 수 없는 사실일세. 그리고 이 사실 속에 포함된 원리의 정신에 따라서 이번 사건에서 이미 조사되고 아직까지 아무런 성과도 가져오지 못했던 사건 그 자체로부터 조사하는 태도를 바꾸어서, 사건을 에워싼 당시의 상황에 주의를 경주해 보자는 것뿐일세. 자네가 진술서의 확실성을 조사하는 동안 나는 자네가 아직까지 한 것보다 좀더 광범위하게 신문들을 조사해보려네. 아직까지 우리는 수사의 범위를 조사한 것에 지나지 않네. 그러나 이제 내가 제안한 것처럼 신문들을 광범위하게 포괄적으로 연구해봄으로써 조사의 방향을 확립해줄 세세한 점이 발견되지 않는다면, 그것이 도리어 이상한 걸세."

뒤팽의 제안에 따라 나는 자세히 외스타슈의 진술서를 조사해보았다. 그 결과 나는 그 진술서가 정확하다는 확고한 자신을 얻었으며 또 그것에 따라 외스타슈가 무죄라는 것도 확신할 수가 있었다. 그 동안에 내 친구는 내가 보기에는 전혀 쓸데없는 짓이라고 생각될 만큼 세밀하게 여러 신문들을 읽는 데 골몰했다. 일주일이 지난 후에 그는 신문에서 발췌한 다음과 같은 것을 내 앞에 내보였다.

약 3년 반 전에 마리 로제가 팔레 르와얄의 르 블랑 씨의 향료 가게에서 자취를 감춰 지금과 같은 소동을 일으킨 적이 있었다. 그러나 1주일이 지난 후에 그녀는 여느 때와는 전혀 다르게 약간 수척한 얼굴로 나타났다는 것 이외에는 별로 변한 데가 없었다. 르 블랑 씨와 마리의 어머니는 마리가 시골 친척집에 가 있었다고 말했다. 그래서 사건은 곧 낙착되고 말았다. 아마 이번 실종 사건도 똑같은 사건의 변덕이어서 일주일이나 혹은 아마도 한 달이 지나면 다시 우리들 사이에서 그녀의 모습을 보게 될 것이다.

〈이브닝 페이퍼〉, 6월 23일, 월요일.

어제 어느 석간 신문은 로제 양의 지난번의 알 수 없는 실종 사건에 대해 언급하고 있다. 그녀가 르 블랑의 향료 가게를 1주일 동안 결근하고 있는 동안 그녀가 방랑자로 유명한 어떤 젊은 해군 장교와 같이 있었다는 것은 주지의 사실이다. 그때는 아마 언쟁 때문에 다행히도 그녀는 집으로 돌아왔을 것이다. 지금 파리 시내에서 살고 있는 그 문제의 색마의 이름을 우리는 알고 있지만 어떤 분명한 이유 때문에 그것을 공포하는 것은 삼가야 하겠다.

〈르 메르퀴리〉, 6월 24일, 화요일, 조간.

가장 잔인무도한 범행이 엊그제 파리 근교에서 일어났다. 어떤 신사 하나가 아내와 딸을 데리고 황혼녘에, 센 강가를 이리저리 별로 일없이 보트를 젓고 있던 6명의 젊은이들을 고용하여 강을 건넜다. 맞은편 둑에 당도하여 세 사람이 보트에서 내렸고, 보트가 보이지 않는 곳까지 갔을 때 딸이 우산을 놓고 온 것을 깨달았다. 그 처녀가 그것을 가지러 돌아왔을 때 그 깡패들한테 붙잡혀서 강 위로 운반되어 입을 틀어막히고 폭행을 당하고, 양친과 함께 배를 탔던 곳으로부터 멀지 않은 강가로 끌려올라갔다. 깡패들은 한때 도망을 쳤지만 경찰이 현재 추격 중이므로 그 중 몇이 조만간 체포될 것이다.

〈모닝 페이퍼〉, 6월 25일.

최근 일어난 범행에 관한 범죄를 메네라는 사람에게 돌리는 투서가 한두 장 있었으나 그 사람은 합법적인 조사에 의하여 완전히 무죄가 증명되었고 또 투서한 사람들의 말이 열성적이었을 뿐 별로 근거가 없기 때문에 그 투서의 내용을 공포하는 것은 현명치 못한 처사라고 생각된다.

〈모닝 페이퍼〉, 6월 28일.

우리들은 힘들여 씌어진 몇 통의 투서를 접했다. 그것은 여러 가지 출처에서 나온 것으로, 그 취지는 저 불행한 마리 로제가, 일요일이면 파리 근교에 출몰하는 일당의 깡패들한테 희생당한 것이 확실하다는 것이다. 우리도 단연 이 가정에 찬성하는 바이다. 우리는 앞으로 되도록 지면을 할애하여 이 기사를 몇 번 더 게재할 예정이다.

〈이브닝 페이퍼〉, 6월 30일, 월요일.

월요일에 세관에 소속된 나룻배의 선원 한 사람이 센 강을 내려오는 빈 보트 하나를 발견했다. 돛은 배 바닥에 구겨져 있었다. 그 사람은 그것을 나룻배 사무소까지 끌고 갔다. 이튿날 아침, 아무도 모르는 사이에 그 보트가 없어졌다. 키만은 아직도 나룻배 사무소에 보관되어 있다.

〈르 딜리장스〉, 6월 26일, 목요일.

이러한 여러 가지 발췌 기사를 읽었을 때, 나는 그것이 이 사건과는 관계가 있는 것처럼 보이지 않았을 뿐더러 또 어느 것이고 이 사건에 관련시킬 수가 없었다. 나는 뒤팽의 설명을 기다렸다.

"나는 이제 이 발췌 기사 속에서 제1 또는 제2의 것을 자세히 논할 생각은 전혀 없네"

하고 그는 말했다.

"내가 이 기사들을 발췌한 것은 그 목적이 주로 경찰의 극단적인 태만을 보이자는 데 있네. 경찰국장의 말에서 내가 이해할 수 있는 한, 경찰은 이곳에서 이름난 해군 장교에 대한 조사를 게을리하고 있네. 더욱이 마리의 제일 먼젓번 실종과 두 번째 실종과의 사이에 아무런 상상할 만한 관계가 없다고 하는 것은 정말로 어리석은 일일세.

첫번째 가출은 애인들끼리의 말다툼과 배반당한 사람이 귀가함으로써 일단락지었다고 할 수 있을 것일세. 우리는 이제 두 번째의 가출——만일 가출이 또다시 일어났다고 하면 말일세——은 두 번째의 남자가 새로 유인한 결과라기보다도 차라리 첫번째 남자가 재차 유인한 것으로 보는 견해가 좋을 것일세 —— 새로 연애를 시작했다고 보기보다는 그 전 '정사'의 보충이라고 보는 것이 좋을 것이니까. 앞서 마리와 도망친 남자가 다시 또 유혹하는 것과, 앞서 도망치자는 유혹을 받은 경험이 있는 마리가 다른 남자에게 같은 일을 시키는 것과는 그 기회가 10대 1이라고 말할 수 있지. 그리고 자네의 주의를 환기시키고 싶은 것은 최초의 확실한 가출과 두 번째의 상상되는 가출 사이의 날짜가 우리 나라 군함이 순양하는 보통 기간보다 몇 달이 더 길다는 사실일세. 그 남자는 바다에 갈 일 때문에 최초의 범행을 중지한 것이 아니었을까? 그래서 돌아오자마자 실행하지 못했던 —— 그 야비한 계획을 다시 한 번 해보려고 한 것이 아니었을까?

이러한 모든 일에 관해서는 우리는 전혀 모르네. 그러나 자네는 두 번째의 상상했던 가출은 없었다고 말할지 모르지. 확실히 없었네 —— 그러나 우리는 그 전의 중단된 계획이 작용 안했다고 감히 말할 수 있을까? 외스타슈나 보베 이외에 공공연히 승인된 점잖은 마리의 구혼자를 우리는 알지 못하네. 이 밖의 남자에 관해선 아무런 풍문도 없네. 그러면 친척들이 —— 적어도 대부분이 —— 전연 모르는 그러나 일요일 아침에 마리를 만난 그 비밀의 애인은 과연 누구였을까? 또 룰르의 쓸쓸한 숲속에서 캄캄해질 때까지 행동을 같이하기를 싫어하지 않을 만큼 깊이 그녀의 신임을 얻은 남자는 과연 누구였을까? 적어도 친척의 대부분이 모르는 그 비밀의 애인이란 도대체 누구일까? 마리가 집을 나간 그날 아침에 '다시는 그 애를 못 만날지도 모른다'고 말한 로제 부인의 그 괴상한 예언은 무엇을 의미하는 것일까?

그러나 만일 우리가 로제 부인이 이 가출 계획과 관계가 있다고 상상할 수는 없다고 치더라도, 적어도 딸이 그 계획을 품었다는 사실을 추측하고 있었다고 상상할 수는 없을까? 집을 나설 때 그녀는 드로메가의 숙모댁에 다녀오겠다고 생각하게 만들고 또 외스타슈에겐 저녁때에 데리러 와달라고 부탁까지 했네. 자, 이 사실은 일견 강력하게 내가 암시한 것을 반증(反證)해 주네.

그러나, 다시 생각해볼 때 그녀는 어떤 남자 친구를 만나서 그 남자 친구와 함께 강을 건너 오후 세 시가 다 되어서 룰르에 당도했다는 사실이 알려져 있네. 그러나 남자 친구와의 동행——어떤 목적에서인지, 그녀의 어머니가 아는지 모르는지는 어떻든 간에——을 동의했을 때 그녀는 집을 나설 때에 내세울 의도를 생각했을 것임에 틀림없고, 또 약혼자 외스타슈가 약속한 시간에 드로메가로 마리를 데리러 갔다가 그녀가 거기 오지 않았다는 사실을 알고, 더구나 이 놀라운 정보를 가지고 하숙집에 돌아와서 그녀가 아직도 집에 돌아오지 않은 것을 알았을 때, 그의 가슴속에 떠오르는 놀라움과 의혹에 대해서도 마리는 미리 생각했을 것임에 틀림없네. 그녀는 이 모든 것을 미리 생각했음에 틀림없을 거라고 나는 확언하네. 외스타슈의 번민과 모든 사람들의 의혹도 미리 생각했을 것에 틀림없네. 이런 의혹 속에서 돌아온다는 것은 도저히 생각도 못 했을 것일세. 그러나 그 여자가 돌아오지 않을 생각이었다고 우리가 가정한다면 이러한 의혹은 그녀에겐 대단치 않을 것일세.

우리는 그 여자가 다음과 같이 생각하고 있을 거라고 상상할 수도 있네── '나는 가출할 목적으로, 또는 나 혼자만 아는 다른 목적으로 어떤 사람과 만날 작정이다. 방해가 들어올 기회를 없애는 것이 필요하다── 추적을 피할 충분한 시간이 있어야만 한다── 드로메가의 숙모댁을 방문해서 하루를 보낸다고 생각하게 만들자── 어둡기 전까지는 데리러 오지 말라고 외스탸슈에게 일러두자── 이렇게 하면 가능한 한 오랜 시간을 집에서 나가 있어도 남에게 의혹이나 걱정을 끼치는 일 없이 용납될 수 있을 것이고, 또 다른 어떤 방법보다도 더 많은 시간을 얻을 수 있을 것이다. 외스탸슈에게 저녁때 데리러 오라고 하면 그 전엔 찾아오지 않을 게 아닌가? 그러나 만약 그에게 데리러 오라고 하지 않으면 도망을 위한 내 시간이 줄어들 것이다. 나는 보다 일찍 귀가해야 될 것이고, 나의 부재(不在)는 친척들에게 보다 빨리 근심을 불러일으키게 할 것이기 때문이다. 그러나 어차피 돌아오는 게 내 계획이라면── 단지 그 문제의 사람과 산책만 하고 돌아올 생각이라면── 외스탸슈에게 데리러 오라고 하는 따위는 현명한 방법이 아니다. 왜냐하면 그가 데리러 오면 내가 속인 것을 깨닫게 될 테니까── 또 그에게 내 뜻을 알리지 않고 집을 나갔다가 어둡기 전에 돌아와서 드로메가의 숙모를 방문하고 왔다고 하면 그는 아무것도 모르는 채 넘어갈 수 있을 테니까 말이다. 그러나 내 계획은── 수주일 동안 혹은 잘 숨어 있을 동안까지는── 결코 돌아오지 않을 작정이므로 시간을 얻는 것이 무엇보다도 내가 바라는 유일한 점이다.'

이 비극 사건에 관한 가장 일반적인 의견이 처음부터 마리가 한 무리의 깡패들한테 희생되었다고 하는 것임을 자네는 이미 자네 노트에서 보고 알았을 것일세. 그런데 말일세, 어떤 조건하에선 세상 여론이란 무시할 수 없는 거야. 여론이 저절로 생겼을 때—— 엄밀하게 말해서 자발적으로 생겼을 때—— 우리는 그것을 천재의 특질인 직감 같은 것이라고 생각해야 하네. 백의 아흔아홉까지 나는 그 단정에 복종하고 싶네. 하지만 그것에 사소한 암시의 흔적도 없어야 한다는 것이 중요해. 그 의견은 강력하게 사회의 소유물이어야 할 걸세 그리고 이 구별은 극히 지각하기 어렵고 주장하기 어려울 때가 많은 법이네.

현재의 예로 보아서 깡패떼에 관한 이 일반 여론은 내가 발췌한 기사의 세 번째 기사에서 명시된 것이라고 생각되네. 파리 전체가 젊고 아름답고 유명한 마리의 시체가 발견된 것을 보고 흥분하였네. 시체에 폭력의 흔적이 있고, 시체가 강위에 떠 있는 것이 발견되었네. 그러나 그 처녀가 살해되었다고 추정되는 바로 그때에, 아니 바로 그 무렵에 마리보다 정도는 약하지만 마리에게 가해진 것과 동질의 폭행을, 젊은 깡패들의 한 무리가 제2의 소녀에게 가했던 사실이 이제 세상에 알려지고 있네. 이미 알려진 어떤 한 폭행이 다른 미지의 폭행에 관한 세상 사람의 판단에 영향을 주었다고 해서 그것이 과연 놀라운 일일까? 이 판단은 앞으로 나아갈 방향을 기다렸는데 때마침 앞의 폭행이 퍽 편리하게 그 판단을 제공해주었다고 생각되네. 마리도 강에서 발견되었으며, 그 똑같은 강 위에서 이미 알려진 폭행이 행해졌네. 이 두 사건의 관계가 너무도 흡사하므로 세상 사람들이 그것을 이해하고 파악하지 못했다면 그것이야말로 놀라운 일일세.

그러나 실제에 있어 이렇게 했으리라고 알려진 폭행은 거의 때를 같이하여 행해진 다른 폭행이 이렇게 범행되지 않았다는 증거야. 만일 한 패의 깡패가 어떤 장소에서 흉악한 짓을 감행할 때, 다른 한 패의 깡패가 같은 도시의 같은 장소에서 동일한 사정하에서 같은 방법으로 때와 정황을 똑같이 하는 흉행을 저질렀다면 그것이야말로 정말로 기적임에 틀림없네. 그러나 우연히 암시받은 세상 사람의 의견이 우리들을 믿게 하는 것이 이 놀라운 우연의 일치의 열쇠에서가 아니라면 과연 무엇에서일까?

더 이상 설명을 진전시키기 전에 우리는 우선 살인의 현장으로 상상되는 룰르 근방의 숲에 관하여 생각해보세. 이 숲은 울창하기는 하지만 공로(公路)에서 아주 가까운 곳에 있네. 그 속에는 큰 돌이 4개 있는데 기댈 수도 있고 발도 올려놓을 수 있는 일종의 의자처럼 생겼네. 윗돌에선 흰 속치마가, 아랫돌에선 비단 목걸이가 발견되었네. 그 밖에 파라솔이니 장갑이니 손수건이니 하는 것도 발견되었고. 손수건에는 마리 로제라는 이름이 들어 있었네. 찢어진 옷의 헝겊조각이 주위 나뭇가지에 걸려 있는 것도 눈에 띄었네. 땅에는 짓밟힌 자국이 심하고 덤불 숲은 모두 상했으며, 난폭한 격투의 흔적이 역력했다고 하였네.

이 숲의 발견을 신문이 크게 떠들어댔고, 또 모두 이것이 흉행의 현장을 표시해주는 것처럼 추정된다고 이구동성으로 떠들어댔음에도 불구하고, 거기엔 의혹을 품을 만한 충분한 이유가 있다는 것을 인정하지 않으면 안 되네. 그것이 현장이었다는 것을 내가 믿건 말건 의혹을 품을 만한 충분한 이유가 있지.〈르 코메르시엘〉지가 암시한 것처럼 진짜 현장이 앙드레가 근처라고 한다면 또한 범인이 아직 파리에 있다고 한다면 그 범인이 이처럼 세상 사람의 주의가 범행 현장으로 향해지는 것을 보고 공포에 부들부들 떨게 되는 것은 당연한 일일 것일세. 그래서 어느 정도로 두뇌가 있는 놈이라면 즉시 이 주의를 다른 곳으로 돌려보려는 생각이 그의 머리 속에 떠올랐을 것일세. 그리하여 이미 룰르 근처의 숲으로 의혹이 쏠려 있는 까닭으로 현재 물건들이 발견된 그 장소로 그 물건들을 옮겨놓으려는 생각이 머리에 떠오른 것은 당연한 일이었을 것일세.

〈르 솔레이유〉지는 그렇게 추측하지만, 발견된 물건들이 2,3일 이상 그곳에 있었다는 증거는 하나도 없네. 한편 도리어 그 물건들이 문제의 일요일부터 애들이 발견한 날의 오후까지 20일 동안 주의를 끌지 않고서는 그대로 거기 있을 수 없었으리라는 상황에 대한 증거가 있네. 모두 비를 맞고 곰팡이가 몹시 슬어 있고, 또 곰팡이로 끈적거렸다고 〈르 솔레이유〉지는 다른 신문들의 기사를 그대로 받아들여서 증언하고 있네. '풀이 그 주위와 위에까지 무성해 있었다. 우산의 비단천은 튼튼했지만 그 실은 안쪽으로 한데 붙어 있었다. 두 겹으로 주름잡힌 위쪽은 모두 곰팡이가 슬고, 펼치니까 그만 찢어지고 말았다.' 그 풀이 '그 주위와 위쪽에 무성해 있었다'는 것에 관한 사실은 단순히 두 소년의 말과 그 기억에 따라서 확인한 것이 분명하네. 그것은 애들이 제3자가 보기 전에 이것들을 가지고 집으로 돌아갔기 때문일세.

그리고 풀은 날씨가 따뜻하고 축축할 때에는 —— 살인이 있었을 때와 같은 —— 하루 동안에도 2,3인치씩 자라는 법이야. 새로 잔디를 깐 풀밭에 놓인 우산은 자라는 풀 때문에 단 한 주일 동안에 완전히 보이지 않게 될 수도 있네. 그리고 〈르 솔레이유〉 지 편집자가 열심히 주장하고, 지금 막 인용한 짧은 글 속에서 세 번이나 나오는 곰팡이란 말에 대해서 말하자면 그 말은 실제로 곰팡이의 성질을 알고서 하는 말일까? 곰팡이란 발생했다가 24시간 이내에 말라죽는 것을 통성(通性)으로 하고 있는 균의 일종이라는 것을 그에게 가르쳐주어야 할까? 이리하여 이 물건들이 적어도 2,3주일 동안 숲속에 있었다는 의견을 지지하기 위하여 가장 자랑스럽게 인용되었던 것 모두가 사실의 증거로서는 가장 불합리한, 효력 없는 것임을 우리는 대번에 깨달았네.

한편 이 물건들이 1주일 이상 —— 일요일부터 다음 일요일까지보다도 더 긴 기간 —— 일정한 숲속에 그대로 있었다는 것은 극히 믿기 어려운 일이네. 파리의 근교에 관해서 아는 사람이라면, 멀리 떨어진 곳까지 가지 않는다면 인적이 끊긴 곳을 발견하기란 극히 어렵다고 할 걸세. 큰 숲이나 작은 숲이나를 막론하고 그 속에 사람의 발자취가 미치지 못한 구석이란 일순간이라도 상상할 수가 없네. 원래 자연의 애호가이면서도 직업 때문에 이 큰 수도의 먼지와 더위 속에 갇혀 있던 사람들이, 주말 이외의 날에도 우리들을 직접 둘러싸고 있는 자연미를 간직한 여러 경치 속에서 고독을 위한 그의 갈망을 풀려고 한다면, 그들은 한 발을 내디딜 때마다 깡패나 무뢰한들의 떠드는 소리와 그들의 난입 또는 숲 놀이 때문에 자연의 깊은 매력이 흩어지는 것을 발견하게 될 걸세. 가장 빽빽이 우거진 숲속에서 자기 혼자 즐길 수 있는 자연을 찾느다는 것은 도저히 안 될 노릇일세. 깊숙한 외진 곳은 더러운 것들로 가득 차 있고——사원들은 그 신성함이 더럽혀져가고 있네. 아픈 가슴을 안고 산책객들은 오염된 파리로——그곳도 마찬가지로 오염된 소굴이지만 부조화(不調和)가 적은 만큼 싫증도 덜 느끼므로——도망쳐 돌아올 걸세.

그런데 파리의 근교가 일요일 아닌 날에도 이만큼 사람이 모인다면 일요일에는 어떠하겠나! 이 날 특히 노동의 의무에서 해방되고 또 범죄의 상습적인 기회를 잃은 도시의 악한들은 전원(田園)을 사랑해서가 아니라——내심으로는 경멸한다——사회의 인습과 속박에서 해방되기 위하여 도시의 변두리로 찾아가네. 그들은 신선한 공기나 푸른 숲보다도 농촌의 무제한한 방종(放縱)을 찾는 것일세. 길가의 여관에서 혹은 숲의 녹음아래에서 자기들 한패 이외에는 거리낌없이, 미칠 것 같은 환희—— 방종과 술의 소산—— 에 빠지는 걸세. 그러므로 문제의 물건들이 파리 근교의 어떤 숲속에 있을지라도 일요일부터 다음 일요일까지의 기간 이상으로 발견되지 않은 채 있었다면, 그것은 기적이라고 생각해야 한다고 내가 되풀이해서 말할 때, 냉정한 관찰자라면 누구나 당연히 이해할 걸세.

그러나 이 물건들은 폭행의 현장으로부터 주의를 딴 곳으로 돌릴 목적으로 숲속에 놓여졌다고 의심할 만한 또다른 근거가 없는 바도 아닐세. 첫째로 그 물건들이 발견된 날짜로 자네의 주의를 이끌어보겠네. 이 날짜와 내가 다섯 번째 발췌한 한 신문의 그 날짜를 대조해보세. 이 물건들이 발견된 것은 석간신문에 그 긴급 투서들이 들어온 직후의 일이었다는 것을 자네는 알게 될 걸세. 이 투서는 종류도 많고 출처도 다르지만 그 목표만은 모두 동일한 것을 향해 있네 —— 즉 범행을 저지른 범인을 무뢰한으로 돌리고, 그 현장을 룰르 근처로 만들어서 그쪽으로 세상 사람들의 주의를 돌리게 하려고 했네.

자, 그런데 여기서 의심스러운 점은, 이런 투서나 그 투서에 의하여 향해진 세상 사람들의 주목의 결과로서 물건들이 애들로 말미암아 발견된 것이 아니고, 그 이전에는 애들이 발견하지 못한 것, 다시 말하면 이전에는 그 물건들이 숲속에 없었던 것이고, 훨씬 뒤에 투서의 날짜와 동시에 또는 조금 전에 이 투서를 한 범인 자신이 그곳에 그것을 갖다 놓고 간 것이 아닐까 하는 것일세.

이 숲은 이상한 —— 정말 뛰어나게 이상한 숲일세. 이상하리만큼 숲이 우거져 있어 자연의 벽으로 둘러싸인 그 숲의 안쪽에는 네 개의 유별나게 이상한 돌이 있는데, 기댈 수도 있고 발을 올려놓을 수도 있는 의자처럼 생겼네. 그리고 예술의 극치를 다한 것 같은 이 숲은 들뤼크 부인의 집 바로 인근에 있네. 그 부인의 아들들은 사사프라스 나무 껍질을 찾아서 근처 덤불을 샅샅이 뒤지는 버릇이 있었네. 그래서 만일 그애들이 넓은 그늘에 놓여 있고 그리고 또 자연의 왕좌 속에 놓여 있는 그 물건 중에서 적어도 하나만이라도 발견하지 못한 채 하루를 보냈을 리가 없다고 돈내기 —— 1000 대 1의 돈내기 —— 를 했다면 그것이 과연 경솔한 짓일까? 이런 돈내기를 주저하는 사람은 소년 시절이 없었거나 소년성을 망각한 사람이었을 것일세. 반복해서 말하거니와 그 물건들이 하루나 이틀 이상씩이나 발견되지 않은 채 어떻게 그대로 있을 수 있었는가를 이해하기란 참으로 곤란한 일일세. 그러므로 〈르 솔레이유〉 지의 독단적인 무식에도 불구하고 그 물건들이 비교적 나중에 그 장소에 옮겨 놓여진 것이 아닌가 하고 의심할 충분한 이유의 근거가 있는 것일세.

　그러나 아직까지 내가 설명한 어떠한 이유 이상으로 그 물건들이 나중에 옮겨진 것이라는 것을 믿게 하는 더욱 유력한 이유가 있네. 그래서 자, 이번엔 물건들이 극히 교묘하게 배치되어 있는 점에 자네 주의를 환기시키고 싶네. 위쪽 돌에는 흰 속치마가 놓여 있었고 그 다음 돌에는 비단 스카프가 놓여 있었고, 주위에는 파라솔, 장갑, 마리 로제라는 이름이 새겨진 손수건 따위가 흩어져 있었네. 이러한 배치는 머리가 그다지 좋지 못한 사람이 물건들을 자연스럽게 벌여놓으려고 생각한 나머지 배치해놓은 수법이 아니었을까? 그러나 그것은 결코 정말로 자연스러운 배치는 아닐세. 나는 오히려 모든 물건이 발로 짓밟혀서 땅에 여기저기 흩어져 있었을 것으로 예기했던 것일세. 그 나무 그늘의 좁은 속에서 치고받고하는 많은 사람들의 민활한 동작에도 불구하고 속치마나 스카프가 돌 위에 그대로 붙어 있었으리라고는 믿을 수 없는 일일세. '격투의 흔적이 있었다. 땅은 밟히고 덤불은 엉망진창이 되었다' 라고 신문에는 있지 않은가! 근데 말일세, 속치마의 스카프는 마치 그것들이 선반 위에 있는 것처럼 놓여 있었네.

'덤불에 찢겨진 그 여자의 윗옷의 헝겊조각은 너비 3인치, 길이 6인치 정도였다. 일부는 윗옷 단이고 수선한 데가 있었다. 그것들은 찢겨진 길고 가는 헝겊조각같이 보였다.' 여기서 〈르 솔레이유〉지는 경솔하게도 의심스러운 말을 했네. 헝겊 조각은 그 말대로 정말로 '찢겨진 길고 가는 헝겊 조각' 같이 보이지만 그것은 일부러 사람 손으로 그렇게 만든 것일세. 지금 문제되어 있는 것 같은 옷에서 헝겊조각이 가시덤불 때문에 찢겨진다는 것은 퍽 드문 경우일세. 이 옷감의 성질로 보아 가시나 못에 긁혔을 때에는 직각으로 찢겨지게 마련이네——서로 직각이 되어서 가시에 걸린 부분이 정점이 되어 두 줄로 찢겨지게 마련이라네——그러나 그 조각이 찢겨진 것이라고는 도저히 생각할 수 없네. 나는 아직껏 한번도 그런 것을 본 적이 없고 자네도 역시 마찬가지일 걸세. 이런 기지의 옷감에서 헝겊조각을 뜯어내려면 거의 모든 경우에 있어 다른 방향으로 움직이는 두 개의 다른 힘이 필요한 법일세.

그 옷감에 두 가닥의 단이 있다면——가령 그것이 손수건이라고 한다면——그 손수건에서 길다란 천조각을 뜯어내려면 그때엔 한 개의 힘으로도 족해. 그러나 현재의 경우에 있어서는 문제는 한쪽 단밖에 없는 옷에 관해서일세. 아무데도 단이 없는 옷의 안쪽으로부터 가시로 천조각을 뜯어낸다는 것은 기적이 아니면 도저히 될 수 없는 일이고, 또 가시한 개로는 도저히 할 수 없네. 그러나 단이 하나밖에 없을 경우에도 두 개의 가시——한 개는 다른 두 방향으로 또 한 개는 한 방향으로 움직이는 두 개의 가시가 필요하네. 그러나 이것은 단을 접어 넣지 않았을 경우의 이야기야. 만일 단을 접어 넣을 경우에는 문제는 달라지네. 이와같이 단순히 가시 때문에 헝겊조각이 찢어지려면 많은 장애물이 있어야 한다는 것을 알 수 있네.

그러나 우리는 하나뿐만이 아니라 많은 헝겊조각이 그렇게 찢어졌다고 믿어야만 되게 되었네. 그리고 한 부분은 윗옷의 단이었고 또 하나는 '옷단이 아닌 스커트의 한 부분' 이었네―― 즉 드레스의 옷단이 아니라 내부에서부터 가시로 인해 완전히 찢겨나간 것일세. 이것들은 믿지 않아도 좋은 것들이야. 그러나 전체로 볼 때에 이것들은 적어도 아마 시체를 운반하려고 생각할 만큼 신중한 범인이 이 숲속에서 그 물건들을 남기고 갔다는 놀라운 사실에 비교한다면 그다지 의심을 살 만한 그럴 듯한 이유는 되지 못해.

그러나 만일 내 의도가, 이 숲이 흉행의 현장이 아니라고 부정하는 데 있다고 생각한다면 그것은 내 생각을 잘 이해하지 못한 사람의 생각일 걸세. 아마 이곳에서 범행이 발생했는지도 몰라. 혹은 들뤼크 부인네 집에서 범행이 생겼을 가망이 더욱 커. 그러나 이것은 사실에 있어 별로 큰 문제는 안 되네. 우리는 범행 현장을 찾아내려는 것이 아니었고, 살인범을 찾아내는 데 주력했던 것일세. 내가 증거로 든 것은 퍽 자세했지만 그 목적은 첫째로 〈르 솔레이유〉 지의 적극적이며 조급한 그 단정의 허점을 찌르자는 것이고, 둘째는 이 살인사건이 한 패의 깡패들에 의한 범행이었느냐 하는 의문점에 대하여 가장 자연스러운 길을 통해서 자네로 하여금 좀 더 세밀히 고찰케 하려는 생각 때문일세.

이 문제로 되돌아감에 있어 여기서 검시를 담당한 외과의사의 탐탁치 못한 태도를 지적하겠네. 깡패들의 수에 대하여 그가 발표한 억측을 파리의 저명한 해부학자 전원이 부정하고 또 근거 없는 것이라고 조소를 하게끔 하는 그러한 수치를 당했다는 것을 말해둘 필요가 있네. 사건이 억측한 대로가 아니었다고 말하려는 것이 아니라 억측 그 자체에 아무런 근거가 없다는 것일세——다른 억측에도 근거가 없었던 것일까?

자, 그러면 '격투의 흔적'에 관해 고찰해보기로 하세. 그리고 나는 이 흔적들이 무엇을 나타내려는 생각에서 이루어졌는가를 물어보겠네. 깡패의 무리? 그러나 그 흔적은 오히려 깡패의 무리가 아니었던 것을 증명하고 있는 것이 아닐까? 어떤 격투가——이곳 저곳에 흔적을 남길 만큼 격렬하고 오랜 격투가——연약하고 저항력이 없는 처녀와 상상되는 바와 같은 깡패떼들 사이에 있을 수 있을까? 몇 번 그 억센 팔로 꼭 쥐면 만사는 그것으로 끝난단 말일세. 희생자는 놈들 마음대로 꼼짝도 못했을 거란 말일세. 그 숲이 현장일수 없다고 하는 주장은 주로 한 사람보다도 많은 사람들이 범행했을 가능성이 있다는 것에 반대의 기준을 두고 있을 뿐이라는 것을 자네는 명심해야겠단 말일세.

다시 한번 거듭 말하거니와, 문제의 물건들이 그것이 발견된 숲속에 감쪽같이 그대로 있었다는 사실 때문에 야기된 의혹에 대해서는 벌써 얘기했네. 이러한 범죄의 증거들이 우연히 그 장소에 그대로 남아 있었다는 것은 거의 있을 수 없는 일일세. 시체를 운반할 만큼 침착한 마음 상태가 있었다고 생각되네. 그런데도 시체 그 자체── 그 얼굴은 썩어서 곧 알아볼 수 없었네── 보다도 더 결정적인 증거── 내 말은 피해자의 이름이 새겨진 손수건을 말하는 것일세──를 흉행의 현장에 버젓이 남겨놓았단 말일세. 만일 이것이 실수라면 이건 깡패들이 저지른 실수는 아냐. 한 개인이 저지른 실수임에 틀림없어. 그 까닭은 다음과 같지. 한 개인이 범행을 저질렀다, 그는 자기 혼자서 고인의 망령과 대하고 있는 셈이야. 그는 자기 앞에 꼼짝도 않고 가로누워 있는 것 때문에 위협을 느끼고 있어. 광포(狂暴)한 욕정은 사라지고, 이제 그의 가슴속엔 자기가 한 짓에 대한 자발적인 공포심이 들어갈 여유가 얼마든지 생기는 거지. 공범이 있으면 필연적으로 생길 그러한 자신을 그는 전혀 가지지 못하지. 그는 단독으로 시체를 대하고 있는 거야. 그는 몸을 떨고 당황하고 있어. 그러나 시체를 처분할 필요가 있단 말이야. 그는 시체를 강가로 운반하지. 그러나 뒤에 아직도 범죄의 다른 증거물들을 남겨놓고 있어. 그 까닭은 짐을 일시에 옮기는 것이 불가능하지는 않지만 지금 당장은 곤란하며, 또 남겨둔 물건을 가지러 오는 것은 별로 힘든 일이 아니니까 말일세.

그러나 물가에까지 시체를 낑낑거리고 끌고 오는 데 따라 그의 공포는 증폭된단 말일세. 생활의 여러 문제가 그의 앞길을 가로막네. 열 번이나 그는 이 광경을 목격한 사람의 발걸음 소리를 듣거나 혹은 들었다고 상상하게 되네. 시내에서 새어나오는 불빛만 보고도 깜짝 놀라게 되네. 그러나 머지 않아 깊은 고민 때문에 가끔 장시간 걸음을 멈추다가 끝내 강가에까지 와서 그 소름끼치는 짐을 처분하네── 보트의 힘을 빌려 말이야. 그러나 이제는 이 세상에서 아무리 값나가는 보물로 유혹한다 하더라도—— 어떤 보복의 협박을 받아도—— 이 고독한 범인으로 하여금 그 힘드는 위험한 길을 걸어서 그 숲속으로, 그 피를 얼리는 것 같은 추억의 장소로 돌아가게 할 수는 없을 걸세. 그는 절대로 돌아가지 않네. 뒷일이 어떻게 되든 알 바가 아닐 걸세. 돌아가고 싶어도 못 돌아갈 것일세. 그의 유일한 생각은 곧장 도망치는 일일 걸세. 그 무서운 덤불을 영원히 등질 거란 말이네. 그러고는 닥쳐올 형벌을 피하려는 듯이 삼십육계를 놓을 거란 말이네.

그러나 깡패들이 떼를 지었을 때에는 어떠했을까? 그들의 사람 수효가 그들을 자신 있게 고무했을 거란 말이네. 만일 극악무도한 놈의 가슴속에 자신이 없는 일이 있을지라도—— 그리고 극악무도한 놈들 외엔 생각해볼 대상이 없네—— 그 수효는 단 한 사람을 마비시킨다고 내가 상상했던 것과 똑같은 이유 없는 압도적인 공포심을 없앴을 걸세. 한 사람, 두 사람 혹은 세 사람까지는 실수를 상상할 수 있을지라도 그 실수가 넷째 사람에 의해 시정되었을 거란 말일세. 그들은 뒤에 아무것도 남기지 않았을 거란 말이야. 왜냐하면 그들의 사람 수로 모든 것을 한꺼번에 운반할 수 있었을 것이기 때문에 다시 돌아올 필요가 없었을 것일세.

자, 이번엔 시체가 발견되었을 때 그 겉옷에 '너비 한 자 가량의 헝겊이 허리 근처까지 찢겨서 허리를 세 번이나 동이고 등 뒤에서 매듭을 지었다'는 사실에 대하여 생각해보세. 이것은 분명히 시체를 운반하기 위한 손잡이를 마련할 목적으로 만들어진 거란 말일세. 그러나 몇 명의 남자가 이런 방법을 쓸 것을 꿈꾸었을까? 서너너덧 사람에게는 시체의 사지는 충분한, 아니 가장 알맞는 손잡이었을 것일세. 이 범행은 단 한 사람의 짓일세. 그래서 이 일이 우리들을 '숲과 강 사이의 나무 울타리가 헐렸고, 땅 위로 무거운 짐을 끌고 간 분명한 흔적이 있다'는 사실로 인도하네. 그러나 몇 명의 남자라면 어떤 울타리라도 순식간에 시체를 올려서 넘길 수 있을 터인데 일부러 시체를 끌고 지나가기 위해서 울타리를 떼어버리는 쓸데없는 수고를 하였을까? 몇 명의 남자라면 시체를 끌고 간 흔적이 뚜렷이 남을 정도로 시체를 끌었을 것인가?

그리고 여기서 우리는 이미 어느 정도 해설을 가한 〈르 코메르시엘〉 지의 주장에 언급하지 않을 수 없네. 이 신문은 다음과 같이 말하였네. '이 불행한 처녀의 속치마 조각 하나가 찢기어 그 처녀의 머리 뒤로 돌려서 턱 아래에서 매어졌는데 이것은 아마도 비명을 막기 위한 소치였을 것이다. 이것은 손수건을 갖지 않은 사람의 소행이다.' 나는 앞서 진짜 악한은 손수건을 가지고 있다는 얘기를 한 적이 있었네. 그러나 내가 이제 특히 말하려는 것은 이 사실이 아니야. 이 속치마 조각으로 만든 끈을 사용한 것이 〈르 코메르시엘〉 지가 상상한 것 같은 목적으로 사용할 손수건이 없었기 때문이 아니란 것은, 숲속에 버려진 손수건을 보아서도 명백하네. 그리고 그 목적이 비명을 막기 위한 소치가 아닌 것도 그 목적에 더욱 알맞는 물건이 있는데도 불구하고 이 끈을 사용한 것으로 보아 알 수 있네.

그러나 문제의 헝겊 조각에 대한 증언에 의하면 그것은

'목 주위에 느슨하게 감겨진 채 매듭만큼은 꼭 매어져 있었던 것이 발견되었다' 는 것일세. 이 증언은 퍽 막연하지만 〈르 코메르시엘〉 지의 기사와는 실질적으로 아주 달라. 헝겊 조각은 너비가 18인치이므로 모슬린이긴 하지만 서로 접든지 꼬든지 하면 튼튼한 끈이 될 수 있네. 내 추론은 다음과 같네. 단 한 사람의 살인범이 시체를 어느 정도의 거리까지 시체의 동체를 묶은 끈으로 해서——그 숲이나 다른 곳으로부터——운반한 다음, 이 방법으로는 짐이 자기 힘에 겨운 것을 발견하였단 말일세. 이번엔 그 짐을 끌고 가기로 결심하였네. 시체가 끌린 것에는 증거가 있네. 이 목적을 위하여 시체의 한끝에 밧줄 같은 것을 감을 필요가 있었네. 밧줄을 목 둘레에 감아야 머리가 그것이 미끄러지는 것을 방지할 수 있어 제일 좋았단 말일세. 그래서 범인은 곧 시체의 허리에 감긴 끈을 생각해낸 거네. 그 끈이 시체에 감겨져 고리매듭으로 매어져 있지 않았다면 또 그것이 옷에 붙어 '떨어지지' 않는다는 것을 몰랐다면, 그는 틀림없이 그 끈을 썼을 것이네. 그러나 실제는 그렇지 않아, 속치마를 찢어 새로 끈을 만드는 편이 훨씬 용이했단 말일세. 놈은 속치마를 찢어서 만든 끈으로 시체의 목 주위를 동여맨 다음, 자기의 희생자를 끌고 간 것일세. 어쨌든 이 끈——손에 넣기 어렵고 또 시간이 걸리고 그러면서도 별로 쓸모가 없는—— 이 사용되었다는 것은, 그것을 써야 할 필요성이, 손수건을 이미 손 안에 넣을 수 없게 된 시기에—— 즉 우리들이 상상하듯이 숲(그것이 숲이었다면)을 떠나 숲과 강 사이의 길에 나왔을 때에 생겨났다는 것을 보이고 있네.

그러나 들뤼크 부인의 증언은, 살인이 일어났던 그날이나 또는 그 전후에 숲 근처에 한 패의 깡패들이 있었다는 사실을 특히 지적한다고 자네가 말할 테지. 나도 그것은 인정하네. 이 비극이 발생했을 때, 또는 그 전후에 룰르 근처에 들뤼크 부인이 말한 것 같은 깡패들이 한 열 명쯤 있지 않았을까 하고 나도 생각하네. 그러나 들뤼크 부인의 때늦고 아주 의심스러운 증언 때문에 이런 혐의를 받게 된 깡패들이란 것은, 이 정직하고 조심성 있는 노파의 말에 의하면 그 노파네 집에서 빵을 먹고 브랜디를 마시고도 셈을 치르지 않은 그 무리들일세. 그 때문에 이렇게 분풀이를 한 것이 아닐까?

그러나 들뤼크 부인의 정확한 증언이란 도대체 무엇인가? '깡패 한 패가 들어와서 떠들어대고 돈도 내지 않고서 먹고 마시고 한 뒤에 젊은 남녀의 뒤를 따라갔다가 저녁때에 그 노파의 여관으로 다시 돌아와서 몹시 서둘러대며 강을 건너갔다' 는 것일세. 그런데 말일세, 이 몹시 서둘렀다는 것은 그 노파에게는 아마 정말로 급하게 보였을 것일세. 왜 그런고 하니 그 노파는 난장판이 된 과자와 술——그래도 아직 팔 수 있을 거라고 가냘픈 희망을 버리지 않고 있는 그 과자와 술——을 언제까지고 분하게 생각하고 있었으니까 말일세. 그렇지 않아도 이미 날이 어두워오고 있는데 어째서 그 노파는 놈들이 몹시 서둘렀다고 강조할 필요가 있었을까? 폭풍우가 올 것만 같고 밤이 다가오고 조그만 보트로 넓은 강을 건너야 할 때, 깡패들이라 할지라도 빨리 집에 가려고 몹시 서둘러야 했던 것은 조금도 이상한 일이 아니지 않은가?

나는 지금 밤이 다가온다는 말을 썼네. 밤이 아직 완전히 된 것은 아니었기 때문이야. 이런 깡패들이 점잖지 못하게 서둘러대는 폼이 들뤼크 부인의 냉정한 눈을 어지럽게 해준 것은 저녁때쯤이었네. 그러나 우리들은 이날 저녁에 바로 들뤼크 부인과 그 장남이 여관 근처에서 여자의 비명을 들었다는 사실을 들어서 알고 있네. 그리고 들뤼크 부인은 이런 비명을 들은 저녁때의 시간을 어떤 말로 표현하고 있는지 아나? '어두워지자마자 곧'이란 표현을 쓰고 있네. 그러나 '어두워지자마자 곧'이란 '아주 어두워진 때'를 가리키는 말이거든. 그리고 이와 마찬가지로 '저녁때'란 확실히 낮일세. 즉, 들뤼크 부인이 들은 비명소리가 일어나기 전에 깡패들이 룰르 근처를 떠난 것은 틀림없는 사실이네. 그리고 증언의 모든 많은 보고에서 문제의 그 상대적인 표현이 자네와의 이 대담에서 내가 사용했던 것처럼 늘 분명히 사용됐지만, 아직까지 신문들이나 경찰관들도 이 큰 차이엔 그다지 주의를 기울인 것 같지는 않네.

나는 범인이 깡패가 아니었다는 주장에 하나를 더 덧붙이겠네. 그러나 그 하나가 적어도 내가 보는 바로는 확실히 절대적인 권위를 가졌다고 생각하는 바일세. 큰 현상금이 걸려 있고 또 공범자로서 증인이 되는 자는 무죄 석방한다는 것이 포고된 사정하에서는, 비열한 악한 중에서 그 누군가가, 또는 다른 일당 중에서 그 누군가가 그 공범자를 이미 오래 전에 밀고하지 않았으리라는 것은 상상도 할 수 없는 일일세. 이런 경우에 놓이게 되면 그들은 모두 그것을 두려워하는 법일세. 즉 자기가 배신을 당할 것이 무서워 급히 다른 자를 밀고하네. 비밀이 누설되지 않았다는 것은 실제에 있어 비밀이 없다는 증거일세. 이 흉행의 공포는 단지 한 사람이나 두 사람, 하느님에게만 알려져 있는 것일세.

여기서 일단 아직까지의 긴 분석의, 초라하지만 그러나 어떤 결과를 종합해보세. 우리는 피살자의 애인이나 혹은 적어도 피살자와 비밀리에 친히 교제한 자에 의하여 들뤼크 부인네 집 안에서 그 비극이 행해졌거나 혹은 룰르 근처의 숲속에서 이루어졌으리라는 결론을 얻게 되었네. 그 내밀의 교제자란 얼굴색이 가무잡잡한 사나이네. 그리고 얼굴색이 가무잡잡하다는 점, 끈을 매듭을 지어 맸다는 점, 모자의 리본을 선원처럼 맸다는 점 따위는 그가 선원이라는 것을 가리키는 증거란 말일세. 그가 마리 —— 쾌활하지만 비천하지는 않은 처녀 —— 와 사귀고 있었다는 것은 그 신분이 보통 선원이 아니라는 것을 말해주는 증거일세. 여기서 신문에 투고한 그 명문장이나 그 서투른 솜씨가 아주 훌륭한 증거가 된단 말일세. 〈르 메르퀴리〉지가 지적했듯이 최초의 가출의 경우는 이 선원과 불행한 마리를 맨 처음 죄로 이끈 그 해군 장교를 동일시하게 하는 생각을 가지게 한단 말일세.

그리고 여기서 얼굴색이 가무잡잡한 그 사나이가 계속 부재중이라는 사실을 생각한다는 것은 가장 긴요하단 말일세. 이 사나이의 얼굴색이 가무잡잡하다는 것을 특히 나는 말해두려네. 이것이 발랑스나 들뤼크 부인이 다같이 기억하고 있었다는 유일한 점이라는 것을 생각할 때 보통 정도의 검은 빛이 아니었을 걸세. 그런데 이 사나이가 왜 없는 거지? 깡패들에게 살해된 것일까? 만일 그렇다면 왜 살해된 처녀의 흔적만이 남아 있는 것일까? 두 범행 장소는 물론 동일한 것으로 상상되네. 그렇다면 그 사나이의 시체는 어디 있는 것일까? 범인이 둘을 똑같은 방법으로 처치하였으리라는 추측이 가장 적당하네. 그러나 이 사나이는 살아 있지만 살인죄의 누명을 뒤집어쓸 것이 무서워서 나서지 못한다고 생각할수도 있지. 그가 마리와 함께 있었다는 증거가 있으므로 이런 생각이 이제 —— 이제 와서야 겨우 —— 그에게 작용하고있다고도 생각할 수 있네. 그러나 그런 생각은 살해 당시엔조금도 없었을 걸세. 결백한 사람이 우선 하고 싶은 것은 범행을 통고하고, 그 깡패들의 신원을 가리는 일에 조력하는일일세. 이러한 방법이 그것을 깨닫게 했을 것일세. 그는 그처녀와 함께 있는 것이 세상 사람 눈에 띄었네. 그 처녀와 함께 보트를 타고 강을 건넜네. 범인을 고발하는 일이 자기를그 혐의로부터 건져내는 가장 확실하고 유일한 수단임은 바보일지라도 알았을 것일세. 우리는 그 숙명적인 일요일 밤에그 자신이 범행에 관계가 없고 그 범행을 몰랐다고 생각할수는 도저히 없네. 더구나 그가 만일 살아 있었다면 이런 사정하에서 그가 범인을 고발하려고 하지 않았을 것이라고는상상할 수도 없네.

그러면 우리가 진상을 파악할 수 있는 방법이란 무엇일까? 우리는 우리가 수사를 진행함에 따라 이 방법이 점점 속도를 가속화하며 명백해지는 것을 깨닫게 될 걸세. 우리는이 사건의 최초의 가출을 속속들이 그 밑바닥까지 조사해보세. 그 장교의 완전한 경력과 현재의 경우와 범행이 벌어진당시에 그가 어디 있었는가를 조사해보세. 악한들에게 죄를뒤집어씌울 생각으로 석간 신문에 보낸 여러 가지 투서를 서로 세밀히 비교해보세. 이것이 끝난 뒤에 이 투서를 그 이전에 조간 신문에 보낸, 범인이 메네라는 자라고 열심히 주장한 그 투서의 문체나 필적과 비교해보세. 그리고 이것이 모두 끝난 뒤에 다시 이 모든 투서를 장교의 확실한 필적과 비교해보도록 하세. 들뤄크 부인과 그 아들들과 마부 발랑스를 다시 심문하여, 얼굴색이 가무잡잡한 사나이의 풍채와 태도에 대하여 좀더 검토해보기로 하세. 기술적으로 잘 캐어 물어보면 이들 중에서 이 특수한 점(혹은 다른 점)에 대한 정보 —— 이들 자신이 가지고 있다고 스스로 깨닫지 않을지도 모르는 정보 —— 를 반드시 찾아낼 거란 말일세.

그리고 이제 우리는 6월 23일 월요일 아침에 나룻배 사공이 발견한 보트 그리고 시체가 발견되기 조금 전에 관리인도 모르게 키도 남겨둔 채 없어져버린 그 보트의 뒤를 조사해보세. 적당한 주의와 인내력을 가지면 우리는 꼭 그 보트의 정체를 가려낼 수 있을 걸세. 왜냐하면 보트를 발견한 나룻배 사공이 그 보트를 확인할 수 있을 뿐만 아니라, 키도 수중에 있기 때문일세. 마음에 아무 가책도 없는 사람이라면 찾아보지도 않고 보트의 키를 그냥 버려뒀을 리는 없단 말일세. 그리고 여기서 나는 잠시 문제 하나를 암시해두고자 하네. 이 보트를 얻은 데 대해서는 아무런 광고도 없었네 그 보트는 슬그머니 나룻배 사무소로 끌려왔다가, 또 그와 마찬가지로 슬그머니 없어졌단 말일세. 그러나 그 주인이나 고용주가 어떻게 광고의 힘을 빌리지 않고서도 월요일에 발견해낸 보트가 있는 곳을 화요일 아침 일찍이 알아낼 수 있었을까? 우리는 해군과 어떤 관계 —— 해군의 세밀한 일에 정통하고 있는 어떤 영속적인 관계 —— 가 있는 것으로 상상하지 않을 수 없네.

단 한 사람의 범인이 짐을 강가에까지 끌어갔다고 말할 때, 나는 그 자신이 보트를 이용했을 것 같다고 암시하였네. 자, 이제 우리는 마리 로제가 보트에서 내던져졌다는 사실을 알아야 할 걸세. 자연히 그렇게 되었을 걸세. 시체를 강가의 얕은 물 속에 그대로 내버려둘 수도 없었을 테지. 시체의 등과 어깨의 독특한 흔적은 그것이 보트 바닥의 늑재(肋材)에 긁힌 흔적임을 말해주는 것일세. 시체에 추를 달지 않은 것도 이런 추측을 강하게 해주는 하나의 증거가 되네 강가에서 던졌더라면 추를 달았을 것일세. 추를 달지 않은 것은 범인이 배를 타기 전에 그것을 준비할 겨를이 없었다고 생각하면 납득이 갈 것일세. 시체를 물에 던지려고 했을 때 그는 틀림없이 자기의 실수를 깨달았을 걸세. 그러나 그때엔 벌써 그 것을 수중에 넣을 방도가 없었을 것일세. 어떤 위험도 그 지긋지긋한 강가로 되돌아가기보다는 나았을 것일세.

이 소름끼치는 짐을 내던지고 범인은 시내를 향해 서둘러 갔을 걸세. 그러고는 어딘가 이름도 모르는 나루터에서 뭍으로 올라갔을 걸세. 그러나 보트를 —— 그것을 그는 강가에 매어두었었을까? 그는 보트를 강가에 매어두기에는 너무나도 무서웠을 걸세. 더욱이 나루터에다 그것을 매어둔다는 것은 자기에게 불리한 증거를 남겨두는 것 같이만 느껴졌을 것일세. 자연히 그는 자기 범행과 관계 있는 모든 물건을 되도록 멀리 던져버리리라고 생각했을 걸세. 그는 나루터에서 도망쳐버렸을 뿐 아니라, 보트를 그곳에 그대로 있게 하고 싶지도 않았을 걸세. 확실히 그는 그것을 물에 떠내려가게 했 겠지.

좀더 상상을 계속해보세 —— 아침에 이 가련한 사람은 그 가 날마다 가야 할 장소 —— 직무상 부득이 가지 않으면 안 될 장소 —— 에 보트가 끌어올려져 매여 있는 것을 보고서 이루 말할 수 없는 공포를 느꼈을 걸세. 다음날 밤에 그는 감 히 키를 달라지도 못하고서 보트를 치워버린 걸세. 그러면 키 없는 그 보트는 지금 어디 있는 것일까? 이것을 발견하는 것을 우리의 첫째 목표로 삼세. 우리들이 우선 보트에 눈을 돌린다는 것은 그것과 더불어 우리들이 성공의 먼동이 튼다 는 뜻일 것일세. 이 보트는 우리들 자신마저도 놀라게 할 속 도로 우리들을 안내하여 그 숙명적인 일요일 한밤중에 그 보 트를 빌려간 사람을 가르쳐줄 거란 말일세. 확증이 확증 위 에 겹쳐서 범인은 드디어 추적될 것이란 말일세.

여기서 일일이 열거하지 않더라도 여러 독자들에게 분명 하게 생각될 여러 이유로써 우리는 우리들 수중에 있는 원고 에서 마음대로 뒤팽이 포착한, 얼른 보기에 사소한 단서를 추구해가는 세세한 부분을 생략했다. 다만 간단히 여기서 말 해두고 싶은 것은, 바라던 대로의 결과가 나타나, 내키진 않 았지만 경찰국장은 뒤팽과의 약속을 틀림없이 이행했다. 포 씨의 글은 다음 말로 끝났다.

나는 우연의 일치만을 이야기하고 있지 않다는 것을 독자 는 이해할 것이다. 이 제목에 관해서는 내가 이미 말한 것으 로 충분하다. 나 자신의 가슴속에는 초자연적인 것을 믿으려는 생각은 조금도 없다. 자연과 자연의 신이 서로 다르다는 것은 사색할 능력이 있는 사람이라면 부정하지 않을 것이다. 전자를 창조하는 후자가 마음대로 그것을 지배하고 수정할 수 있는 것도 또한 의심할 여지가 없다. 나는 '마음대로' 라고 말했다. 왜냐하면 문제는 의지에 관해서이지, 미친 것 같은 논리가 가정하듯이 힘에 관해서가 아니기 때문이다. 신이 자기의 법을 수정할 수 없다는 것이 아니라, 우리가 수정할 필요가 있다고 생각하는 그 자체가 신을 모독하는 것이다. 그 근원에 있어 이런 법칙은 미래에 존재하 수 있는 모든 우연을 포함하도록 만들어진 것이다. 신에게는 모든 것이 '현재' 이다.

다시 반복해서 말하자면 나는 이것들을 다만 우연의 일치의 사실로서 이야기할 뿐이다. 그리고 나아가서 내 이야기 속에 불행한 메리 세실리아 로저스의 그 운명이 세상에 알려지기까지의 그녀의 운명과, 마리 로제의 인생의 어떤 시기까지의 운명과의 사이에 병행이 있음을 알게 될 것이다. 그것은 이상(理想)일지라도 그 놀랄 만한 정확성을 고찰하는 데 있어 어리벙벙해지는 병행이다. 이런 모든 점이 보일 것이다. 그러나 바로 지금 언급한 시기로부터 마리의 슬픈 이야기를 전진시켜 그녀를 에워싼 비밀의 해결을 추구해나갈 때 내가 마음속으로 노린 의도는 그 병행의 연장을 암시하는 데 있다거나, 또는 파리에서 처녀를 죽인 범인을 수색하는 데 쓴 수단 방법이나 혹은 같은 추리(推理)에 입각한 수단이 똑같은 결과를 나타낼 것이라고 하는 암시를 주는 데 있다고 잠시라도 추정해서는 안 된다.

왜냐하면 후자와 같은 억측에 대하여 이야기한다면, 두 사건의 사실 속에 존재하는 극히 사소한 차이라도 사건이 두 방향을 완전히 왜곡시키고, 극히 중대한 오산(誤算)을 유발시킬지 모른다는 것을 생각하지 않을 수 없기 때문이다. 마치 산술에 있어서 그 자체로는 대단히 많은 오산일지라도 계산해가는 도중에 배로 늘어나 마침내 진실과는 엄청나게 달라지는 결과를 가져오는 것과 흡사하다. 그리고 전자와 같은 억측에 대하여 이야기한다면 내가 이미 언급한 개연성(蓋然性)의 계산법이 모두 병행의 확대에 대한 생각을 금지한다는 것을 잊어서는 안 된다── 이러한 병행이 길게 그어지고 정확한 것에 비례하여 단호한 적극성으로 그것을 금지하고 있는 것이다. 이것은 외관상 수학을 떠나서 사고력에 호소하는 것처럼 보이지만 수학자만이 완전히 즐길 수 있는 이례적인 명제의 하나인 것이다.

예를 들어, 주사위 놀이를 하는 사람이 두 번 연거푸 6을 내놓았다고 해서 세 번째에는 6이 절대로 나오지 않는다는 것을 마음놓고 내기해도 좋다는 충분한 이유가 있다는 것을 일반 독자에게 이해시키는 일처럼 곤란한 일은 없다. 이러한 암시는 대개 지력(智力)이 배척하는 수가 많다. 이미 끝났고 이제는 완전히 과거 속에 매몰되어 있는 두 번째의 주사위가 미래에만 존재해 있는 주사위에 영향을 줄 수 있으리라고는 도저히 생각할 수 없다. 6이 나오는 확률은 보통 경우와 다를 것이 없다고 생각된다── 즉, 주사위가 구르는 데 따라서 생길지도 모르는 다른 여러 가지 경우와 같다고 생각된다.

그리고 이것은 극히 명백한 생각이어서 그것을 논박하면 주의해서 경청되기보다는 조소를 받게 되기 쉬운 예가 더 많다. 여기 내포된 잘못 —— 해독을 빚어내기 쉬운 중대한 잘못 —— 을 나는 이제 나에게 할당된 한도 내에서 지적하려고 하지 않는다. 그리고 또 이론적으로 그것을 지적할 필요도 없다. 다만 여기서는 그것은 진리를 추구하려고 하는 경향 때문에 이성(理性)의 진로에서 일어나는 무한한 과오의 연쇄라는 것을 말해두는 것만으로 족할지 모른다. ＊

1809년 미국 보스턴에서 출생.

1811년 어머니가 죽자 존 앨런의 양자로 감.

1815~20년 영국에서 유년시절 보냄.

1826년 버지니아 대학에 입학하여 그리스어, 라틴어, 프랑
스어, 스페인어, 이탈리아어 공부. 이후 무절제한
생활로 학업을 중단하고 리치먼드로 돌아와 약혼.

1827년 보스턴에서 첫 시집 《티무르(*Tamerlan and other
Poems*)》를 익명으로 출판. 극심한 생활고로 인해
군에 입대.

1829년 웨스트 포인트 육군사관학교에 잠시 적을 둠. 그 직
전에 시집 《알 아라프 티무루 (*Al Aaraaf, Tamerlane,
and Minor Poems*)》 출간.

1831년 《애드거 앨런 포 시집(*Poems by Edgar Allan Poe*)》 출
간 이후에는 소설에 전념.

1833년 《볼티모어 위클리(*Baltimore Weekly*)》지(誌)에 〈병
속의 수기(MS. Found in a Bottle)〉 발표.

1835년 《남부 문학 통신 (*Southern Literary Messen-ger*)》의 편
집장으로 일하면서 평론가로 활약. 13세의 버지니
아 클렘과 결혼.

1838년 〈리지아 (Liegia)〉 발표.

1839년 〈어셔가의 몰락(The fall of the house of Usher)〉 발표.

1840년 《괴기 단편집(*Tales of the Grotesque and Ara-besque*)》 출간

1841년 《모르그가의 살인사건 (*The Murders in the Rue Morque*)》 출간.

1842년 〈붉은 죽음의 가면 (The Masque of The Red Death)〉 발표.

1843년 필라델피아에 있는《달러 뉴스페이퍼 (*Dollar News-paper*)》에 〈풍뎅이(The Goldbug)〉 당선.《애드거 앨런 포 산문집 (*The Prose Romances of Edgar A.Poe*)》 출간.

1845년 〈검은 고양이〉〈붉은 죽음의 가면〉〈어셔가의 몰락〉〈도난당한 편지〉 등 10여 편을 모아《단편집(*Tales*)》 출간. 시 〈큰 까마귀 (The Raven)〉로 일약 국제적인 명성 떨침. 시집《큰 까마귀 (*The Raven and other Poem*)》 출간.

1846년 《창작의 철리(*The philosophy of composition*)》 출간.

1847년 아내 버지니아 죽음.

1849년 볼티모어에서 사망(40세).

* 옮긴이 김병철

보성전문, 중국 국립중앙대학 대학원 졸업.
중앙대학교 영문과 명예교수, 문학박사.
제7회 한국번역문학상·대한민국 학술원상(저작상) 수상.
저서로 《헤밍웨이 문학의 연구》,《한국근대 번역문학사 연구》,
《서양문학 이입사 연구》, 《민국문학사》 등이 있으며,
역서로 《헤밍웨이 전집》, 《포 단편선》 외 다수가 있음.

포 단편선

발행일 | 2023년 10월 20일 초판 1쇄 발행

지은이 | 에드거 앨런 포   **옮긴이** | 김병철
펴낸이 | 윤형두 윤재민   **펴낸곳** | 종합출판 범우(주)
표지디자인 | 윤 실   **인쇄처** | 태원인쇄

등록번호 | 제406-2004-000012호 (2004년 1월 6일)
  (10881) 경기도 파주시 광인사길 9-13 (문발동)
대표전화 | 031-955-6900   **팩 스** | 031-955-6905
홈페이지 | www.bumwoosa.co.kr   **이메일** | bumwoosa1966@naver.com

ISBN 978-89-6365-557-4   03850